М. Лермонтовъ

當代英雄

萊蒙托夫經典小說新譯

【修訂版】

櫻桃園文化

國家圖書館出版品預行編目（CIP）資料

當代英雄：萊蒙托夫經典小說新譯 (修訂版) / 米哈伊爾・萊蒙托夫 (Mikhail Lermontov) 著 ; 丘光譯 . -- 修訂 1 版 . -- 臺北市 : 櫻桃園文化 , 2018.09
304 面 ; 14.5x20.5 公分 . -- (經典文學 ; 3R)
ISBN 978-986-92318-8-6 (平裝)

880.57　　107015221

經典文學 3R
當代英雄：萊蒙托夫經典小說新譯【修訂版】
Михаил Ю. Лермонтов. Герой нашего времени

作者：米哈伊爾・萊蒙托夫（Mikhail Lermontov）
譯者：丘光
責任編輯：丘光
編輯助理：吳佳靜
校對：陳錦輝、熊宗慧
版面設計（封面及內頁）：丘光
繪圖：米哈伊爾・萊蒙托夫（有標明者除外）
出版者：櫻桃園文化出版有限公司
地址：116 台北市文山區試院路 154 巷 3 弄 1 號 2 樓
電子郵件：vspress.tw@gmail.com
網站：https://vspress.com.tw/

印製：世和印製企業有限公司

總經銷：遠足文化事業股份有限公司
地址：231 新北市新店區民權路 108-2 號 9 樓
電話：02-22181417　傳真：02-86671891

出版日期：2018 年 9 月 27 日修訂 1 版（тираж 1.5 тыс. экз.）　定價：340 元

本書譯自俄文版萊蒙托夫作品全集：М. Ю. Лермонтов. Собрание сочинений в четырех томах, Государственное издательство художественной литературы, Москва, 1958

Printed in Taiwan

當代英雄

萊蒙托夫經典小說新譯

【修訂版】

Герой нашего времени

Михаил Ю. Лермонтов

米哈伊爾・萊蒙托夫 著

丘光 譯

評價讚譽

當代英雄其實是反英雄的例證。十九世紀俄國作家萊蒙托夫在書中創造了高加索軍官佩喬林這角色。玩世不恭、充滿冒險性格的佩喬林展開一段旅程，見到時代的惡端與人性的複雜尖刻。在一段又一段的故事中，在一次又一次的探險裡頭，看到了社會與自我的虛偽愚蠢，愛情與友情常淪為鬥爭玩弄的人生橋段，人類生活在此之中，飽含嘲弄卻又為惡不斷。萊蒙托夫的寫法獨特精彩，這是部紮實且動人的小說。這個十九世紀的高加索的故事一方面讓我們讀到了當時的風光民情，但有趣的是，裡頭對於冒險、人性的探討，卻可以跨越時空差異，讓我們感受如此當代，反映出當代集體性的粗暴與人性之虛無。

——作家 **李維菁**

《當代英雄》示範了苦悶年代憤怒青年的生命軌跡，對台灣讀者而言恰好也預言了憤青的倫理抉擇。在這個乍看開放實則封建的時代，不必再假好心地安慰彼此「你不是獨自一人」，而要承認「你在獨自一人的時候更有冷笑、越軌、反骨的能力。」在資本主義的陰影下，騎士不幸福，卻可能自由。

——政治大學台灣文學研究所副教授 **紀大偉**

萊蒙托夫先以折射視角帶出主人翁畫像，再以私密日記體，坦露其精神中不可告人的貧廢。是以，嘲諷與致敬意味兼而有之的書名《當代英雄》，遂由外而內地引出這位「戲劇第五幕中不可或缺的人物」，像一面百餘年前遞來的鏡子，仍清楚照出我們靈魂中相似的野蠻與斑駁。

——詩人 **孫梓評**

這是一本迷人至極的作品，字裡行間散發出獨特的高加索風味，冷冽憂傷，卻充滿了溫柔的詩意，彷彿是在黑暗大地上，搖曳著一縷朦朧的燭光，神祕飄忽，倏忽來去，又彷彿是在人世苦難深淵中，乍見天啟。而萊蒙托夫以此開創出現代小說的新格局，他對於人性罪與惡，愛與慈悲的探索，深深影響了十九到二十世紀的作家，甚至今日讀來，仍舊震撼人心。

——作家 **郝譽翔**

面對《當代英雄》這樣一部小說，我感覺到自己對俄羅斯文學理解的渺小，感覺到愛情乘坐時光機穿越時間的恐怖力量。它看似簡單，卻讓我深深省思，必須再次重讀杜斯妥也夫斯基、契訶夫和納博科夫。在這樣一部文學巨樹下，我任何讚美的話語，只能是它的一片落葉而已。

——小說家 **高翊峰**

萊蒙托夫是時間無法掩蓋的天才，即使經過數百年，書中主人翁們騎馬佩劍，卻宛如公路電影，走走停停，穿行現代的都市叢林，夜宿酒館，繼續冒險，繼續遭遇，以令人時而發笑時而醉心的語言，繼續說著傳奇故事。

——小說家 **陳雪**

萊蒙托夫以詩名世，長短都寫得好，理想而浪漫的個性，讓他年紀輕輕便死於決鬥。凡此種種，無不讓人連想到普希金。然而不然的是，萊蒙托夫還寫小說，《當代英雄》講一個心性堅強，意志堅定，所關心卻僅是「自己」的聰明年輕人，用以映照舊俄一整代人的缺陷。十九世紀上半葉的作品，今天翻讀，卻彷彿處處有所指，行行有著落。好的小說像鏡子，足讓人人反照出自己的時代。萊蒙托夫，大矣哉。

——掃葉工房總編輯 **傅月庵**

我以為，《當代英雄》最神祕而優美的地方，正在於它以自我描述，看穿了自身時代的，青春的神聖之光。

——小說家 **童偉格**

在萊蒙托夫《當代英雄》中，主角佩喬林是一位非典角色。他涉入戀愛遊戲、冒險、決鬥，不但展現生命的「惡之華」，同時散發不讓命運主宰的權力意志。書中剖析主角的心理，既深刻又頗具洞察力，從而影響後輩作家如杜斯妥也夫斯基、托爾斯泰、契訶夫，甚至英國作家多麗絲・萊辛。此外，譯者丘光，譯筆精準，文字優美，再度為「經典新譯」傳出佳話！

——作家 **辜振豐**

風塵中的奇遇，詩般的渴望。萊蒙托夫寫出了在俄國豐富的風土中，浪子、軍官和美人，愛、嫉妒與死，移動交織而成的星圖。

——詩人 **楊佳嫻**

萊蒙托夫與普希金並列十九世紀前半葉俄國浪漫詩歌重要代表者。《當代英雄》中，萊蒙托夫筆下的佩喬林與普希金長詩《奧涅金》男主角同為俄羅斯文學史上著名的「多餘人物」。他們有才華有理想，卻無所作為。他們天涯漂泊，終於一事無成，也傷害了他人。作者對他們有所關懷，也留予讀者許多省思。

——台大外文系教授 **歐茵西**

由一個寫作者旅行中的見聞，延伸出一名軍官的故事。三種敘述聲音宛如山光水色交織出豐富的人性層面和社會景況。萊蒙托夫不僅說故事技巧高超，文字精簡深刻的描敘更引人入勝，對景物的描摹歷歷在目，對人物內心的陳述緊扣人性複雜的內裡，對白及敘述間，常蘊含智慧的人生哲理，精緻剽悍，不愧為經典之作。讀來樂在其中，不能釋卷。

——小說家 **蔡素芬**

一九七六年，我出了一本小說集，叫《現代英雄》。這個書名，來自俄國萊蒙托夫的日譯本《現代の英雄》。……萊蒙托夫善於觀察，善於描述，也善於思考。他寫了一些故事，留下許多值得思考下去的問題。俄羅斯文學的特色是大而深，這來自民族，來自大地，也來自普希金、萊蒙托夫幾位先行者。

——小說家**鄭清文**

這是一本近二百年前先知般地作者就用影響後來所有俄國小說家的高明小說形式來描繪的他那一代俄羅斯人的惡習肖像群故事，一本俄國當年小說就近乎已走進當代的切換遊記日記悔過書式多角色多文體敘事的著名版本，一本悲劇惡人或宿命論者或高加索要塞軍官玩世不恭地那麼古怪又那麼迷人的荒唐祖國紀事，一本在沙皇尼古拉一世時代的領先那時代太多的最高明玩笑嘲諷般尖銳的惡德小說寓言。

——小說家**顏忠賢**

（以上按姓名排序）

我不知道有誰的文字比萊蒙托夫還要好。……如果能寫出像《當代英雄》中的〈塔曼〉那麼好的小說，我就死而無憾了。……我會拿這本書逐字逐句精讀分析，像讀學校課本那樣，我就是這樣學習寫作的。

——**契訶夫**

無論在哪個時代，《當代英雄》都帶給世界各地的讀者無窮的興味。

——**納博科夫**

這本研究人與社會的小說，是當時最重要書籍之一……我讀了許多次，從年輕到年長，總是深深著迷。

——二〇〇七年諾貝爾文學獎得主**多麗絲·萊辛**

一九五七年諾貝爾文學獎得主**卡繆**的懺悔錄形式小說《墮落》，卷首題詞上摘錄了《當代英雄》的序文向萊蒙托夫致敬。

《當代英雄》是非凡巨著。……其中的〈塔曼〉是俄羅斯散文體小說中最完美的一篇。……如果萊蒙托夫還活著，那我和杜斯妥也夫斯基就都不必存在了。

——**列夫．托爾斯泰**

屠格涅夫、岡察洛夫、杜斯妥也夫斯基、列夫．托爾斯泰和契訶夫等人的小說創作，都根源於這部《當代英雄》。整個俄羅斯小說的長河，皆發源自那高加索雪峰流出的清澈山泉。

——**阿列克謝．托爾斯泰**

萊蒙托夫的天才可與普希金並駕齊驅，或許比他更勝一籌。……《當代英雄》的敘事有令人傾倒的魅力。……每一個詞都意義深遠，每一個情境都饒富興味。

——**別林斯基**

在我們俄羅斯還沒有人寫過如此真實、優美又芬芳的散文（小說）作品。這裡可以看出對現實生活的深刻了解，我們將有一位俄羅斯生活的偉大描寫者（萊蒙托夫）。

——**果戈里**

普希金帶來美，萊蒙托夫帶來力量。

——**杜勃羅留波夫**

普希金是俄國詩歌的太陽，萊蒙托夫是俄國詩歌的月亮，整個俄國詩歌在他們之間，在靜觀和行動這兩極之間擺動。……普希金筆下，生活渴望成為詩，行動渴望變為靜觀；而萊蒙托夫筆下，詩渴望成為生活，靜觀渴望變為行動。

——**梅烈日科夫斯基**

我很確定，這是一本微不足道的書，顯示作者的道德極度敗壞。

——俄羅斯帝國沙皇**尼古拉一世**

（編按：尼古拉一世當時自命為萊蒙托夫的書報審查官，對這句評語，我們不妨套用萊蒙托夫在《當代英雄》中所說的：「相當刻薄，但對我來說卻也是一種莫大的讚賞。」）

目次

序文

每一本書的序文，既是最先也是最後的產物，它或作為創作意圖之說明，或作為答覆評論之辯護①。然而，不論是道德意圖或報刊攻訐往往都不是讀者關心的重點，因此他們通常不讀序文。這在我們國家，很遺憾尤其如此。我們的讀者還太年輕、太天真，如果在寓言的結尾沒找到道德訓誡，他們就無法理解文章要說什麼。他們看不透玩笑，感受不到嘲諷，只能說他們被教育得太差。他們還不知道，在一個上流的社會或一本正經的書裡，不可能會出現公然辱罵的情景。在當代文化發展下有一種更犀利的武器應運而生，它幾不可見，但仍致命，它藏身在諂媚的外衣之下，卻帶來難以抵擋的精準打擊。我們的讀者活像鄉巴佬，偷聽到分屬敵對政府的兩位外交官談話後，還真會相信他們倆會為了彼此最親密的友誼而回去欺瞞自家政府。

這本書不久前才親身經歷過這種不幸，一些讀者甚至雜誌評論人只看到書名便望文生義輕信了②。另一些讀者則覺得，怎麼把像當代英雄這麼不道德的人物當作他們的榜樣，因此感到非常受辱，而且還挺認真看待；更有其他讀者非常敏銳地指出，作者是在描繪自己和周遭熟人的形象……老套又可憐的笑話！但是，顯然羅斯③就是這樣被創造出來的，這個國家裡一切都推陳出新，除了類似的荒唐事一再重複。在我們所有的神奇童話裡，就算最迷人的童話故事，也未必躲得開意圖人身攻擊的指責！

慈善的閣下，**當代英雄**正是一幅肖像，但不是某一個人的，而是一幅集合我們整整一代人充分發展出的惡習所組成的肖像。你們又要跟我說，人不可能這麼壞，那麼我要告訴你們，如果你們相信所有悲劇或浪漫劇中的惡人可能存在的話，為何你們不信佩喬林④真有其人呢？如果你們會欣賞更可怕更醜陋的虛構人物，那為何此人的性格，甚至跟虛構人物沒兩樣，就得不到你們的同情憐憫呢？莫非他比你們心裡所想的還更真實？……

你們會說，這個故事裡道德不彰？對不起，人們的甜食已經餵得夠多了，他們也因此吃壞了肚子：需要一點苦藥和苛刻的真理了。而你們倒別以為，之後本書的作者哪天會妄想成為人類惡習的矯正者。老天啊，救救他別這麼無知吧！他只是要描繪出他所理解的，以及他和你們不幸太常遇見的當代人，藉此娛樂而已。毛病一旦指出來就夠了，要怎麼治療——只有上帝才知道！

譯注

①這篇作者序寫於一八四一年春，補刊在這年出版的本書第二版中，藉以回覆輿論及沙皇尼古拉一世對初版的惡評。

②當代英雄的俄文原意有：當代的主角、典型人物或英雄。

③羅斯是俄羅斯的古稱，在文學語言中有崇敬的感覺，在此增加了嘲諷的強度。

④佩喬林是這部小說的主角，姓名語源出自俄國北方一條河的名稱——佩喬拉河（Pechora）。

第一部

1 貝拉 ①

我從提弗利斯 ② 搭乘驛馬車離開。我拖車上全部的行李，只有一個不大的皮箱，其中大半塞滿了格魯吉亞的旅行筆記。對你們而言，這些筆記的大部分幸好已經遺失了，對我來說，皮箱和所剩的物品幸好還保留完好。

當我駛進科伊紹爾山谷 ③ 時，太陽已開始沒入覆雪的山脈之後。奧塞提亞 ④ 車夫不知疲倦地趕著馬，想要在入夜前順利登上科伊紹爾山，還扯開嗓子放聲高歌。這個山谷真是個很棒的地方！周遭的山陵從任何角度都難以攀登，淡紅色峭壁掛滿了綠色爬藤，崖頂覆著一簇簇的懸鈴木，黃色的懸崖滿布著雨水沖刷的溝坑，而那遠方高處一片積雪透著金色毛邊，下方的阿拉格瓦河 ⑤ 與另一條從霧靄密布的暗谷中喧騰竄出的無名小溪合抱後，彷彿一根銀線般拉曳而去，活像一條閃爍著鱗片的蛇身。

抵達科伊紹爾山腳後，我們在一家小酒館旁停歇。那裡吵吵鬧鬧聚集了大概二十位格魯吉亞人和山民；附近還有一支停靠夜宿的駱駝商隊。我得要僱用牛隻，好來拉我的拖車進到這座該死的山裡，因為已經入秋了，地面結起薄冰，而且這段山路大概有兩里長⑥。

沒別的辦法，我便僱了六隻牛和幾位奧塞提亞人。其中一位把我的皮箱扛上肩膀，其他人則幾乎喊著同一句話幫忙趕牛往前行。

在我的拖車之後有四隻牛拉著另外一輛車，儘管車上貨物堆得滿到頂了，卻顯得一

①本篇最早單獨發表於《祖國紀事》雜誌，一八三九年第三期，當時的副標題為：「一位高加索軍官的筆記」。

②提弗利斯（Tiflis），舊時俄文地名，現名為提比里斯（Tbilisi），南高加索地區格魯吉亞（或譯喬治亞）的首都。除特殊情況外，本書地名皆以俄語當時的稱呼音譯。

③阿拉格瓦河穿越科伊紹爾山（Koishaur）形成的山谷。

④奧塞提亞（Ossetia），歷史政治情勢複雜的一個地方，一七七四年被納入俄羅斯帝國，一九二二年至今被分為兩個部分，以高加索山為界，北奧塞提亞屬於俄羅斯，南奧塞提亞屬於格魯吉亞。

⑤阿拉格瓦河（Aragva），現稱阿拉格維河（Aragvi），格魯吉亞東部的河川，發源於高加索山南麓，往南流至提弗利斯北邊二十一公里處注入庫拉河（Kura）。格魯吉亞軍用道路沿阿拉格瓦河谷而行。

⑥此處指俄里，全文亦同，一俄里等於一．〇六公里。

點也不吃力。這情形教我吃驚。主人走在車後面，他嘴裡抽著卡巴爾達①鑲銀小菸斗，身穿沒掛肩章的軍服，頭頂戴著切爾克斯②毛皮帽。他看起來年約五十，黝黑的臉龐顯示出這張臉早已習慣了南高加索的太陽，而那一把過早花白的鬍鬚，與他堅毅的步態和矯健的外貌頗不相稱。我走向他鞠躬致意，他沉默地鞠躬回應我，然後呼出一大團煙。

「我們似乎同路吧？」

他又沉默地躬一下身子。

「您大概是要去斯塔夫羅波利③？」

「正是……運送官方物資。」

「請問，為何您的重車用四隻牛拉得那麼輕鬆，而我的空車卻要用六隻牲畜拉，還要在奧塞提亞人的幫忙下才稍微向前動一動呢？」

他狡黠地微微一笑，意味深長地瞧我一眼。

「您大概來高加索不久吧？」

「將近一年了。」我回答。

他又微微一笑。

「那又怎樣？」

「這就難怪了！這些亞洲人都是可怕的騙子！您以為他們大喊大叫是在幫忙嗎？鬼

才聽得懂他們在喊些什麼？而那些牛隻可是聽得懂的；哪怕您套上二十隻牲畜，一經他們喊出行話來，依然能讓牛隻動也不動……可怕的騙徒！你能從他們身上得到什麼？……他們就愛向過路人敲詐……是被縱慣了的騙徒！您等著看吧，他們還會向您討伏特加酒錢的。我實在太了解他們了，他們騙不了我！」

「那您在這裡服務很久了嗎？」

「對，我之前在此地的葉爾莫洛夫④將軍麾下，」他擺起派頭回答。「當他調來這個邊防前線時，我還是個少尉，」他補充，「在他任內我因為討伐山民有功升了兩級。」

---

①卡巴爾達（Kabarda），阿迪格族（Adyghe）的東支，居住在北高加索。

②切爾克斯（Circassia），北高加索的原住民族，即阿迪格族。在萊蒙托夫的時代，俄國將北高加索所有山民都通稱為切爾克斯人。歷史上切爾克斯人曾建立王國，一八六四年被俄羅斯征服後不復存在。

③斯塔夫羅波利（Stavropol），十八世紀末俄土戰爭時期建立的軍事要塞，位處北高加索地區中央。

④葉爾莫洛夫（Aleksey Petrovich Yermolov, 1777-1861），官拜步兵將軍，曾參與對法衛國戰爭有功，一八一六至一八二七年為高加索獨立軍團指揮官；他與十二月黨人親近，與沙皇尼古拉一世意見不合。此處原文以名與父名連用——「阿列克謝・彼得羅維奇」，表示親近的尊稱。

「那您現在？……」

「我現在被編到第三邊防營①。那您呢，敢問是？……」

我告訴了他。

對話到此結束，我們沉默地繼續並肩走。上山頂後我們發現了積雪。太陽西落，夜晚緊接著白晝降臨，就像在南方平常的樣子；然而拜積雪反光之賜我們可以輕易分辨出道路，可以看到那路繼續往山裡通去，不過已經沒那麼陡峭了。我吩咐把我的行李箱放到拖車上，把牛隻換成馬匹，然後朝山谷下望最後一眼，可是濃霧如浪潮般從峽谷那邊湧來，完全把山谷覆沒，沒有一點聲音傳過來讓我們聽到。奧塞提亞人喧鬧地圍住我討酒錢，但是上尉嚴厲地喝斥了一聲，他們便一溜煙散去。

「他們就是這樣的民族啊！」他說，「俄語連麵包都不會說，只學會：『長官，賞點酒錢吧！』倒是韃靼人②給我的感覺要好一些：至少他們不喝酒……」

離驛站還有一里路左右。周遭靜悄悄，靜到可以從蚊子嗡嗡聲中追尋到牠們的飛行蹤跡。左方深陷的峽谷暗沉了下來，在峽谷彼端以及我們的前方，是一座座崎嶇皴裂的湛藍山峰，覆蓋層層積雪，蒼茫天際中殘留的最後一抹霞光勾出了山形輪廓。星星開始在暗空中閃爍，奇怪的是，我感覺這些星星比我們在北方看到的要高許多。道路兩旁豎立著光禿的黑色岩石，覆雪之下有些地方看得到灌木叢，但是沒有一片枯葉在顫動，在這片大自然的死寂睡夢中，聽到疲憊的郵遞三頭馬車的馬鼻撲嗤響，以及俄國鈴鐺錯落起伏的叮噹聲，真是令人愉快。

「明天會是個好天氣！」我說。

上尉沒答腔，對我用手指一指我們正前方拔起的那座高峰。

「那是什麼？」我問。

「古德山③。」

「那又怎麼樣？」

「您瞧它那副裊裊生煙的模樣。」

①俄國的高加索邊防線，是由庫班河（Kuban）、瑪爾卡河（Malka）、捷列克河（Terek）連成一條西起黑海東至裡海的天然防線，以南是高加索山民的勢力範圍，俄國在防線周圍駐軍設防、建村移民。在一八三〇年代，這條防線由西而東分為四段：黑海邊防軍、右翼軍、中央軍、左翼軍。

②這裡的韃靼人並非專指韃靼民族，而是俄國人泛稱歐亞草原上的突厥語族，信仰伊斯蘭教，而奧塞提亞人屬於伊朗語族，信仰東正教。

③古德山（Gud），大高加索山脈南側的山峰，位於格魯吉亞境內。

的確，古德山煙霧繚繞，它的兩側匍匐著一股股輕柔雲朵，山巔上則籠罩著一片烏雲，漆黑得像個黑斑印在暗茫茫的天空上。

我們已經看得到驛站，以及環繞在它周圍的山民平房屋頂，前方閃爍著迎接的燈火，此時襲來一陣溼冷的風，峽谷開始嗚嗚，落起了細雨。我才剛套上斗篷，雪就落下了。我不禁欽佩莫名地看著上尉……

「我們得在這裡過夜，」他懊惱地說，「在這種暴風雪天氣下你是過不了山的。怎麼樣？十字架山①有雪崩嗎？」他問車夫。

「還沒，先生，」奧塞提亞車夫回答，「可是上面的雪堆得好多好多。」

由於驛站沒有旅客住宿的房間，我們被帶去一家冒著炊煙的山民平房過夜。我邀請同行旅伴一塊來喝杯茶，因為我身上帶著一只生鐵茶壺——這是我在高加索山區旅行的唯一享受。

山民平房的一側緊挨著岩壁，房門之前有三級溼滑的階梯。我摸索著進屋裡，一下撞上了一頭母牛（這些人把下房改為牲畜圈）。這裡聽到羊咩咩叫，那裡傳來狗唔唔叫——我不知道該往哪去才好。幸好，旁邊閃了一下朦朧的火光，幫我找到了另一個像門一樣的洞口。那裡的光景就相當引人入勝：這是一間寬敞的大房，屋頂由兩根燻黑的大柱撐起，裡面滿滿是人。中央的地上有一堆火劈啪作響，燃煙被風從屋頂洞口一次次推擠回來，成片的濃煙密霧朝四方瀰漫，以致於我久久無法看清周遭的情況。火堆旁坐著兩位老婦人、很多小孩和一位瘦削的格魯吉亞男子，全都衣著破爛。沒辦法，我們還是得坐在火堆旁，抽起菸斗，沒多久茶壺便殷勤地咕嚕咕嚕響。

「可憐的人！」我對上尉說，指著那些髒兮兮且一直默默呆望著我們的屋主。

「傻氣透頂的民族！」他回應。「您信不信？他們什麼都不會做，教什麼也都學不會！最起碼我們的卡巴爾達人或車臣人②儘管是土匪、窮光蛋，但還算是天不怕地不怕的莽夫，而這些人卻完全不想碰武器：你不會在任何一個人身上看到像樣一點的匕首。真是道地的奧塞提亞人啊！」

①十字架山（Krestovaya），大高加索山脈南側的山峰，位於格魯吉亞境內，名稱出自山上有一座十字架作為隘口的標誌，十字架山隘口是格魯吉亞軍用道路上的最高點，海拔二三九五公尺，高加索山的景色以此為界南北截然不同，北面是險峻山水，南面是恬和綠谷。格魯吉亞軍用道路是聯絡俄羅斯與南高加索地區的主要道路，建於一七九九年，最初從北高加索的葉卡捷琳諾格勒開始，穿越高加索山脈南迄格魯吉亞首都提弗利斯。

②車臣（Chechnya），北高加索的原住民族，居住地東鄰達吉斯坦，西接切爾克斯；小說中的車臣人也常被通稱為切爾克斯人。

「那您在車臣待很久嗎？」

「對，我跟部隊弟兄在那裡的要塞待了十年左右，就在石頭淺灘①旁，您聽過嗎？」

「聽說過。」

「這就是了，老兄，我們煩死了這些亡命之徒！感謝上帝，現在他們溫順了些；以前可不一樣，你要是離開要塞圍牆百步，就會有毛茸茸的惡鬼在某處等著你：稍稍一疏忽，就有你好看──要嘛是馬索套上脖子來，不然就是朝你後腦袋瓜放一槍。話說回來，他們還真是好樣的！……」

「看來，您遇過很多驚險的事情囉？」好奇心驅使著我說。

「怎麼沒遇過！經常有的……」

這時候他捻起左邊的鬍鬚，俯著頭陷入沉思。我不由得想要他拋開顧慮隨便說說什麼故事都好──這是所有旅行者和寫作者的私心願望。此時茶水已經滾開，我從行李箱中取出兩個旅用小杯，斟滿茶水，一杯放在他面前。他喝了一口，似乎喃喃說著：「對，經常有的！」這個感嘆帶給我無比的希望。我知道，在高加索待久的人很愛說話、講故事，但他們能講的機會卻那麼少：跟著部隊駐紮在荒山野地差不多五年，然後整整五年不會有人跟他說聲「您好」（因為那裡的士官總是老氣地說「祝健康」）。真想閒聊一些東西：周遭的民族既野蠻又新奇；那裡每天都有危險，而也有美妙的事情，此刻你會不由得惋惜起來，太少人寫這裡的事情了。

「要不要來一點蘭姆酒？」我對同伴說，「我有提弗利斯的白蘭姆酒，現在滿冷的。」

「不要吧，感謝您，我不喝酒。」

「怎麼會這樣？」

「就是這樣。我對自己發過毒誓。當我還是少尉的時候，您看看，有一次我們這夥人喝得有點醉，而晚上響起了警報，這下我們醉醺醺地到部隊前集合，被葉爾莫洛夫將軍發現了，有得我們受了，他怒不可抑！差點沒把我們送軍法處置。事情的確如此：下次你去那邊住上一整年看看，見不到半個人，再加上伏特加的話——一個人這樣就完蛋了！」

一聽到這裡，我的期待幾乎落空了。

「就像切爾克斯人也是，」他繼續說，「不管是在婚喪還是喜慶，喝多了布扎酒②，

---

①石頭淺灘（Kamenny brod），位於阿克賽河（Aksay）邊，葉爾莫洛夫將軍建於一八二五年用以防禦車臣人侵襲的要塞。

②布扎酒（boza），酒精含量低的穀類發酵飲料，口感甜而濃稠，發源自突厥民族。

都會拿起刀亂砍的。有一次我好不容易才脫困溜走，而且那還是在一個親俄的王公①家做客。」

「這是怎麼一回事？」

「是這樣的（他把菸斗填滿，深深吸一口菸後開始說），請您聽聽看，那時候我跟連隊駐在捷列克河②對岸那邊的要塞裡——這件事快要五年了。那年秋天，有一次運來軍糧補給，押糧隊裡有個約莫二十五歲的年輕軍官。他一身軍裝來到我面前，聲稱他奉命調駐到我的要塞來。他一臉清秀白皙，身上的制服又這麼新，我馬上猜到，他到我們高加索這裡才沒多久。『您一定是從俄羅斯轉調來的吧？』我問他。『正是，上尉先生。』他回答。我握起他的手說：『非常高興，非常高興。您在這裡會有點無聊……嘿，我們會一起好好相處的。對了，請叫我馬克辛・馬克辛梅奇就好，還有，您幹嘛一身整齊軍裝？來找我記得戴個軍帽就可以了。』我們撥出一間房舍給他，於是他便搬進要塞來。」

「那他怎麼稱呼？」我問馬克辛・馬克辛梅奇。

「他叫……格里戈里・亞歷山德羅維奇・佩喬林，我敢向您保證，他是個男子漢，只不過個性有點怪就是了。比如說，無論下雨或天冷時，他還整天打獵；所有人都凍透了，累斃了——只有他無所謂。有些時候，他坐在自己房間裡，不過是拂來一陣風，他就認為自己感冒了，然後護窗板一震動起來，他便跟著顫抖，臉色發白。打獵有我在場的時候，他卻敢單獨去打野豬。他經常是好幾個鐘頭不發一語，但往往一開口說話，就讓人笑破肚皮……沒錯，怪到了極點，還有，他應該是個有錢人：看看他有多少各式各樣的珍貴玩意兒！……」

「那他跟您住很久嗎？」我再問。

「一年左右。可是這一年對我來說很難忘。他給我惹出一堆麻煩事，但這就別再提了！要知道世上就是有這種人，他們生來就注定會遭遇各種不尋常的事！」

「不尋常？」我滿是好奇激動地說，給他斟點茶。

「我這就跟您說。離我們要塞六里的地方住著一位親俄的王公。他的幼子是個十五來歲的小男孩，老喜歡往我們這裡跑：每一天，經常找各種藉口跑來。我跟佩喬林也的確是把他給寵壞了。他真是好一個土匪，不管是策馬疾馳撿起地上的帽子或舉槍射擊，

①在俄羅斯征服高加索的十八、十九世紀期間，當地的民族分為兩派——親俄的合作派與抗俄的反對派，前者宣誓歸順俄國，首領會被沙皇封官賜爵，後者則被視為暴民，是俄軍討伐的對象。但實際上，親俄只是表面形式，常是出於無奈或權宜而歸順，兩派之間並不容易分清楚。

②捷列克河，北高加索地區東半部的主要河流，發源於高加索山，向北轉東注入裡海。

他想幹什麼都能俐落地辦好，只有一點不好：太愛錢了。有一次，佩喬林為了好玩答應他，如果他把父親羊群裡最好的一隻羊偷來，就賞他一枚金幣；您想結果是怎麼？隔天晚上他便抓著羊角把羊拖過來。有些時候，我們一時興起捉弄他，他就兩眼發紅，立刻拔出刀來。『喂，阿扎瑪特，你一定會吃大虧的，』我常說他，『你腦袋瓜早晚會遭殃①！』

「有一天王公老爺來訪，他的長女要出嫁，他視我們如至親好友，因此邀請我們去參加婚宴。要知道，雖說他是個韃靼人，這可不能拒絕的。我們便出發了。在山村裡遇到一大堆狗對我們高聲狂吠。女人看到我們就躲起來，其中我們能夠清楚看到的臉孔都遠遠稱不上是美人。『我對切爾克斯女人的評價恐怕是過高了。』佩喬林對我說。『您等著看吧！』我冷笑著回答，心裡話就暫且忍下。

「王公家裡已經聚集了許多人。您知不知道，亞洲人有個習俗，會把所有路上遇到的人都請來婚宴上。我們受到尊榮無比的接待，被帶往親友房。我還是沒忘記要觀察一下，我們的馬匹被安置在何處，是要以防萬一，知道吧。」

「到底他們的婚宴是怎麼慶祝？」我問上尉。

「就跟一般的沒兩樣。剛開始毛拉②給他們讀一段古蘭經；然後大家送禮給這對年輕新人和他們的所有親戚；吃飯，喝布扎酒；之後開始馬術特技表演，而且總是有一個髒衣破衫的小孩，騎著一匹跛腳劣馬，扭捏作態，耍寶逗得老實的觀眾哈哈笑；然後，當天色將暗，在親友房便展開我們所謂的『舞會』。一個苦巴巴的小老頭叮咚叮咚彈著一把三根弦的……我忘記他們怎麼叫這東西了……嗯，就像我們的巴拉萊卡琴。年輕男女分站兩排一個對一個，拍手唱歌。再來就有一對男女走到中央，即興對唱起詩歌，拉長著聲調，其餘人則隨著唱和起來。我跟佩喬林坐在貴賓席，這時候主人的小女兒走過來，是個十六歲左右的小姑娘，她對著佩喬林唱起來③……唱些什麼呢？……大概就是讚美之類的話。」

「到底她唱了什麼，您不記得了嗎？」

「對，好像是這麼唱的：『人家說我們的特技騎士英姿挺然，他們的長衫鑲著銀邊，而有位年輕的俄羅斯軍官比他們更是英挺，衣飾上鑲的是金邊。他在其中彷彿高聳的白楊，只不過沒在我們的花園裡生長開花。』佩喬林站起來向她鞠了一個躬，舉起手按一按額頭和胸口，要求我代為回應她；我很懂得他們的語言，因此幫他翻譯回應。

①「遭殃」原文用突厥語，拼音「yaman」。
②毛拉，對伊斯蘭教學者的尊稱。
③此為當地風俗，宴會時主人請未出嫁的女兒對貴賓獻唱。

「當她離開我們後，我悄聲問佩喬林：『嘿，怎麼樣？』他說：『美極了！她叫什麼名字？』我回答：『她叫貝拉。』

「她的確很美麗：身材高而纖細，那雙眼珠子烏黑得活像山裡的岩羚羊，一個勁地看透到您的心坎裡。佩喬林看得出神了，目光離不開她的雙眼，她則不時蹙著眉頭打量他。不單只有佩喬林一人欣賞著這位美人公主：房間角落還有另一雙火熱的眼睛緊緊盯著她。我起身察看，看出那是我的老相識卡茲比奇①。他這個人啊，要知道，是既不親俄也不抗俄。他渾身處處透著可疑，儘管他沒被逮到過什麼胡作非為。他有時候趕一群羊到我們要塞來，賣得很便宜，他從不讓我們討價還價：他隨口出個價，就得照價買──哪怕你給他難堪他也不退讓。人們說他喜歡跟一些抗俄山民在庫班河②附近徘徊，說真的，他的嘴臉正是一副強盜的樣子：小個頭、乾癟、寬肩膀……他實在真是狡猾機伶得很，像個鬼一樣！他的外衣永遠破爛不堪，處處補丁，武器卻是銀光閃閃。他的馬可是聞名全卡巴爾達，的確，不可能還想得到有比這匹馬更好的了。難怪所有的騎士都嫉妒他，不止一次想偷他的馬，不過從沒得手。這匹馬的英姿到現在我都不會忘：毛色烏黑得像焦油，四腳如弦般挺直，眼睛美得不亞於貝拉。牠的氣力多麼強！至少可以奔馳五十里；要是訓練得宜，會像狗一樣跟著主人跑，甚至認得主人的聲音！主人從來不拴馬。牠就是這麼一匹強盜的馬！……

「這一晚卡茲比奇顯得比以往要陰鬱，我還注意到他在外衣裡面穿了鎖子甲。『他不會沒事穿著這副鎧甲的，』我想，『他大概想耍什麼陰謀詭計吧。』

「房子裡面很悶，所以我走到戶外提振一下精神。夜色已籠罩山頭，霧氣在峽谷裡漫了開來。

「我忽然想繞去我們拴馬的棚子，看看牠們的飼料還夠不夠，而且小心謹慎永遠都不嫌煩：因為我也有一匹好馬，已經不只一個卡巴爾達人溫柔地瞧著牠，還肯定牠：『好馬，好極了！③』

「我沿著籬笆悄悄過去，突然聽到說話聲。其中一個我立即認出來，是主人的浪蕩兒子阿扎瑪特，另外一個話不多又小聲。『他們在這裡談論什麼？』我心裡估量，『不會是講我的馬吧？』我馬上坐到籬笆旁，盡可能不漏掉任何一句話仔細聽著。有時候屋

①卡茲比奇（Kazbich），在歷史上確有此人名，是沙普蘇格人的首領，領導族人對抗俄羅斯軍隊，在本篇末有相關描寫。

②庫班河，北高加索地區西半部的主要河流，發源於高加索山，向北轉西注入亞述海。

③本句原文用突厥語，拼音「Yakshi tkhe, chek yakshi!」。

裡傳來唱歌說話的喧譁聲，干擾到我正好奇的對話。

「『你的馬太棒了！』阿扎瑪特說，『如果我是這屋子裡的主人，坐擁三百匹母馬，那麼我願拿一半的馬來換你這匹駿馬，卡茲比奇！』

「『啊！是卡茲比奇！』我心裡嘀咕，想起他身上的鎖子甲。

「『是啊，』卡茲比奇沉默半晌後回答，『你在全卡巴爾達找不到這樣的馬。有一次，是在捷列克河對岸，我跟抗俄山民們一起出動要把俄國的馬群弄過來，結果不走運，我們各自散去逃開。我後方有四個哥薩克①騎兵疾馳而來，我都已經聽到身後的異教徒們的吆喝聲，我前方卻是個濃密的森林。我貼伏在馬鞍上，把自己交給真主阿拉，生平第一次鞭打我的馬。牠像隻鳥似的在樹林間忽上忽下地穿梭，枝椏的尖刺劃破我的衣衫，栓皮榆的枯枝打著我的臉頰。我的馬兒跳過樹樁，牠的前胸把灌木叢撞得七零八落。要是我捨得把牠丟在林邊就好了，我便可以獨自躲進森林裡步行，但我捨不得跟牠分手——結果先知給了我獎賞。有幾顆子彈在我頭上呼嘯而過，我還聽到下馬的哥薩克沿著我們的足跡追來……忽然間，在我面前出現一道深陷的溝谷，我的駿馬遲疑了一下，便一躍而起。但牠的後蹄從對面崖邊滑落，僅靠著前腳攀著地面，身子懸在空中。我丟下轡繩，整個人飛落到溝中，這樣才能救我的馬：牠後來跳了上去。這些全被哥薩克士兵看在眼裡，只是沒有一個人要下來搜尋我：他們大概以為我已經摔死了，我聽到他們急忙跑去抓我的馬。我的心在淌血。我在茂密的草叢中沿著溝谷爬過去，我看到了森林的盡頭，有幾個哥薩克士兵從林中騎馬出來往空曠草地去，那時我的愛馬喀拉珠②正朝他們跳過去。那夥人大喊著急奔向牠，他們追趕著牠好久好久，特別有一兩次差一點沒往牠脖子套上馬索；我發起抖來，垂下眼睛，開始祈禱。過了好一會兒我抬起雙眼，我看到我的喀拉珠搖擺著尾巴飛奔了起來，像是一陣風似的無拘無束，而異教徒們則是騎著他們疲憊的馬，一個跟一個魚貫而行，遠遠落後在草原上。真主阿拉！這是真的，千真萬確！我一直到深夜都還待在溝谷裡。突然間，你想是怎麼了，阿扎瑪特？我在昏暗中聽到，有一匹馬沿著溝谷邊奔跑著，馬鼻呼哧作響，嘶鳴著，馬蹄踏著土地。我認出是我的喀拉珠的聲音：這就是牠，我的好夥伴！……從那時候起我們就不曾再分開了。』

「聽得到他用手拍撫著平滑的馬頭子，用各種溫柔的稱呼叫牠。

---

①哥薩克（Cossacks）並非單一民族的名稱，是俄國歷史上政權更替或被邊緣化的斯拉夫人流離至俄國南方草原，慢慢聚合成社群，通稱哥薩克人，標榜自由生活，曾建立過幾個地方政權，後來被政府收編，設立哥薩克村鎮組織武裝部隊，成為俄國對外征戰的幫手。

②本詞為突厥語音譯，意為「黑眼珠」，拼音「Karagoz」。

「『要是我有一千匹馬，』阿扎瑪特說，『我願拿全部的馬來跟你換咯拉珠。』

「『不①，我不想。』卡茲比奇冷淡地回答。

「『你聽我說，卡茲比奇，』阿扎瑪特向他表示親近地說，『你是個好人，你是個勇敢的騎士，而我的父親害怕俄國人，因此不放我到山裡去②。只要你給我你的馬，我會去達成你想要的一切，我會把父親最好的步槍或軍刀偷來給你，只要是你想要的，那把軍刀可是真正的古爾達寶刀③呢：要是把刀刃放在手上，刀子自己會切進肉裡去，像你身上那種鎖子甲根本就擋不住。』

「卡茲比奇沉默不語。

「『打從我第一次見到你的馬，』阿扎瑪特繼續說，『牠在你胯下轉著圈子，蹦蹦跳跳，鼻孔鼓得大大的，腳蹄下飛濺出石屑火花，我心底於是冒出了一股莫名的滋味，從那時候起眼前的一切都令我感到厭惡：我看著父親最好的跑馬，都帶著一股輕蔑，騎牠們出去也感到羞愧，憂愁籠罩著我；我會坐在懸崖邊煩惱好幾天，而且每分每刻都在想你那匹烏黑的駿馬，想著牠那端正的步態，牠那平滑直挺有如飛箭般的背脊；牠用那雙機伶的眼珠子望著我，好像有什麼話想要對我說。卡茲比奇，如果你不把牠賣給我的話，我會死的！』阿扎瑪特聲音顫抖地說。

「我聽到他哭了起來：必須要告訴您，阿扎瑪特是個倔強無比的男孩，就算在他更小的時候，他的眼淚你硬敲都沒辦法逼出來的。

「回應他眼淚的，聽起來好像是笑聲的樣子。

「『你聽我說！』阿扎瑪特語氣堅定地說，『你看著吧，我決心要幹了。我去把我姐姐偷來給你，想不想要？看她多麼會跳舞！多麼會唱歌！而金線繡花的功夫更是神奇！連在土耳其蘇丹宮廷裡都找不到這樣的妻子……你想要嗎？明天夜裡你在峽谷那邊的急流處等我：我會帶她經過那裡到鄰村去——到時候她就是你的了。難道貝拉不值得換你的馬嗎？』

「卡茲比奇沉默了好久好久，最後，他輕輕唱起一首古老的歌代替回答④：

---

①本詞原文用突厥語，拼音「jok」。

②指加入另一派抗俄山民的組織。

③高加索地區傳說中第一流的寶刀名稱，由刀匠古爾達（Gurda）所製。

④此處作者原注：「請讀者原諒，我所聽到卡茲比奇的歌曲當然是非韻文體，我改寫成了詩歌的形式，因為習慣是人的第二天性。」——萊蒙托夫身為詩人，習慣以韻文來思考、轉述，但中文翻譯可能不容易達到作者的意圖。

我們山村的美人數不清，
她們眼眸在暗中閃如星。
甜蜜愛她們是人稱羨的好運；
但好男兒的自由更教人歡欣。
黃金可以買到四嬌妻，
剽悍馬兒卻是無價寶：
迎風騁馳草原絕不落後，
牠不會背叛也不會瞞欺。

「阿扎瑪特不管是哭或奉承，或甚至發誓，怎麼求他同意也沒用。卡茲比奇終於受不了打斷他說：

「『滾一邊去，狂妄的小毛頭！你哪能騎我的馬？跑兩三步牠就會把你給摔了，碰到地上石頭會把你腦袋瓜敲破。』

「『把我摔了！』阿扎瑪特狂吼了一聲，他那把小孩用的匕首鐵刃碰得鎖子甲叮噹響。一隻有力的手把他推開，他撞上籬笆，撞得籬笆搖晃起來。『這下熱鬧了！』我心想，急忙去馬廄，給我們的馬上了馬銜，並帶到後院去。兩分鐘後，屋子裡已經鬧得不可開交。事情是這樣的：衣衫被扯破的阿扎瑪特跑進屋裡說卡茲比奇想殺他。所有人跳了出來，抄起傢伙——於是亂成一團！一陣喊叫喧譁，槍聲四起；只是卡茲比奇已經騎上馬，揮舞著馬刀在街上人群裡轉來轉去，像個鬼一樣。

「『沒必要為了別人的事而遭殃，』我抓起佩喬林的手跟他說，『我們是不是趕緊離開才好？』

「『等著看看會怎麼了結吧。』

「『大概不會有好結果的；這些亞洲人都是一個樣：喝多了布扎酒，就會砍砍殺殺！』——於是我們上馬疾馳回家。」

「那麼卡茲比奇呢？」我忍不住問上尉。

「對這種民族來說哪會有什麼事呢！」他喝完一杯茶然後回答，「就是溜走了！」

「沒有受傷嗎？」我問。

「上帝才知道！會活著的，他們是強盜啊！我見過的人可多了，比如說：有個人雖然全身被刺刀刺得像個篩子一樣，依然揮舞著馬刀。」上尉往地上跺一跺腳，沉默一會兒之後繼續說：「我永遠不會原諒自己一件事：我鬼迷心竅了，我回到要塞後，將我坐在籬笆旁所聽到的一切講給佩喬林聽，他笑了笑——『真是狡猾！』——他心裡已經在籌畫著什麼了。」

「那是什麼?請說吧。」

「唉，實在沒辦法!我一開了頭，就得說下去。

「四天之後，阿扎瑪特來到要塞，一如以往去找佩喬林，他總會招待他一些甜點。我也在場。聊天談到了馬，佩喬林開始大加稱讚卡茲比奇的馬：牠真是活潑又美麗，像隻岩羚羊似的——嘿，照他的話簡單說就是，世界上找不到第二匹這樣的馬。

「這個韃靼小子眼睛一亮，而佩喬林彷彿沒注意到似的，我便開始岔開話題，他呢，你看看，立刻又把話題拉回到卡茲比奇的馬上。每當阿扎瑪特來到要塞，這樣的戲碼就一再重演。三個禮拜過後，我發現阿扎瑪特臉色蒼白，形容憔悴，像是小說裡那種為愛所苦的樣子。真是怪事啊?……

「您知不知道，我是後來才清楚整個把戲在搞什麼：佩喬林把他逗弄得讓他簡直想跳水死一死算了。有一次他這麼跟他說：

「『我看得出來，阿扎瑪特，你非常喜歡這匹馬，可是你看不到牠，就像看不到自己的後腦袋瓜一樣!嘿，你說說，要是有人送給你這匹馬，你會想拿什麼去回報呢?』

「『我願回報一切他所想要的。』阿扎瑪特回答。

「『這樣的話，那麼我可以把馬弄來給你，只是有個條件……你發誓，你要說到做到……』

「『我會發誓……那你也要發誓……』

「『好，我發誓，我會讓你得到那匹馬，只不過你得要把你姐姐貝拉送給我作為報償，喀拉珠就當是她的聘禮。希望這筆交易對你有利。』

「阿扎瑪特沉默了。

「『你不想要嗎？唉，隨你吧！我以為你是個男人，結果你還不過是個小孩子罷了：你要騎馬還嫌早了……』

「阿扎瑪特滿臉通紅。

「『那我父親怎麼辦？』他說。

「『難到他都不出門？』

「『的確也是……』

「『同意嗎？』

「『同意，』阿扎瑪特輕聲說，臉色發白像是要死了一樣。『什麼時候呢？』

「『就在卡茲比奇下一次過來的時候，他答應過要趕十隻羊來，剩下的事情我會搞定。要小心點，阿扎瑪特！』

「他們就這樣安排好這碼事……說真的，這是不好的事情！我後來也跟佩喬林談過這事，只是他回我說，野蠻的切爾克斯女孩有像他那樣的好丈夫應該會幸福，因為按照當地的民風，像他那樣的人終究會成為她的丈夫，而卡茲比奇呢——不過是個該懲罰的強盜罷了。您評評理，我能夠反對什麼嗎？……可是那時候我還不清楚他們的陰謀，就在卡茲比奇有一次過來的時候，他問需不需要綿羊和蜂蜜，我就叫他隔天帶過來。

「『阿扎瑪特！』佩喬林說，『明天我會把喀拉珠弄到手，如果今晚貝拉沒能送過來，那麼你就見不到那匹馬了……』

「『好！』阿扎瑪特說完，趕緊跑回山村裡。

「晚上佩喬林佩帶武器離開要塞：我不清楚他們是怎麼搞定這碼事的，只知道他們倆夜裡回來，守衛看到阿扎瑪特馬鞍上橫放著一個女人，她手腳被綁住，頭上套著伊斯蘭教女人的長面紗。」

「那馬呢？」我問上尉。

「正要說了，正要說了。隔天清晨卡茲比奇來到要塞，趕了十隻綿羊來賣。他把坐騎拴在柵欄邊，然後走進來找我。我請他喝茶，因為他雖然是個強盜，畢竟也算是我的朋友①。

「我們開始談天說地……突然間，我看到卡茲比奇抖了一下，臉色大變——隨即往窗戶衝去，但不幸的是，那扇窗面向後院。

「『你怎麼了？』我問。

「『我的馬！……馬呀！』他整個人顫抖著說。

「確實，我聽到馬蹄踏步聲，還說：『這大概是哪個哥薩克騎馬跑來吧……』

「『不！是壞俄國人，壞人！②』他大吼起來，急忙地飛衝出去，像隻野生雪豹似的，他三兩步就跳到前院去。要塞大門守衛用長槍攔住他的去路，他跳起來越過長槍，順著馬路飛奔而去……遠處可見團團飛煙——阿扎瑪特騎在剽悍的喀拉珠背上奔馳著；卡茲比奇奔跑中取出火槍，開了一槍。大約有一分鐘他站著不動，因為他還不確定是不是打偏了；之後他發出尖叫聲，把火槍摔到石頭上砸個粉碎，他倒在地上，像個小孩子一樣嚎啕痛哭起來……這下子要塞裡的人出來圍在他身邊——他什麼人也不理。這些人站著好一陣子，議論紛紛，然後又回要塞去了。我叫人把買羊的錢放在他身旁——他碰也不碰這些錢，自個兒俯臥著，像是死掉了一樣。您信不信？他就這樣一直臥到深夜，臥了一整夜……直到隔天早上，他才進要塞來問，要人告訴他偷馬賊是誰。看到阿扎瑪

---

①「朋友」一詞原文用突厥語，拼音「kynak」。

②本句原文用突厥語，拼音「Urus yaman, yaman!」。

特解開轡繩並騎走馬的那個守衛，認為不需要隱瞞什麼便實話實說。卡茲比奇聽到名字後眼睛一亮，隨即出發往阿扎瑪特父親的山村去。」

「那父親怎麼了？」

「喔，結果就是，卡茲比奇沒找到他——他外出到某地六天，要不然阿扎瑪特怎麼能把姐姐給擄走？

「當父親回家後，發現女兒不見了，兒子也不見了。阿扎瑪特這個小滑頭當然明白，如果他被逮到的話，一定會人頭不保的。因此從那時候起他便消失無蹤：大概加入了什麼山民匪幫去了，之後戰死在捷列克河或庫班河的對岸：他活該如此！……

「老實說，我也遇到了非常大的麻煩。當我一聽說那個切爾克斯女孩在佩喬林那裡，我便佩掛帶穗肩章，繫上佩劍，過去找他。

「他躺在第一間房的床上，腦袋枕著一隻手，另外一隻手拿著熄了的菸斗；第二間房的門鎖上了，鎖頭上沒看到鑰匙。我立刻看出了端倪……我一開始咳了幾聲，然後用鞋後跟敲敲門檻——不過他假裝好像沒聽到。

「『准尉先生！』我盡可能嚴厲地說。『難道您沒看到我來找您？』

「『啊，您好，馬克辛・馬克辛梅奇！要不要來抽點菸斗？』他回答，身子一點都沒抬起。

「『抱歉！我不是馬克辛・馬克辛梅奇，我是上尉。』

「『都一樣啦。要不要來點茶？您知不知道我快被煩死了呀！』

「『我都知道。』我走近床鋪回答。

「『這樣更好——我可沒心情再講事情經過了。』

「『准尉先生，您犯錯了，我可能因此要負連帶責任……』

「『夠了！這哪有什麼大不了的？不論大小事我們早就一起擔責任了。』

「『開什麼玩笑？請交出您的佩劍①！』

「『米季卡，拿我的佩劍來！……』

「米季卡把劍拿了過來。我做完分內的事，到他床邊坐下，然後說：『聽我說，佩喬林，請您承認，這是不好的事。』

「『哪裡不好？』

「『你把貝拉搶來了嘛……我真是被這個阿扎瑪特給騙了！……唉，你就承認吧。』

我對他說。

---

①交出佩劍表示被禁閉在家，軍官無佩劍不得外出。

「『假如我喜歡她呢？……』

「嘿，請問，要怎麼回答他這問題？……我不知所措。然而，沉默了好一會兒之後我還是對他說，如果她父親來要回她的話，那麼就得交出去。

「『完全沒必要！』

「『要是他知道她在這裡呢？』

「『他怎麼會知道？』

「我再度不知所措。

「『您聽我說，馬克辛・馬克辛梅奇！』佩喬林稍稍起身說，『您是個好人呀，要是我們把貝拉還給那個野蠻人，他會把她殺掉的，不然就是把她給賣了。事情既然做了，就別再想去壞的方面。您就把她留在我這裡，把我的劍留在您那裡吧……』

「『那讓我看看她。』我說。

「『她在這扇門後面，只不過我自己今天想看她也不成：她一直坐在角落，裹著面紗，不說話也不看人，膽怯得像隻岩羚羊似的。我僱了我們飯館的老闆娘，她懂韃靼語，會照料她，並教她要習慣去想她是我的女人，因為除了我之外她不屬於任何人。』他用拳頭敲了敲桌子，補上這些話。這一點我倒是同意的……請問能怎麼辦？世上就是有這種人，教人無法不同意他們。」

「結果呢？」我問馬克辛．馬克辛梅奇，「他是否真讓她習慣了當他的女人，還是她因為處境不自由而想家，漸形憔悴了呢？」

「拜託呀，有什麼好想家的？那些山脈從要塞看跟從他們村子看是一模一樣的——除了山，對這些野蠻人來說，別的東西給再多也沒必要。並且，佩喬林每天都會送貝拉禮物：頭幾天，她不發一語驕傲地推開那些禮物，結果禮物歸了老闆娘，也因此讓她發揮了好言相勸的天分。啊，禮物！女人為了一條彩色花布還會有什麼做不出來的！……嘿，這是題外話了……總之，佩喬林花了好長的時間對她使出渾身解數，同時也學了韃靼語，她則漸漸聽懂了我們的語言。慢慢地，她習慣去看他了，剛開始是皺著眉頭瞟，始終仍很憂愁，時常輕聲唱著家鄉的歌曲，當我聽到隔壁房傳來她的歌聲，有時候連我都發起愁了。有一幕我永遠無法忘記：某次我經過房外，往窗裡瞧一瞧，看到貝拉坐在炕上，頭低垂在胸口，佩喬林站在她面前。

「『聽我說，我的美人兒珮麗①，』他說，『妳也知道，妳遲早會是我的人——為

①珮麗（Peri），波斯神話中美麗善良的仙女，這個形象在中亞、西亞、高加索地區廣為流傳。文中佩喬林用女方能理解的語言來試著說服。

何妳還要折磨我？難道妳愛著哪個車臣人嗎？如果是，我馬上放妳回家。』她微微抖了一下，然後搖搖頭。『或者，』他繼續說，『妳覺得我可恨極了？』她深深吸一口氣。『還是妳的信仰禁止妳愛我？』她臉色發白，沉默不語。『相信我，真主阿拉對所有民族來說都是同樣的一個，如果祂允許我愛妳，那怎麼會禁止妳用對等的愛來回報我呢？』她凝視著他的臉，彷彿被這個新穎的想法給感動了，她的眼睛露出了不想輕信卻又想相信的神態。多麼美的眼眸啊！它們黑得發亮，活像是兩顆煤炭。『聽我說，可愛的好貝拉！』佩喬林接著說，『妳有沒有看到我是多麼愛妳；我準備好付出一切，只求妳開心：我想要妳幸福，如果妳再這樣發愁下去，那我會死掉的。妳說，妳會開心嗎？』

「她沉思起來，一雙黑眼珠目不轉睛地看著他，然後她溫柔地微微一笑並點點頭表示同意。他握起她的手，開始說服她要她來親吻他；她略微抗拒，嘴裡不斷說：『拜託，拜託，不要，不要。』他仍堅持要，於是她發著抖，哭了起來。

「『我是你的俘虜，』她說，『是你的奴隸，當然，你可以強逼我。』然後又是眼淚直流。

「佩喬林用拳頭敲了敲自己的額頭，跑到另外一間房去。我過去找他，他陰鬱地交疊著手走來走去。

「『怎麼了，老兄？』我問他。

「『她不是女人，是魔鬼！』他回答，『不過我跟您說真的，她會是我的……』

我搖搖頭。

「『想跟我賭嗎？』他說，『一個禮拜之後搞定！』

「『請吧！』

「我們擊掌約定後各自離開。

「隔天，他馬上差人到基茲利亞爾①採買各種禮品，之後送來一大堆各式各樣數不清的波斯織品。

「『您覺得如何？馬克辛・馬克辛梅奇！』他一邊展示禮物一邊對我說，『在如此炮火攻勢下，這個亞洲美人能不能把持得住？』

「『您不了解切爾克斯女人，』我回答，『她們完全不像格魯吉亞人或南高加索的韃靼人，完全不像。她們自有一套風俗，教養方式也不同。』佩喬林微微一笑，用口哨吹著進行曲。

「結果我可是對的：禮物只有一半的功效，她變得溫柔些，也比較相信人——就只

①基茲利亞爾（Kizlyar），達吉斯坦中部的城市，離車臣不遠。

是這樣而已。因此他決定使出最後一招。有一天早上，他叫人備好馬鞍，自己穿上切爾克斯人的民族服裝，佩帶武器，走進去跟她說：『貝拉！妳知道我是多麼愛妳的。我當時決定把妳帶出來，是想妳認清我之後，妳會愛我的。可是我錯了，永別了！我所有的財產都送給妳。要是妳願意的話，也可以回家找父親，妳自由了。我在妳面前是有罪的，應該要懲罰自己。永別了，而我要去哪裡？我哪知道呢！也許，不久之後我會投身在槍彈刀劍之中——到那時候，請妳記得我，並原諒我。』他扭過臉去，伸手向她道別。她沒去握他的手，沉默不語。那時我只站在門後，透過門縫仔細瞧著她的臉：我感到憐惜——那張可愛的小臉蛋蒙上了多麼死寂的蒼白！佩喬林沒聽到回應，便朝門外走了幾步，他不斷顫抖著——我跟您說過沒？我認為，他真的會照剛剛開玩笑的話去做。他就是這種人，上帝才知道吧！他才剛到房門口，她便急忙跳了起來，嚎啕大哭，並衝過去抱住他的頸子。您相不相信？站在門後的我也哭了，是怎麼了您知不知道，不是那種哭，就只是——傻氣罷了！……」

上尉沉默了起來。

「對，我承認，」他隨後說，手揪著鬍鬚，「我那時很沮喪，因為從來沒有一個女人這麼愛過我。」

「他們的幸福日子有繼續下去嗎？」我問。

「有，她後來坦承，打從她第一天見到佩喬林，他就經常浮現在她夢裡，她還說，從來沒有一個男人會讓她有這麼深刻的印象。對，他們過得很幸福！」

「這真是無趣啊！」我不由得大叫一聲。老實說，我原本期待會有個悲傷的結局，這下子就不如我所願了！……「難道，」我接著說，「父親沒猜到她在你們的要塞裡嗎？」

「應該說，他好像是起了疑心。不過，幾天之後，我們得知老先生被殺了。這事是這樣發生的……」

我的注意力又再被勾了起來。

「必須告訴您，卡茲比奇認為，阿扎瑪特似乎是得到父親的允許才去偷他的馬，至少我是這麼想的。有一次，他就在村外三里遠的路上等到了機會，老先生外出找女兒，沒下落正要回家，那時候是黃昏，他的家族同伴們落在他後面，他騎著馬若有所思地慢步前行，卡茲比奇突然現身，像隻貓似的從樹叢裡忽上忽下地竄出來，從他身後跳上馬背，用匕首將他刺倒到地上，隨即抓起了轠繩——就這麼溜走了。有幾位家族同伴從小山崗上看見了這一幕，衝過去追，不過最後沒追到。」

「他這樣是補償自己損失的那匹馬，也報了仇。」我這麼說，想看看對方有什麼意見。

「當然。按照他們的風俗，」上尉說，「他完全正確。」

我不由得被俄國人的這項能力所震驚，一旦他們有機會生活在異族之中，便會讓自已融於異族的風俗裡，我不知道是否值得指責或稱讚這個聰明的本能，它只證明俄國人有異於常人的圓活個性，且並存著這種明確的正常理性——不管在哪裡，如果看到罪惡必然發生或無可消滅的話，都會去原諒。

這時候茶已經喝完了。老早套上車的馬匹在雪地裡冷得打顫。月亮在西方發白，準備要沒入懸在遠山之巔好似片片碎布幔的烏雲裡。我們走到屋外。天氣有違我同伴的預測，已經轉晴，顯示將會給我們一個寧靜的早晨。迢遙天際上星子繞起環舞，交織出美妙的圖案，隨著東方的微白曙光浮映在暗青蒼穹上，照耀著披覆純潔白雪、漸升漸險的山陵緩坡，星星便一顆接一顆暗淡了下來。陰鬱神祕的深淵將左右兩側染得墨黑，霧氣團團升起，蛇也似的盤繞，然後順著緊鄰的山岩隙縫緩緩爬下，彷彿感覺到白晝將近受了驚嚇似的。

天地萬物寧靜無比，如同晨禱時分的人心。偶爾東方捎來窣窣涼風，披了霜的馬鬃微微揚起。我們啟程上路，順著古德山蜿蜒而上的山路，五匹瘦弱的劣馬辛苦地拉著車輛，我們則在後方步行，每當馬匹精疲力盡時，我們就在車輪下放石頭擋著。這條路似乎通往天上，因為舉目所及，這路一直朝上而去，終點消失在雲端之中，而那片雲昨天傍晚就在古德山巔停歇，彷彿一隻老鷹等候著獵物。積雪在我們腳下咯吱作響，空氣變得稀薄到連呼吸起來都會疼痛；血液時時刻刻湧上腦門，不過與此同時，某種快感也流遍我全身的血脈，讓我莫名歡欣起來，覺得自己高高在世界之上：這是小孩子的感受，無須爭辯，可是我們一旦遠離社會的約束，親近大自然，都會不由自主成了小孩子。心靈一旦脫離塵俗給養，會再變回從前的樣貌，而且可能會在將來某個時候重返純真。任誰像我一樣有機會在荒涼山間漫步，長時間細看它們的新奇古怪的樣貌，貪婪地吞嚥那瀰漫於峽谷間生機勃勃的空氣，那麼他肯定會理解我想要傳達、述說或描繪的這些神奇景致。終於，我們好不容易登上了古德山，停下來四處張望：山頂上浮著灰色的雲朵，它的寒氣預警著暴風雨將至；可是東方依舊明朗晶亮，以致於讓我們，就是我和上尉，完全忘記了這朵雲……對，連上尉也忘了：對於大自然的秀麗宏偉的感受，平凡人的心靈比起我們這些一時興起的說書人訴諸語言文字，應該還要更強烈又鮮活百倍才對吧。

「我想，您已經習慣了這些壯麗的景致吧？」我跟他說。

「是呀，子彈呼嘯聲都可以習慣的，就是說，不自主的驚悸都可以習慣而隱藏起來。」

「我所聽到的剛好相反，對另一些老兵來說，那種子彈聲甚至像音樂一樣愉快。」

「沒錯，如果這麼想，那就很愉快——但那都只是因為心跳得更厲害了吧。您看，」他指著東方補了一句，「這真是個好地方啊！」

的確，這樣的全景我大概沒辦法在其他地方看到：我們下方是科伊紹爾山谷，阿拉格瓦河和另一條小河彷若兩條銀線似的從中貫穿而過，微青的霧氣沿著山谷匍匐，在晨光暄暖中遁向隔鄰的隘谷去。左右兩側盡是覆著白雪和樹叢的山脈，一座比一座高，相互交錯向外延展。遠方仍是那些山，然而沒有兩座山崖是彼此相似的——這些山巔白雪全都被火光染上了紅暈，多麼歡樂開朗，似乎寧願在那裡永世長留。太陽才剛從暗青山頭之後露臉，只有經驗豐富的眼力才能分辨出這座山頭和暴雨將至的團團烏雲的區別。然而，太陽上方有一道血紅光暈，特別吸引我的同伴。「我跟您講過，」他叫著說，「今天會是什麼樣的天氣，得要趕快走，不然的話，我們大概會在十字架山遇上變天。動身囉！」他對車夫喊。

車夫把輪子裝上鍊條當煞車器，以免滾得太快，然後抓住馬的轡頭，開始下坡。右邊是懸崖，左邊是深淵，它深到讓坐落在谷底的一整座奧塞提亞村莊看起來像是燕子窩似的。我一想到這裡經常有某個信差，一年之中得在深夜時分沿著這條無法雙向會車的狹路走上十次，而且還不能從自己的顛簸馬車中出來，我就不禁打了個寒顫。我們其中一位車夫是來自雅羅斯拉夫的俄國農民，另一個是奧塞提亞人。奧塞提亞人早就把一對副馬給卸了，以萬全防備之姿緊緊控著轅馬的轡頭，而我們那位無憂無慮的俄國老鄉，甚至還不肯從駕駛座爬下來！當我跟他提醒，但願他能保全我的行李無虞才好，我可一點都不想要為了行李而爬到這個無底深淵下面，他卻回答我：「嘿，老爺啊！上帝會保佑的，我們會跟人家一樣順利抵達的，又不是頭一次走這條路。」——他是對的：我們看起來似乎走不到，然而終究走到了，如果大家好好想一想，那麼就會確信生死有命，根本不值得過度操心啊……

話說回來，您或許還想知道貝拉的故事結局吧？首先，我不是在寫小說，而是遊記：那麼，我便不能在上尉真正想說之前逼他說。因此，您就等一等吧，或者您想要翻過幾頁跳過去看也行，但我不建議您這麼做，因為穿越十字架山（或是像飽學如岡巴所稱的聖基督山①）是值得您一窺究竟的。就這樣，我們從古德山下到了鬼谷……看看這名稱多麼奇情！在那難以攀登的懸崖之間您似乎真看到了惡鬼的巢穴呀——才不是那樣呢，這個谷地的名稱不是源自「鬼」這個詞，而是「界線」②，因為這裡以前曾經是格魯吉亞的疆界。這個谷地被雪堆填得滿滿的，讓我們鮮活地聯想到薩拉托夫、坦波夫③，

---

①岡巴（Jacques Francois Gamba, 1763-1833），法國駐格魯吉亞提弗利斯的領事，一八二四年出版過一本遊歷高加索的書，當時很風行，他在書中把十字架山稱為聖基督山（le Mont St. Christophe），應屬訛誤，因俄文中十字架與基督的發音相近。

②俄文的鬼（чёрт）與界線（черта），兩詞的拼法與發音相似，容易讓人誤會。

③薩拉托夫（Saratov）、坦波夫（Tambov），皆為俄羅斯中南部的城市。

以及我們祖國其他一些可愛的地方。

「那就是十字架山！」當我們走到谷地下面時，上尉指著一座滿是積雪的小山告訴我。山頂上那座石製十字架烏黑顯眼，旁邊有一條依稀可辨的道路，只有在側邊的環山道路被雪掩蓋的時候，才會走那條路。馬車夫告知我們這裡目前還沒雪崩過，為了愛惜馬匹，就帶我們從環山道路繞上山。在轉彎處我們遇見了五個奧塞提亞人；他們提議要幫我們忙，抓住了車輪，在喊叫聲中開始拖著扶著我們的車子走。確實，道路險惡：在我們右邊頭頂上懸著一大堆雪，似乎準備好在下一次狂風大作時塌落到峽谷；狹隘的道路有一部分也覆蓋著雪，某些地方經腳踏下後會塌陷，另一些地方由於日照夜寒交互作用下結成了冰，因此我們自己得要吃力地向前擠進；馬匹常滑倒。在我們左側，大地裂開一道深深的溝壑，裡面流水滾滾，有些潛藏在冰殼之下，有些濺著泡沫打在黝黑的石頭上。過了兩個小時我們好不容易才越過十字架山——兩個小時才走兩里路！與此同時，烏雲低沉，雹雪齊落。疾風衝入峽谷，像是夜鶯強盜①一樣狂號呼嘯，沒多久石十字架已隱入霧靄之中，這些從東方湧來的霧氣波浪，層層堆疊得越來越濃密……順便一提，關於這個十字架有個奇特但廣為流傳的故事，說它好像是彼得大帝經過高加索時所豎立的；不過，首先，彼得大帝只到過達吉斯坦②，第二，十字架上的銘文用偌大的字體刻著，它是在一八二四年的時候由葉爾莫洛夫將軍下令豎立的。儘管有銘文佐證，傳說卻是根深蒂固於人心，以致於你真不知道該相信什麼，更別說我們還沒習慣要相信銘文。

我們應該再沿著結冰的峭壁和泥濘的雪地往下走大約五里路，才能抵達科比③驛站。馬匹已經疲憊不堪，我們也冷得打顫，暴風雪呼嘯得越來越強勁，跟我們北方家鄉的沒兩樣，只不過這邊的蠻荒音調要憂傷淒涼許多。「你也是個流亡者，」我心想，「你是為思念那遼闊無邊的草原而哭泣吧！那邊可以自在地張展冷翼，而這裡只讓你感到滯悶狹隘，你就像鐵籠中的老鷹，吶喊著衝撞封閉自己的柵欄。」

「糟了！」上尉說，「您看，霧雪紛紛，周圍什麼都看不清，我們隨時可能會墜入深淵，或是被困在難以通行之處，而下面低一點的地方，看來連拜達拉河④都澎湃洶湧，你別想涉水而過。我真是受夠了亞洲！這裡無論是人或者河水，都別想指望靠他們啊！」

---

①夜鶯強盜（Solovey-Razboynik），東斯拉夫神話傳說中的人物，是住在森林裡半人半鳥的妖怪，以模仿夜鶯鳴叫聞名，會用致命的呼嘯聲去攻擊過路人。

②達吉斯坦（Dagestan）位於北高加索最東側，東濱裡海。

③科比（Kobi），格魯吉亞軍用道路上的驛站，小說中由南向北穿越高加索山下來遇到的第一個驛站。

④拜達拉河（Baydara），捷列克河的右支流，位於科伊紹爾與科比兩個驛站之間。

車夫又叫又罵地打著馬兒，牠們的鼻子撲哧作響，卻無視於滔滔不絕的鞭撻，固執地站住，一點都不想移動半步。

「長官，」其中一個車夫終於說，「要知道我們現在是到不了科比了，要不要趁還來得及的時候往左邊拐去吧？看那邊山坡上有什麼黑黑的東西——大概是山民的房舍，常有過路人因為天候不佳到那裡停一停的。」他指著來幫忙的奧塞提亞人補了幾句：「他們說，如果給他們酒錢的話，他們會帶路過去。」

「我知道，老兄，不用你說我也知道，」上尉說，「這些人真是騙子！總想找一大堆藉口討酒錢。」

「但是您得承認，」我說，「沒他們幫忙的話，我們可能會更糟。」

「總是這樣，總是這樣，」他嘴裡嘟囔著，「我真是受夠了這些嚮導！哪裡可以利用得上他們用聞都聞得到，好像少了他們就找不到路似的。」

我們就這樣向左拐去，奔波許久之後，好不容易來到了一間簡陋的棲身處所。這是兩棟由石板和圓石砌成的民房，圍牆也是以這樣的方式築成。衣衫破爛的主人殷勤地接待我們。我後來得知，是政府出錢雇他們，好讓他們接待臨時受困於暴風雨的旅客。

「一切好多了！」我往火堆旁坐下說，「現在您跟我說說貝拉的故事，我相信故事還沒講完。」

「為何您這麼肯定？」上尉給我使個眼色應答著，狡黠地微笑。

「因為這事有違常理：凡事開頭不尋常，就應該會照那樣結束。」

「您確實猜對了……」

「太高興了。」

「您高興是滿好，而我一想到卻真有點悲傷。這貝拉是個多麼好的女孩子！我後來跟她相處慣了，把她當自己的女兒一樣，她也很喜歡我。必須跟您說，我沒有家庭：我已經十二年沒有父母親的消息，早些年也沒想到要給自己討個老婆——就這樣到現在，您也知道，也不合適娶了。所以我很高興可以找個人來關愛。她有時候給我們唱歌，或者跳列茲金卡舞①……她跳得多麼棒啊！我曾經看過我們省城的貴族小姐跳舞，還有一次在莫斯科的上流聚會中，大概二十年前了——不過她們哪能比啊！完全不能比！……佩喬林把她裝扮得像個玩偶娃娃似的，精心照顧她，疼愛她，她在我們這裡變得更是美得教人驚嘆；臉上手上的黝黑膚色消退了，臉頰上的紅暈則更加鮮明……她那時候真是個多麼快樂的調皮鬼，老對我開玩笑……願上帝原諒她！……」

①列茲金卡舞（lezginka），高加索地區的民族舞蹈，流傳於多個民族間，形式各有差異。

「那您轉告她父親死訊的時候有怎麼樣嗎？」

「在她還沒習慣自己的新處境之前，這消息我們瞞了她很久。當我們告訴她之後，她哭了兩天左右就忘記了。

「差不多有四個月的時間，日子過得好得不能再好了。我好像說過，佩喬林酷愛打獵：這個嗜好使他總想去森林裡面打打野豬或山羊——但這時候，他連要塞圍牆外也不走出去。然而，這下子我看到他又再度心事重重起來，他兩手背在身後，在房間裡走來走去。之後有一天，他沒跟任何人說一聲便出門打獵——整個早晨不見他人影；這樣一次又一次，越來越頻繁……『不妙，』我想，『大概他們吵架了！』

「一天早上我去找他——那一幕到現在彷彿仍在眼前：貝拉身穿緊身黑綢外衣坐在床上，她臉色蒼白，表情憂傷得讓我嚇了一跳。

「『佩喬林呢？』我問。

「『打獵去了。』

「『今天去的嗎？』她不說話，似乎有口難言。

「『不，昨天就去了，』她重重嘆了口氣後，終於開口。

「『他不會出了什麼事吧？』

「『我昨天一整天都在東想西想，』她流著淚回答，『想到了各種不幸的事情：我想他可能被野豬給弄傷了，不然就是被車臣人給拉到山裡去……今天我又覺得，他是不愛我了。』

「『我說真的，親愛的，壞事情妳可別胡亂瞎想！』她哭了起來，隨後傲然地抬起頭，擦乾眼淚繼續說：

「『如果他不愛我，那麼誰會妨礙他把我送回家去？我沒有強迫他。如果以後再發生這種事情的話，那我就自己離開：我不是他的奴隸──我可是王公的女兒！……』

「我開始勸勸她。

「『聽著，貝拉，總不能要他一輩子都坐在這裡吧，好像被縫在妳裙子上一樣：他是個年輕人，喜歡打打野味──他走一走就會來的。如果妳再滿臉愁苦下去，那他很快會厭煩妳的。』

「『沒錯，沒錯，』她回答，『我會高興起來的。』她哈哈笑著抓起自己的鈴鼓，開始唱歌跳舞，在我身邊蹦蹦跳。只不過這持續不久，她又倒落床鋪，雙手摀著臉。

「我能拿她怎麼辦？您知不知道，我從沒跟女人打過交道；我左想右想要怎麼安慰她，卻什麼也沒想出來。有好一陣子我們兩人都沉默不語……這場面真是太不舒服了！

「終於，我跟她說：『要不要我們一起到要塞外面走走？天氣真好！』那時候是九月天。的確，天氣太棒了，清朗不炎熱，群山看起來就像盛在碗碟裡面。我們出去後沿著圍牆默默地走來走去，最後她坐到草地上，我便在她旁邊坐下。嘿，說真的，現在想起來還覺得好笑：那時候我緊緊跟著她，簡直像個保母一樣。

「我們的要塞位於高地，從牆外望出去景色優美極了：一邊是散布著些許凹陷山溝的廣闊原野，盡頭過去是一路綿延至山脊上的森林，原野上一些地方聚著村落，炊煙裊裊，馬群漫步；另外一邊則奔流著小溪，一片茂密樹林由此蔓延出去，遍覆著毗連高加索山主脈的亂石山岡。我們在碉堡的角落坐下，這樣就可以看遍兩邊的景色。這時候我看到：好像有人從森林裡跑出來，他騎著灰馬，越跑越近，最後停在河對岸，離我們大約有百丈①遠，然後他瘋了似的轉起馬兒在原地繞來繞去。真是怪事！……

「『貝拉，妳看看，』我說，『妳年輕眼力好，看那個騎士到底是誰，那傢伙要來這裡逗誰開心嗎？……』

「她看了一眼，大叫一聲：『那是卡茲比奇！……』

「『啊，那個強盜！他是來取笑我們的嗎？』我仔細瞧了瞧，真是卡茲比奇：他那黑糊糊的嘴臉，一身破爛骯髒跟從前沒兩樣。

「『那是我父親的馬，』貝拉抓住我的手說，她全身抖得像片葉子似的，眼睛炯炯發亮。——『嘿呀！』我心想，『親愛的寶貝，妳身上的強盜血液讓妳平靜不下來啊！』

「『過來一下，』我對衛兵下令，『檢查槍枝！把那個傢伙給我轟下來，你就會得到一盧布銀幣的獎賞。』

「『遵命，長官。只是他都不原地站好……』

「『你就命令呀！』我笑著說……

「『喂，老兄！』衛兵向他揮著手大喊，『你停一下吧，幹嘛像個陀螺似的轉來轉去？』

「卡茲比奇真的停了下來，打算仔細聽聽，大概以為要和他談判——但可不是那樣！……我的士兵抵著槍托瞄準好……砰！……沒中——只見火藥槽裡燃起火光。卡茲比奇推了馬一下，馬便往一邊跳開。他腳踏馬鐙稍稍起身，用家鄉母語大喊一聲，揚起皮鞭作勢威嚇，然後人就消失了。

「『你丟不丟臉！』我對衛兵說。

「『長官！他就要去死了，』他回答，『這種該死的民族，你一下子是殺不死的。』

「一刻鐘之後佩喬林打獵回來，貝拉衝過去抱住他脖子，對他消失了好久卻沒有半點怨言和責備……這連我都對他生起氣了。

①此處指俄丈，全文亦同，一俄丈等於二・一三公尺。

「『拜託您啊，』我說，『要知道卡茲比奇剛剛才在這河對岸，我們對他開了槍。唉，您不久前有碰上他嗎？這些山地民族會記仇的：您認為他猜不到您幫了阿扎瑪特的忙嗎？我敢打賭，他今天已經認出貝拉來了。我知道，一年前他就非常喜歡她，是他自己跟我說過，他想攢夠體面的聘禮後，就真的會上門提親……』

「此時佩喬林沉思起來。『對，』他答著，『是該小心點……貝拉，從今天開始妳不可以再到要塞圍牆上。』

「晚上我跟他談了好久，談到我不高興他對這個可憐的女孩變心，還有他花大半天在打獵，對她變得冷淡，跟她越來越少親熱，她明顯開始憔悴起來，繃著一張小臉蛋，大大的眼珠子也暗淡無光了。有時候你問：『貝拉，妳嘆什麼氣？妳傷心嗎？』——『不！』『那妳想要什麼嗎？』——『不！』『妳想念親人嗎？』——『我沒有親人。』一整天除了『是』和『不』之外，就沒辦法從她那裡問出更多話了。

「我就是跟他說這些事情，但他回答：『您聽我說，馬克辛·馬克辛梅奇，我的性格很可悲：我不知道是教育把我搞成這樣，還是上帝把我創造成這樣，我只知道，如果我導致了他人的不幸，那麼我自己的不幸並不會比較少。當然，這對他們來說稱不上安慰——不過事實就是如此。在我青春年少之初，從我脫離親人監護的那一刻起，我便開始瘋狂地享受一切能用金錢買到的快樂，不用說，那些快樂已經讓我厭煩。之後我進到上流社會，很快我也厭倦了，儘管我一再愛上那些上流美女，也被他人所愛，但是他們的愛只激起了我的想像和虛榮而已，我的心靈依然空蕩蕩……我開始閱讀、學習——對學問我也厭倦了；我發現，那些學問跟榮譽、幸福一點關係都沒有，因為最幸福的人——都是無知的人，而榮譽——是來自功成名就，想要成功，人就得機巧。那時候我就變得很苦悶……沒多久，我被調到高加索來：這是我一生最幸福的時光。我希望，在車臣人的槍林彈雨下不至於苦悶——結果枉費我這麼想：才過一個月我就習慣了子彈的咻咻聲，習慣靠近死亡，說真的，對蚊子我倒比較注意些——到頭來我比以前更加苦悶，因為我失去了幾乎是最後一個希望。當我在自己家裡看到貝拉，當我第一次把她抱在膝上，親吻她烏黑的綹綹捲髮時，我這傻瓜還以為，她是被同情我的命運派給我的天使……我又錯了：野蠻女人的愛只稍微比貴族小姐的愛好一些，前者的無知單純，就像後者的賣弄風情一樣都讓我厭煩。如果您想要，我還可以再愛她，我感謝她給予我那段相當甜蜜的短暫時光，我會獻出生命回報她——只是我跟她在一起已經覺得苦悶了……我是傻瓜還是壞蛋，我不知道。但我真的也很值得同情，或許比她更值得同情：我的靈魂被這個浮華世界毀了，只剩不安分的遐想、不得饜足的心，對我而言一切都不夠。我多麼輕易就耽溺於憂傷，一如耽溺於享樂，我的生活變得日漸空虛。我只剩下一條路：旅行。只要能夠去的地方我便前往——只是不要去歐洲，老天保佑！——我要去美洲、阿拉伯、印度，或許我會死在路途上的某處！至少我相信，藉由狂風暴雨和路途險惡，我這最後的心靈慰藉不會很快被耗盡。』他就這麼說了好久，他的話讓我印象深刻，因為我是頭一次從一個二十五歲的人口中聽到這樣的論調，上帝保佑，希望也是最後一次……

「真是怪裡怪氣的！請您說說看，」上尉轉身向我繼續說，「您好像不久前才去過首都，難道那裡的年輕人都是這副模樣？」

我回答，是有很多人談著同樣的論調。大概有一些人是實話實說，不過，失望就像所有的風氣一樣，都從上層社會開始，下行至底層後廣為流傳，到現在那些真正最苦悶的人，卻極力隱藏這種不幸，好像在掩蓋惡行一樣。上尉他無法理解這其中微妙，搖搖頭詭異地笑一笑說：

「看來，是法國人把這多愁善感的風氣帶進來的吧？」

「不，是英國人。」

「啊哈，這就是了！……」他回答，「因為他們一直都是惡名昭彰的酒鬼！」

我不由得想起一位莫斯科的名流女士，她確信拜倫①只是個一無是處的酒鬼。話說回來，上尉的想法是可以體諒的：他為了要戒酒，當然要努力使自己相信世界上一切的不幸都源自於酗酒。

這時候，他接著把故事說下去：

「卡茲比奇不再出現了。只是不知道為什麼，我腦袋擺脫不掉這個想法：他不會平白無故來這的，一定是想搞什麼壞事。」

「有一次，佩喬林一直勸我跟他去獵野豬，我推辭了好久：嘿，野豬對我來說有什麼好稀奇的！然而他終究還是把我給拉去。我們帶了五個士兵，大清早就出發。我們在蘆葦叢或森林裡鑽進鑽出，一直到十點都沒見到野獸。『喂，要不要回去了？』我說，『有什麼好固執的？顯然今天就是這麼不順！』但是佩喬林不管又熱又累，他不想空手回去……他就是這樣的人：想要什麼，就要人家給他。看來他是小時候被媽媽寵壞了……終於在中午的時候，我們找到了一隻該死的野豬：砰！砰！……可是沒打中，被牠溜到蘆葦叢去了……就是這麼不順的一天！……這下子我們才休息片刻，然後動身回家。

「我們鬆開韁繩，默默地並轡而行，差不多快到要塞了，不過樹叢擋住了我們看到要塞的視線。突然間槍聲響起……我們彼此對看一眼：被心裡同樣的疑慮給嚇到了……我們急忙奔往槍響處，看到圍牆上聚集了一群士兵指著原野那邊：有一位騎士飛快奔馳著，並抓著一個白色的東西放在馬鞍上。佩喬林尖聲一喊，那氣勢不會輸給任何一個車

①拜倫（George Gordon Byron, 1788-1824），英國詩人。

臣人，他把槍從皮套掏出來，便往那頭奔去，我尾隨著他。

「幸運的是，由於打獵不怎麼順利，我們的馬匹沒被操得太累：牠們縱身急馳著，我們一刻刻越來越逼近……最後，我認出了卡茲比奇，不過沒能看清楚他座前抓的是什麼東西。我那時候趕上了佩喬林，對他喊：『是卡茲比奇！……』他望我一眼，點了頭後便策馬前行。

「這時候，我們終於跑到了射程之內。不知道是不是卡茲比奇的馬累壞了，還是沒我們的馬能跑，只知道不管他多麼費盡全力趕馬，他的馬都不太往前動了。我心想，這個時候他一定想起了他那匹喀拉珠……

「我看到佩喬林在奔馳中舉槍瞄準……我對他喊：『別開槍！省著彈藥，我們這就追上他了。』他到底還是個年輕小夥子！總是急躁得不是時候……還是傳來了槍聲，子彈打斷了馬後腿，馬兒一時怒起連跳了十步左右，最後絆了一下跌跪在地上。卡茲比奇跳下馬，此時我們才看見他手上抓的是一個罩著面紗的女人……這是貝拉……可憐的貝拉！他用自己的族語對我們不知道大叫了些什麼，然後對著她舉起匕首。已經沒辦法拖延他：這次輪到我開槍，中了，子彈大概打到他的肩膀，因此他的手臂突然放了下來……煙塵消散後，看到地上躺著一匹受傷的馬，以及一旁的貝拉；而卡茲比奇已經丟下了槍，像隻貓似的沿著樹叢攀上懸崖去。我恨不得想在那裡除掉他——只是彈藥沒裝好！我們下馬朝貝拉跑去。這個可憐兒動也不動地躺著，傷口不斷湧出鮮血來，像小河似的……這麼一個惡徒：哪怕一下刺向心臟也就罷了——唉，那就真的一次全部了結，而他卻是刺向後背……這真是最土匪的殺法！她已經失去意識。我們把面紗撕開，盡量將傷口綁得緊一點。無論佩喬林再怎麼親吻她那冰冷的雙唇也是白費功夫——怎樣都無法讓她甦醒過來了。

「佩喬林坐上馬，我把她從地面抬起來，好不容易扶上他的馬鞍，讓他用一隻手抓著她，我們便往回騎。幾分鐘的沉默之後，佩喬林對我說：『您聽我說，馬克辛・馬克辛梅奇，我們這麼走是沒辦法把她活著載回家的。』——『確實。』我說，於是我們策馬全力飛奔。回到了要塞大門，已經有一群人在等我們。我們小心搬運傷患到佩喬林的房間，派人叫醫生來。雖然他喝醉酒，還是過來了。他檢查了傷口之後，宣布她活不過一天，不過他錯了……」

「她康復了？」我不由得高興起來，握著上尉的手問他。

「不，」他回答，「醫生只錯在，她還活了兩天。」

「那跟我說說，卡茲比奇是怎麼把她搶走的？」

「事情是這樣的：她不顧佩喬林的禁止，出了要塞外到河邊去走走。您知道，那時候很熱，她坐在石頭上，把雙腳泡在水裡。而卡茲比奇悄悄走近——一把抓住她，摀住她的嘴拉到樹叢裡，然後在那邊跨上馬，忽地就溜走了！她及時大聲呼叫，衛兵們一陣驚慌，開槍射擊都沒打中，我們就在那時候趕到。」

「那卡茲比奇為什麼要抓走她？」

「拜託喲！這些切爾克斯人是出了名的盜賊民族：東西要是沒收好，他們就非偷走不可，其他不管需不需要的東西，也都會一併摸走……單就這一點，我可以諒解他們！何況他老早就喜歡上她了。」

「貝拉死了嗎？」

「死了，不過受了很久的苦，我們也都跟著她一起受苦。晚上十點左右她甦醒了過來，我們坐在床邊，她一睜開眼睛就喊著佩喬林。『我在這裡，在妳旁邊，我的佳妮琪卡（套用我們的話就是我的親親寶貝）！』他握著她的手回答。『我要死了！』她說。我們開始安慰她，跟她說醫生答應過一定會醫好她，她卻搖搖頭，轉身向牆壁——她是不想死的啊！……

「夜裡她開始胡言亂語，發起燒來，有時候全身會忽冷忽熱地顫抖，她前言不接後語地說到父親和弟弟：想回山裡，回家去……之後她也說到佩喬林，用各種溫柔的暱稱叫他，或責備他不再愛自己的佳妮琪卡了……

「他靜靜地聽著她說話，用手抱著低下的頭。不過我一直沒看見他的眼睫毛上有絲毫眼淚：他是不是真的無法哭泣，還是克制忍住——我不得而知。至於我呢，我是從來沒有看過比這更不幸的情景了。

「將近清早時分她不再胡言亂語，她動也不動地躺了大約一個鐘頭，臉色蒼白，一副虛弱得連呼吸都幾乎難以察覺。之後她好轉了些，又說起話來，不過您覺得她在說什麼？……要知道只有將死之人才會閃過這樣的想法呀！……她哀傷說著：因為自己不是基督徒，以後她的靈魂在彼岸世界永遠遇不到佩喬林的靈魂，天堂上會有另一個女人當他的女朋友。我心中起了念頭，想在她死之前幫她施洗禮，我向她提議這件事，她猶豫地望著我，久久無法言語，終於，她回答說，她死的時後也要跟出生時信仰的一樣。這樣過了一整天。她在這一天裡面變化多麼大啊！她蒼白的雙頰凹陷下去，眼睛變得越來越大，嘴唇發燙。她感覺身體裡面有一股悶熱，彷彿胸中埋著一塊燒紅的鐵似的。

「到了隔天，我們一直沒闔眼，也沒離開她的床邊。她非常痛苦，不斷呻吟，但疼痛才稍停息，她就努力要讓佩喬林相信她好多了，勸他去睡覺，親吻他的手，並握著不放開。黎明前她感到一股將死的悲傷，開始輾轉不安，把包紮的繃帶碰掉了，傷口又再流出血來。當我們重新包紮傷口後，她靜下來好一會兒，然後開始要求佩喬林親吻她。他在床邊跪下，把她的頭從枕頭上稍微抬起來，用自己的雙唇貼向她那發冷的雙唇，而她用顫抖的手緊緊摟抱他的頸子，彷彿想要在這個親吻中將自己的靈魂獻給他……可不是嘛，她死掉倒也好！唉，要是佩喬林拋棄了她，不知道她會出什麼事？這可是遲早會發生的……

「再隔一天的中午，她整個人很靜，沉默不語，不管我們的醫生怎麼用敷劑和藥水折磨她，她都很聽話。『算了吧！』我跟醫生說，『您不是說過她一定會死掉的嘛，那為什麼還要用這麼多藥呢？』他回答：『畢竟這樣會好過一點，馬克辛・馬克辛梅奇，讓我的良心平靜些。』——真是好一個良心啊！

「午後，她開始口渴難受。我們打開窗戶，可是院子裡比房間還熱；我們拿冰塊來放在床邊——絲毫沒有幫助。我知道，這種無法忍受的口渴是生命終結的預兆，這點我跟佩喬林說了。『水，水！……』她勉強抬起身子，聲音嘶啞地說。

「他的臉色變得像麻布一樣蒼白，抓起杯子倒水給她喝。我雙手摀著臉開始唸禱文，現在不記得當時唸了什麼。是啊，老兄，我在軍醫院和戰場上看過許多人是怎麼死的，不過這次完全不是那回事，完全不同！……老實說，還有一點讓我很哀怨：她在死前一次也沒想起我。我似乎是像個父親一樣愛著她的……唉，願上帝原諒她！……說實在話：我又是什麼人呢，憑什麼讓人家臨死前要想到我？……

「她才剛喝了點水，覺得輕鬆許多，過了大概三分鐘後她死去。我們把鏡子靠向她嘴前——光滑無霧！……我把佩喬林帶出房間，我們往圍牆走去。我們倆一語不發，兩手交叉在背後，並肩來來回回走了許久。他的臉上沒有顯現出任何異常，這讓我感到氣惱：要是我在他的處境下會悲傷得要死。終於，他往地上蔭涼處坐下，開始在沙地上用樹枝塗塗抹抹。我呢，您知不知道，主要是基於禮貌想安慰安慰他，就開始說一些話，他卻抬頭笑了起來……這個笑讓我渾身打起寒顫……我就跑去訂棺材了。

「說真的，我為她辦後事一部分是為了解悶。我有一疋花色鮮豔的綢緞，拿它來蒙上她的棺材，並點綴著佩喬林送她的切爾克斯銀飾帶。

「隔天一大清早，我們將她埋葬在要塞後方的水邊，緊臨著她生前最後一次坐著的地方，她的墳墓周圍現在長滿了刺槐和接骨木。我曾想要在那裡安一個十字架，就是啊，您也知道，不太妥當：畢竟她不是基督徒……」

「那佩喬林呢？」我問。

「佩喬林病了很長一段時間，變得消瘦無比，可憐的傢伙；只不過從那一刻起我們就不再提起貝拉：我看得出，這件事會讓他不舒服，這樣的話又何苦說呢？約莫三個月過後，他被調到某某軍團去，因此他去了格魯吉亞。我們之後便沒再見過面……對了，好像記得有誰不久前跟我說過，他已經回到俄羅斯，但是在軍團的命令裡並沒有看到這一項。不過，像我們這種人，總是很晚才收到消息。」

這時候他開始發表長篇大論，談到關於要遲一年才得知新聞消息真是教人不快——

大概是想藉此平息那段悲傷的回憶。

我沒打斷他，也不想去聽。

一小時過後，我們有機會走了，風雪停息，天清氣朗，於是便動身出發。路上我又不自主聊到貝拉和佩喬林的事。

「那您有沒有聽說卡茲比奇後來怎麼了？」我問。

「卡茲比奇嗎？啊，我的確不曉得……是聽說過在沙普蘇格人①的右翼軍中，有某個人就叫做卡茲比奇，他是個一身紅衫的好漢，常常在我軍的槍林彈雨之下從容地四處遊走，當子彈咻咻飛近的時候，他還極為客套地點頭致意。可是這兩個大概不是同一人！……」

我在科比跟馬克辛．馬克辛梅奇分手。我搭上驛馬車，他因為行李沉重，無法隨我同行。我們沒指望以後會再碰面，然而之後還是相遇了，如果您想聽，我就來說說：這還有一整篇的故事……您是不是認同，馬克辛．馬克辛梅奇這個人還是挺讓人尊敬的吧？……如果您認同這點，那麼我會為自己講的這個可能過長的故事得到莫大的鼓勵。

①沙普蘇格人（Shapsugs），阿迪格族的一支，居住在北高加索。

2 馬克辛・馬克辛梅奇

跟馬克辛・馬克辛梅奇分手後，我疾馳過捷列克峽谷與達里亞爾①峽谷，在卡茲別克②吃早餐，在拉爾斯③喝茶，還趕在晚餐之前抵達弗拉季高加索④。在此我就給您省去那些山巒風貌的描寫、傳達不了什麼的吶喊，以及彰顯不出什麼的景致，對沒去過那裡的人來說尤其如此，我還省去了那些絕對沒有人會去讀的統計性文字。

我停宿在一間所有過路人都會投宿的旅店，那裡找不到人會做火烤野雞和燉白菜湯，因為旅店交給三位殘障的退役軍人管理，他們真是愚蠢，不然就是醉得糊塗，從他們身上看不到一點用處。

我被告知應該還得在這裡待上三天，因為葉卡捷琳諾格勒⑤那邊的「時機」⑥還沒到，那我也就還不可能回俄國去。真是什麼「時機」啊！……然而對俄國人來說，差勁的俏皮雙關語不能安慰什麼，像我當初為了解悶，一時興起記錄下馬克辛・馬克辛梅奇講的關於貝拉的故事，卻沒想到這篇會成為一長串故事的首要環結：您看，有時候一個不太重要的小事卻產生多麼巨大的成果啊！……而您也許還不清楚，那個「時機」是什麼吧！……那其實是一支掩護部隊，由半個步兵連和一門火砲編組而成，護送商旅車隊，從弗拉季高加索北行穿越卡巴爾達，開往葉卡捷琳諾格勒。

頭一天我過得非常無聊。第二天清早，院子裡開進一輛車……啊！是馬克辛・馬克

---

①達里亞爾（Daryal）峽谷，位於俄羅斯與格魯吉亞交界，是捷列克河切割大高加索山所造成數個峽谷中最著名的一個，在中世紀就有「高加索的大門」之稱；格魯吉亞軍用道路經過此地。萊蒙托夫的敘事詩〈惡魔〉對這裡的景色有生動的描寫。

②卡茲別克（Kazbek），格魯吉亞軍用道路上的驛站，位於卡茲別克山麓，距弗拉季高加索四十二里遠。

③拉爾斯（Lars），格魯吉亞軍用道路上的驛站，距弗拉季高加索二十五里遠。

④弗拉季高加索（Vladikavkaz），俄國建於一七八四年的軍事要塞，位於捷列克河岸，是高加索邊防線和格魯吉亞軍用道路上的重要據點，後來成為此道路的起點。

⑤葉卡捷琳諾格勒（Ekaterinograd），格魯吉亞軍用道路最初的起點驛站，位於瑪爾卡河與捷列克河交會處。

⑥這裡原文的「時機」是用外來語——源自法文的「ocasion」，俄文中有雙義，一是字面上的「時機」，二是軍事術語的「掩護部隊」，是十九世紀俄國經營高加索時特有的用語，因此下文提到這是雙關語。

辛梅奇！……我們像老友般重聚。我請他來我房間住，他也不拘禮節，甚至拍拍我的肩膀，撇著嘴當作是微笑的樣子。這麼一個怪人！……

馬克辛・馬克辛梅奇對烹飪技藝知之甚詳：他做的烤野雞實在太棒了，會用醃黃瓜的鹽水把烤雞淋得恰到好處，我該承認，沒他在的話，我就只能吃一些乾糧了。一瓶卡赫季①葡萄酒讓我們忘了寒酸的幾碟菜——其實全部只有一碟。我們抽了菸斗後，坐了好一會兒，我靠著窗，他則到生了火的壁爐旁，因為這天又溼又冷。我們沉默不語。我們要說什麼呢？……他已經把自己所知的有趣故事跟我說盡了，而我則沒什麼可講的。我望著窗外。捷列克河越見寬闊地朝下奔流而去，沿岸散布的許多低矮小屋隨著樹林搖曳而閃現，更遠一點堆疊如城垛般的山巒浮著湛藍色彩，群山之後的卡茲別克山峰看起來則像是戴著主教的白冠帽。我在心中與它們道了別，卻又捨不得起來……

我們就這樣坐了好久。太陽隱沒在寒冷山巔之外，微白的霧氣開始往山谷中漫去，這時商旅馬車的鈴鐺聲和車夫的喊叫聲傳到了街上。幾輛板車載著骯髒的亞美尼亞人駛進旅店的院子，之後跟著一輛空的敞篷馬車：它那輕巧的行進、舒適的設備和講究的外觀，流露出某種外國貨特有的模樣。車後走來一位蓄著濃密八字鬍的人，身穿仿匈牙利驃騎兵制服，就一個奴僕來說穿得是夠好了。看到他粗野地從菸斗裡抖出煙灰的模樣和吆喝驛站車夫的舉動，就不可能搞錯他的身分，他明顯是個被懶惰主人寵壞的僕人——

有點像是俄羅斯的費加洛②。

「老兄，告訴我，」我從窗口對他喊，「這是不是掩護部隊到了？」他相當沒禮貌地瞟一眼過來，理一理領帶後卻轉過身去，而他身旁走過的亞美尼亞人笑著替他回答，掩護部隊的確到了，明天一早便要返回。

「感謝上帝！」這時候馬克辛・馬克辛梅奇走近窗邊說。「這輛馬車真是漂亮得出奇啊！」他又說，「大概是某個官員要去提弗利斯查案子吧。顯然他是不了解我們這裡的小山！不，別開玩笑吧，老兄：它們可不是你們所熟悉的那種山，就算是坐英國式馬車也會顛簸得要命喔！」

「那會是誰呢？——我們過去一點看看吧……」

我們出去到走廊上。走廊盡頭有一扇打開的門通往廂房，奴僕和馬車夫正把行李搬到那裡去。

---

①卡赫季（Kakheti），格魯吉亞東部的一個省，當地生產的葡萄酒聞名世界。

②指法國劇作家博馬舍（Pierre-Augustin Caron de Beaumarchais, 1732-1799）的喜劇《費加洛婚禮》中的主角費加洛。

「聽我說，老弟，」上尉問他，「這輛好車是誰的？……啊？……真棒的馬車！……」那奴僕沒轉身，將行李解開，嘴裡不知道嘟囔著什麼。馬克辛・馬克辛梅奇惱了起來，他碰一下這個沒禮貌的人的肩膀說：「我在跟你說話，老兄……」

「誰的馬車？……是我主人的……」

「那你主人是誰？」

「佩喬林……」

「你說什麼？你說什麼？佩喬林？……啊，我的老天！……他是不是曾在高加索工作過？……」馬克辛・馬克辛梅奇拉著我的袖子激動地喊。他的眼睛裡閃耀著喜悅。

「好像是待過──我才剛到他們家做事沒多久。」

「嘿，這就是了！……就是了！……他名字和父名叫格里戈里・亞歷山德羅維奇嗎？……他是不是就這麼稱呼？……我和你們家主人是朋友。」他說著說著友善地拍拍那奴才的肩膀，拍得他站不穩歪到一邊去……

「對不起，先生，您妨礙到我了。」那個僕人皺著眉說。

「你真是的，兄弟！……你知不知道？我和你們家主人可是知心好友，一起住過……那他現在人在哪裡？……」

僕人告知佩喬林留在N上校家裡吃晚餐並過夜……

「那他晚上不會到這裡來了嗎？」馬克辛・馬克辛梅奇說，「或者，你老兄會不會有什麼事情要去找他？……如果要去，那就告訴他，馬克辛・馬克辛梅奇在這裡。你這麼說……他就知道了……我給你八十個戈比①去買酒喝……」

那奴才聽到這麼寒酸的賞錢，面露鄙色，但他還是跟馬克辛・馬克辛梅奇保證會完成託付。

「要知道他馬上就會趕過來的！……」馬克辛・馬克辛梅奇一臉歡喜地跟我說，「我現在去大門口等……唉呀！可惜我不認識那位N……」

馬克辛・馬克辛梅奇坐在大門外的長椅上，而我回到自己的房間。老實說，我有點等不及這位佩喬林的出現；儘管從上尉的故事聽來，我個人對他並沒有很好的印象，但他性格中仍有一些特點讓我覺得挺不錯。一個小時後，一位殘障店主端來滾燙的茶炊②和茶壺。

「馬克辛・馬克辛梅奇，想不想喝點茶？」我從窗口對他喊。

---

①俄國貨幣單位，一百戈比等於一盧布。

②茶炊，煮水用的壺，水滾後端至桌上供應熱水。

「感謝，什麼也不需要。」

「唉呀，就來喝吧！您看看，都這麼晚了，天氣又冷。」

「沒關係，謝謝……」

「嘿，隨便吧！」我就獨自喝茶。

大概十分鐘後，我的老友走進來說：

「您是對的：還是喝點茶水好，我一直等呀等……他家的人已經去找他好久，但顯然有什麼事情耽擱了。」

他匆匆地大口喝乾一碗茶，不再喝第二碗，又出去到大門口，心神有點不寧——看來，佩喬林的滿不在乎傷了老上尉的心，而且他不久前才跟我說到他們倆之間的友誼，也才一個鐘頭前他還很肯定佩喬林一聽到他的名字便會趕過來。

時候已晚，天色矇矇，我再次開窗喊馬克辛・馬克辛梅奇，跟他說該要睡覺了，他卻嘴裡念念有詞不知道在說什麼；我又再請他進來，他就完全不答話了。

我把蠟燭擱在暖炕上，圍著大衣躺在沙發上，很快打起盹來，要不是馬克辛・馬克辛梅奇很晚才進房來吵醒我的話，我就可以睡得很安詳。他進來時把菸斗扔在桌上，開始在房間裡走來走去，翻動壁爐裡的材燼，最後終於躺了下來，卻又一直咳嗽、吐痰、輾轉反側了好久……

「是臭蟲在咬您嗎？」我問。

「對，臭蟲……」他沉重嘆了口氣後回答。

隔天早上我很早起來，可是馬克辛・馬克辛梅奇比我更早。我在大門旁找到坐在長椅上的他。「我得去要塞司令那裡一趟，」他說，「如果佩喬林來了，那麼請您找人來通知我……」

我答應了他。然後他便跑步離去，全身上下彷彿重獲了青春活力和敏捷身手。

早晨清冷了些，但這樣舒服極了。金色的雲朵層層堆疊在山巔上，就像是一排排飛行的山峰。大門前方開展出一片寬闊的廣場，再過去是一個市集，人聲鼎沸，因為這天是禮拜日。有一些奧塞提亞男孩打著赤腳，肩上扛著一囊囊的蜂巢蜜，老在我身邊打轉，我把他們都趕走，我可無心搭理他們，我的思緒正忙著替那好心的上尉分憂解愁。

還不到十分鐘，廣場盡頭那端就出現了我們等待的那個人。他跟N上校走在一起……上校送他到旅店，與他道別之後，便轉身回要塞去。我立刻派一位殘障店主去找馬克辛・馬克辛梅奇。

佩喬林的奴僕走出去迎接他，向他報告現在要去套車了，給他端上雪茄盒，聽取若干指示之後，便去忙著張羅。他的主子抽完雪茄，打了一兩個哈欠，坐在大門另一邊的長椅上。現在我應該給你們描繪一下他的容貌。

他中等身材，勻稱纖長的身軀和寬闊的肩膀證明他有強健的體格，能夠忍受漂泊生活的種種困苦和氣候上的變化，他不會被首都的荒淫生活給迷倒，也不會屈服於心靈上的騷動；他的絲絨軍禮服沾滿灰塵，只扣了最下面兩顆釦子，使人得以看出裡面有潔白耀眼的內衣，顯示出一個規矩人士的生活習慣；他那副弄髒了的手套好像是刻意按照他那雙貴族式的小手而縫製的，當他脫下一只手套，我會被那蒼白手指的細瘦給嚇一跳。他的步態漫不經心又慵懶，但我注意到，他的手不會亂晃——這是性格有點內斂的顯著特徵。不過，這都是基於我個人觀察得出的片面看法，根本沒想要你們去盲目相信。當他往長椅上坐的時候，原先直挺的身軀竟彎曲得好像背後沒半根骨頭似的，全身上下顯現出某種神經衰弱的徵狀；他的坐姿，有如巴爾扎克筆下那位三十歲的風騷女人①被舞會搞得疲憊不堪後坐在絨毛座椅裡的樣子。第一眼看到他的臉龐，我會以為他才不到二十三歲，不過之後我會說他有三十了。他的微笑有一點稚氣。他的皮膚有一種女人般的柔嫩；那一頭自然捲的淺褐色髮，多麼生動地勾勒出蒼白而高貴的額頭，要觀察好久才看得出額頭上交錯著一些細紋的痕跡，或許，在憤怒或不安的時候這些痕跡才顯得更清楚些。別看他有一頭明亮的髮色，他的鬍髭和眉毛可是黑色的——這是人種上的一個特徵，就好比一匹白馬擁有的卻是黑鬃毛和黑尾巴一樣。外貌的描寫在此告一段落前，我還得說說，他的鼻子有一點朝天，牙齒白得驚人，眼睛是深褐色的。談到眼睛，我應該再說幾句話：

首先，他笑的時候，眼睛沒有笑意！你們沒機會注意到有些人身上會有這樣的怪事吧？……這表示他的性情很壞，不然就是過度憂鬱慣了。如果可以這麼形容的話，那雙眼睛會從半垂的睫毛下閃出一種磷火般的光芒。那並不是心緒熾熱或想像活絡的反映——只是一種類似鋼鐵光面的閃耀，爍爍晶亮卻也寒意逼人。他的目光雖僅一瞥而過，但銳利且沉重，帶給人一種恣意猜疑的不快印象，要是不那麼漠然平靜的話，那可能就會顯得粗魯無禮。所有這些想法之所以湧到我腦海中，或許只因為我知道他的一些生活細節，也許對其他人來說，他的外貌會產生截然不同的印象也說不定。由於除了我之外你們不曾聽誰說過他，所以你們無從選擇，也只好對這些描述感到滿意了。最後我要說，他整體看來長得挺不錯，擁有一張特別討女人歡心的獨特臉孔。

馬匹已經套好了，車軛下的鈴鐺不時響著，奴僕已經兩次過來跟佩喬林報告一切就緒，可是馬克辛・馬克辛梅奇仍未現身。幸好，佩喬林望著高加索山層峰堆疊的靛藍雉堞，陷入了沉思中，似乎一點都不趕著上路。這時候我走到他旁邊。

①指法國作家巴爾扎克（Honore de Balzac, 1799-1850）在小說《三十歲的女人》中所描寫的女主角。

「如果您再多等一會兒，」我說，「那麼您將會很高興見到老朋友……」

「啊，是呀！」他隨即回答，「昨天有人告訴過我。可是他人在哪？」我轉身向廣場那邊，看到了馬克辛・馬克辛梅奇，他用盡全力跑著……幾分鐘後，他已經跑到我們身旁。他上氣不接下氣，臉上汗如雨下，一綹綹的灰髮都溼了，還從帽子下掉出來黏住他的額頭，兩膝直發抖……他想要衝過去擁抱佩喬林，可是那人相當冷淡，儘管仍面帶親切微笑把一隻手伸給他。上尉一下子呆住了，不過隨後便渴望地用雙手握著他的手——他還說不出話來。

「親愛的馬克辛・馬克辛梅奇，我真是高興啊！嘿，您過得如何？」佩喬林說。

「那……你呢？……那您呢？」這老先生眼淚盈眶地嘟囔著，「多少年歲多少日子沒見了……這是要去哪呢？……」

「我要去波斯，之後要……」

「難道就是現在？……等一等，我最親愛的朋友！……難道我們現在就要分開？……我們這麼久沒見面了呀……」

「我該走了，馬克辛・馬克辛梅奇。」——他就這麼回答。

「我的老天，我的老天啊！這是去哪裡需要這麼趕？……我還有多少話要跟您說……有多少事想要問清楚……您怎樣呢？退伍了嗎？……過得如何？……在忙什麼呢？……」

「忙著苦悶！」佩喬林笑答……

「還記得我們在要塞的日子嗎？那裡真是個打獵的好地方！……您是多麼熱愛打獵……還記得貝拉嗎？……」

佩喬林臉色變得有點蒼白，別過臉去……

「是啊，記得！」他說，幾乎馬上不自主地打了個哈欠……

馬克辛・馬克辛梅奇要他答應再留兩個小時來陪他。

「我們來好好吃一頓午餐，」他說，「我有兩隻野雞，這裡產的卡赫季葡萄酒極好……當然，不是格魯吉亞產的那種，但也是上等貨……我們聊一聊……您跟我說說您在彼得堡的生活……好嗎？……」

「事實上，我沒什麼可說的，親愛的馬克辛・馬克辛梅奇……還是得告辭了，我時候到了……要趕時間……感謝您沒忘記我……」他握起他的手說。

老先生皺起眉頭……他又哀傷又生氣，儘管他克制著不流露出來。

「忘記！」他埋怨，「我可是什麼也沒忘……唉，願上帝保佑您！……我沒想到是這樣跟您重逢……」

「唉，好了，好了！」佩喬林友好地擁抱他，然後說，「難道我不是跟以前一樣嗎？……能怎麼辦呢？……各人有各人的路……能不能有機會再碰面——上帝才知道！……」說完這些話，他已經坐上馬車，驛站車夫挽起了韁繩。

「停一下，停一下！」馬克辛・馬克辛梅奇突然大喊，抓住馬車的車門，「差點忘了一件事……我那邊有您留下的文稿，佩喬林……我總是隨身帶著它們……我以為會在格魯吉亞找到您，上帝卻要我們在這裡相見……我該怎麼處理它們？……」

「隨您的便！」佩喬林回答。「別了……」

「您這是去波斯嗎？……那什麼時候回來？……」馬克辛・馬克辛梅奇在車子後面喊……

馬車已經走遠了，佩喬林還是比了個手勢，可能是這個意思：大概不回來了！而且也用不著回來了！

已經很久聽不到鈴鐺叮叮，以及石頭路上的車輪轆轆，但是可憐的老上尉仍站在原地深深沉思著。

「也對，」他終於開口說，盡量擺出漠然的樣子，儘管氣惱的淚水不時在他睫毛上閃動，「當然啦，我們曾經是朋友——唉，現在這個時代朋友算什麼呢！……我對他來說算什麼？我既不富有，也非顯要，年紀上我也跟他完全不相稱……瞧，去彼得堡待上一陣子後，結果他變成了多麼注重外表的花花公子呀……真漂亮的馬車！……多少的行李呀！……奴僕還那麼驕傲！……」——他的語氣中帶了嘲諷的笑意。「您說說看，」

他轉向我接著講，「您對這件事是怎麼想的？……嘿，是什麼樣的魔鬼現在要把他帶去波斯？……可笑，真的可笑！……我其實一直都知道，他是個輕浮的人，這種人不能指望……的確遺憾，他的下場會很糟……可是也沒有其他可能了！……我常說，忘記老朋友的人是沒有好下場的！……」此時他轉過身好隱藏自己的激動，並走到院子裡，在自己的板車附近走來走去，裝作好像要檢查輪子的樣子，那時候他兩眼不停地溢出了淚水。

「馬克辛・馬克辛梅奇，」我走近他說，「那佩喬林留給您的是什麼文稿？」

「上帝才知道！像是筆記之類的……」

「您要怎麼處理？」

「怎麼？我會叫人做成子彈①。」

「最好交給我吧。」

他驚訝地望著我，嘴巴裡嘀咕著什麼話，開始在行李中亂翻。他抽出一本筆記簿，輕蔑地把它丟到地上，隨後再一本，第三本，到第十本都有著同樣的遭遇——他的生氣有點幼稚，讓我感到好笑又可憐……

①當時的子彈製造方式，彈殼中可填入紙屑用以助燃火藥。

「這就是全部了，」他說，「恭喜您撿到好東西……」

「那我可以任意處置它們嗎？」

「就算您拿去報上刊登也好。干我什麼事！……怎麼，難道我是他的朋友還是親戚嗎？……沒錯，我們曾經長時間住在同一個屋簷下……但跟我一起住過的人難道還不夠多嗎？……」

我抓起文稿趕緊帶走，總擔心上尉會後悔。很快有人通報我們，一個小時之後掩護部隊將要出發，於是我吩咐人套車。當我戴好帽子的那一刻，上尉走進我房間。他似乎沒準備要離開，一副有什麼不得已而顯得冷淡的樣子。

「馬克辛・馬克辛梅奇，難道您不走嗎？」

「不了，先生。」

「怎麼這樣？」

「我還沒見到要塞司令，我得要繳還一些公物……」

「您不是去過他那裡了嗎？」

「去了，當然，」他好像有苦衷說不下去……「可是他不在……而我沒等到他。」

我這才了解：可憐的老先生，可能是有生以來頭一次，套句官腔話就是：因「個人之需」而延誤公家事——他卻又得到了什麼報償呀！

「非常遺憾！」我跟他說，「非常遺憾，馬克辛・馬克辛梅奇，我們得在這麼短的時間內分手。」

「像我們這種沒有文化的老頭子哪裡能夠跟隨您啊！……您是上流社會高高在上的青年：目前暫時棲身在切爾克斯人的槍子下，您還滿隨和……之後要是能再相遇，您會羞於伸手給我們這種人的。」

「我不應該受到這些責備的，馬克辛・馬克辛梅奇。」

「是啊，您也知道，我這只是順口說說。話說回來，我祝您一切幸福，旅途愉快。」

我們相當冷淡地分了手。善良的馬克辛・馬克辛梅奇變成了固執好鬥的上尉！是為了什麼？就因為他想要衝去擁抱佩喬林的時候，那人卻漫不經心或另有原因地只把手伸給他！看到一個年輕人喪失自己美好的希望和夢想時，令人感到悲哀，他是透過眼前美化了的薄紗去看世態人情的，這下子薄紗被掀了開來，他仍希望找到一些新的錯覺去蓋掉舊的，哪怕同樣短暫卻甜蜜依舊……然而，在馬克辛・馬克辛梅奇這個年紀，還能找什麼來蓋掉它們？難怪這人的心腸不禁變得冷硬，心靈也封閉了起來……

我獨自一人離開了。

佩喬林的日記

序文

不久前我得知，佩喬林已經死於從波斯回來的途中。這個消息讓我很高興，因為它讓我有權出版這些筆記，我趁這個機會可以在他人的作品中擺上自己的名字。上帝保佑，希望讀者別責怪我這種無惡意的造假！

現在我應該稍微解釋一下，是什麼原因導致我把素不相識者的真誠私祕出賣給大眾。若我是他的朋友倒也罷了，因為大家都理解，真心好友是可以險惡到不留餘地的程度；但我這輩子只在大馬路上見過他一次，因此，我無法對他懷有那種暗藏於友誼假象之下的說不出的恨意，那種恨只要一等到他死掉或遭逢各種不幸的時候，便會把責備、勸告、嘲笑和遺憾有如冰雹大作般傾倒在他頭上。

重讀這些筆記時，我確信有人會這麼無情地展露個人的弱點和毛病是出自於真誠。一個人的心路歷程，哪怕是最渺小的心靈，也都幾乎比一整個民族的歷史要有趣又有用得多，尤其當這個心路歷程是由成熟心智的自我審察所得出的結果，也因為它不是出於博取同情或引發驚嘆的虛榮心而寫下的①。盧梭的《懺悔錄》就有這樣的缺點，因為他讀給自己的朋友聽②。

就這樣，懷著一個公益的心願，我將這本偶然歸我所有的日記摘出片段來刊出。儘管我已經改掉所有的人名，但是日記中所提到的人，大概認得出自己，也許，他們對於那位早已遠離現世但至今仍被大家怪罪的人，還會為他的罪行找出一些合理的解釋——因為我們總是會體諒我們所理解的人情世故。

我刊登在本書的，只有與佩喬林逗留在高加索相關的部分，在我手中還有一本很厚的筆記本，裡面是他講述自己的一生。總有一天它將呈給世人公評，但現在出於種種重要因素我還不敢把這個責任攬上身。

或許，有些讀者想要知道我對佩喬林性格的看法。我的回答就是這本書的書名。他們會說：「這實在是惡毒的嘲諷啊！」——這我就不知道了。

①關於虛榮心與自省懺悔，德國作家海涅（Christian Johann Heinrich Heine, 1797-1856）曾強烈批判盧梭的《懺悔錄》，指盧梭在這本自傳中描寫甚至編造不堪的往事來懺悔，是出於知識階層的虛榮心。

②法國作家盧梭（Jean-Jacques Rousseau, 1712-1778）的自傳《懺悔錄》，作家在世時無法出版，只能讀給自己的朋友聽，到他過世後一七八二年才出版。儘管此處略有揶揄盧梭，事實上他的《懺悔錄》影響萊蒙托夫很大。

1 塔曼①

塔曼是俄羅斯所有濱海城市中最糟糕的小城。我在那邊差點沒餓死，而且還有人想把我淹死。我搭乘驛站的小拖車深夜抵達這裡。馬車夫將三匹疲憊的馬停在進城入口處，停靠在這裡唯一的石房子大門旁。衛兵是個黑海哥薩克②，聽到馬車鈴鐺聲後，用粗野的聲音半睡半醒地喊：「來人是誰？」部隊的士官長和十夫長走出來。我跟他們說明，我是因公務前往作戰部隊的軍官，要求留宿在這裡的公家房舍。十夫長就帶我們上車在城裡繞，去了好幾間房舍，卻沒進房，因為都住滿了。天很冷，我又三天沒睡覺，累得要死，火氣就來了，於是大喊：「隨便帶我去一個地方住，你這土匪！哪怕去鬼那裡都好，只要有個地方住！」十夫長搔搔後腦杓回答：「是還有一個住處，只怕長官您不喜歡，那裡不乾淨！」我那時沒能了解最後那句話的確切意思，只命令他繼續往前走，我們在骯髒巷弄之間晃蕩好久，巷子兩邊我只看到一些破舊的籬笆，然後我們駛到緊鄰海岸邊的一間農舍前。

圓月照耀著我新住所的蘆葦屋頂和白牆，在那卵石牆內的院子裡，立著另一間簡陋的屋子，它比前面那間農舍更小更舊。海岸的斷崖幾乎緊靠圍牆邊，牆腳下方就是海岸，隨著湛藍海水的浪湧拍岸，響起了連綿不絕的低吟。月亮靜靜地望著那片騷動不安但已被她馴服的海水，月光下我可以清楚看到離岸遠處有兩艘船，它們的黑色纜索纏得像蛛網似的，船隻動也不動地在蒼白的天際裡印出了輪廓。「碼頭裡有船，」我心想，「那明天我就可以前往格連吉克③。」

一個邊防哥薩克士兵來當我的勤務兵。我吩咐他把行李拿出來，打發馬車夫離開，然後我開始叫喚房東——四下靜默無聲；我敲敲門——依然靜默無聲……這怎麼回事？

---

①本篇最早單獨發表於《祖國紀事》雜誌，一八四〇年第二期。塔曼（Taman），位於高加索山脈最西端的塔曼半島上的濱海小城，半島將黑海與亞速海南北分隔，西側有一道刻赤海峽連結兩海，海峽對岸是克里米亞半島的刻赤半島。塔曼是當時高加索邊防線上最西端的駐防地。

②指黑海哥薩克軍隊的士兵，與前文其他的哥薩克不同，這是十八世紀末俄羅斯帝國下令將一批烏克蘭的哥薩克軍隊移防至靠近黑海的庫班地區，作為對高加索山民的軍事防衛部隊。

③格連吉克（Gelendzhik），濱臨黑海北岸的城市。

最後，從前廳爬出來一個約莫十四歲的男孩。

「房東在哪？」——「沒。」

「怎麼回事？根本沒有嗎？」——「根本沒。」

「那房東太太呢？」——「到郊村去了。」

「那誰要幫我開門呢？」我說，用腳踢了門。門卻自己開了，屋裡傳來一股霉味。我點了一枝硫磺火柴，伸到男孩鼻子前面——火柴照出了兩顆白白的眼珠子。他是個瞎子，天生全盲。他站在我面前動也不動，我開始仔細觀察他的臉龐輪廓。

我承認，我對所有的殘障者，不管是瞎子、獨眼的、聾子、啞巴、缺手斷腳的、駝子等等，都有強烈的偏見。我注意到，在人的外表和心靈之間總會有某種奇特的關聯：一個肢體殘缺的心靈似乎也會喪失掉某種感受力。

就這樣，我開始觀察瞎子的臉，但是請問，要怎麼從一個沒有眼睛的臉上讀出東西來呢？……我不由得同情地望著他好久，突然間一個隱隱若現的微笑掠過他薄薄的雙唇，不知道為什麼，這個笑容給了我極不愉快的印象。我腦海裡產生了猜疑，這個瞎子不是真像表面上那麼瞎，不管我怎麼努力說服自己相信角膜白斑不可能造假都沒用，而且又何必要裝瞎呢？但是有什麼辦法？我常常是寧可相信偏見……

「你是房東的兒子嗎？」我終於問他。——「不。」

去了。」

「那你是誰？」——「窮人家的孤兒。」

「那房東有小孩嗎？」——「沒，是曾經有個女兒，但是跟一個韃靼人跑到海那頭

「跟什麼韃靼人？」——「鬼才知道！是個克里米亞韃靼人①，刻赤②來的船夫。」

我走進屋內：裡面有兩張長椅和一張桌子，加上壁爐旁的一口大箱子，全部就這些家具了。牆上沒有掛任何聖像畫——壞兆頭！海風穿過破了的玻璃窗灌進來。我從行李中取出蠟燭頭，點亮之後便整理起東西，我把軍刀和長槍立在角落，手槍放在桌上，毛氈斗篷鋪開在長椅上，哥薩克士兵則把他的鋪放在另一張椅上。十分鐘後他開始打鼾，可是我睡不著——黑暗中那個白眼珠的男孩一直在我面前打轉。

這樣過了大約一小時。月亮照在窗上，落在屋內地板上的光線躍動著。忽然間，在一條橫過地板的明亮光斑上，閃過一個陰影。我抬起身來看一看窗戶：好像是有誰再次

---

①克里米亞韃靼人（Crimean Tatars），居住在克里米亞的突厥語族人，十五世紀中建立克里米亞汗國，十八世紀末被併入俄羅斯帝國。

②刻赤（Kerch），位於克里米亞半島東端的刻赤半島的港市，隔刻赤海峽與塔曼對望。

跑過窗外，老天才知道藏到哪去了。我不認為這個傢伙會沿著陡峭的海岸跑下去，但是除此之外他又無處可去。我起床披上外衣，將匕首繫在腰帶上，悄悄地走出屋子。那個瞎子男孩向我迎面走來，於是我躲到圍牆旁，他的步伐平穩但仍小心翼翼，從我身邊走過去。他腋下夾帶一個不知道是什麼的包袱，轉往碼頭的方向去，開始沿著狹窄陡峭的小徑下去。我保持一段看得見他的距離跟在後面，心中想到：「到那天，啞巴將大喊出聲，瞎子將復明。」①

與此同時，月亮開始被烏雲遮蔽，海面上起了霧，透過霧氣只見最近一艘船的船尾燈濛濛亮著。岸邊閃爍著波濤掀起的浪花，每分每秒都威脅著要淹沒海岸。我辛苦地朝下方走，沿著陡坡溜下去，這時候我看到：瞎子暫停了一下，然後沿低處往右轉。他離水邊這麼近走著，似乎海浪馬上要將他抓住帶走，但他自信地從一個石頭邁步到另一個石頭上，且避開坑窪，由此可以得知，顯然這裡不是他第一次走。終於，他停了下來，彷彿在聆聽著什麼，隨後往地上一坐，包袱放在身旁。我躲在岸邊突出的岩壁後，觀察他的一舉一動。過了幾分鐘，另外一邊出現了一個白色的身影，朝瞎子走去，並坐在他身旁。風不時地將他們之間的對話傳過來。

「瞎子，情況怎麼樣？」一個女人的聲音說，「風浪很大，楊科不會來了。」

「楊科不怕風浪。」他回答。

「霧很濃。」那個女人的聲音又再反駁，語帶憂慮。

「在霧中更容易躲過巡邏船。」他這麼回答。

「要是他淹死了呢？」

「那還能怎麼辦？妳禮拜日去教堂就沒新緞帶可戴了。」

接著是一陣沉默。然而，我對一件事感到震驚：瞎子之前跟我說話是用小俄羅斯②方言，現在卻講得一口清晰的俄語。

「妳看，我沒錯，」瞎子拍著手又說，「楊科不怕海也不怕風，不怕霧也不怕海巡衛兵。妳仔細聽聽：這不是水流拍濺的聲音，我不會被騙的——這是他的長槳划水聲。」

那女人急忙跳起來，表情不安地凝望遠處。

「你胡說，瞎子，」她說，「我什麼也沒看到。」

說實在的，無論我怎麼努力去看清遠方有沒有什麼類似小船的東西，但都白費功夫。

---

①這段話出自《聖經》的〈以賽亞書〉第二十九章十八節，與原文略有出入，原文為：「那時，聾子必聽見這書上的話；瞎子的眼必從迷矇黑暗中得以看見。」

②小俄羅斯即烏克蘭。

這樣過了大約十分鐘，就在那浪峰之間浮現出一個黑點，時大時小，一會兒緩緩攀上浪峰，一眨眼又迅速墜落，它漸漸靠近岸邊——是一艘小船。這位船夫真是勇猛無畏，敢在這樣的夜晚穿越二十里寬的海峽，應該有什麼重要的原因促使他這麼做！我在想這件事的同時，不禁心跳加速地望著那艘可憐的小船，然而，那艘船像隻鴨子似的時潛時現，稍後船槳有如翅膀般快速擺動，便從浪花飛沫之間的深淵跳了出來；看這下子，我想大概還差一個船身它就要撞上岸邊打得粉碎了，可是它靈巧地轉向側面，毫無損傷地躍進一個小水灣。船裡走出一個中等身材的人，頭戴韃靼式羊皮帽，他揮揮手，然後這三個人就開始從船裡搬出一包包東西。船裡的載貨量這麼大，讓我到現在還不了解，它怎麼不會沉沒。他們每個人肩上扛起一個包袱後，便沿著海岸離去，很快消失在我的視線裡。該要回家了。不過老實說，這些怪事讓我緊張不安，好不容易我才等到天亮。

我的哥薩克士兵醒來時看到衣裝整齊的我，覺得很驚訝，我還是沒有告訴他原因。從窗口望去，藍天上滿布著撕成碎片般的雲朵，遠方克里米亞的海岸有如一條淡紫色的彩帶，長長拖曳而去，最後收在一處懸崖邊，崖頂上的燈塔白晃晃的——我欣賞了好一陣子之後，便出發去法納戈里亞①要塞，想跟要塞司令打聽我何時可以前往格連吉克。

唉！要塞司令完全無法肯定地告訴我什麼。停在碼頭的船隻就是全部的船了，那些不是巡防船，不然就是連貨都還沒開始裝的商船。「或許，過個三四天，郵船會進港，」

司令說，「到時候我們會看到的。」我又悶又氣地回家去。我的哥薩克士兵在房門口遇上了我，他一臉驚恐。

「不好了，長官！」他跟我說。

「對啊，老兄，天知道我們什麼時候才能離開這裡！」這下子他更是恐慌起來，彎身向我輕聲說：

「這裡不乾淨！我今天碰到一位黑海軍團的士官，他是我朋友，去年他在我們部隊裡。當我跟他說到我們的落腳處時，他對我說：『兄弟，這裡不乾淨，裡面的人不是善類！……』的確是，這瞎子到底是什麼人！獨自一個人東跑西跑，不管去市集、買麵包，或去提水都是一個人……顯然，當地人對這種事都習以為常了。」

「還能怎麼辦？至少房東太太總該現身了吧？」

「今天您不在的時候，來了一位老太太還有她女兒。」

「什麼女兒？她又沒有女兒。」

「如果不是女兒，天曉得她會是誰。那老太太現在正坐在自己屋子裡。」

①法納戈里亞（Phanagoria），位於塔曼半島上的古希臘殖民城市。

我走進小屋。壁爐的火燒得很旺，爐裡在煮午飯，這對一個窮人家來說滿奢侈的。對於我的所有疑問，老太太是這麼回應——她是個聾子，根本聽不見。還能拿她怎麼辦？我轉向坐在壁爐前的瞎子，他在給爐火添樹枝。「瞎了眼的小鬼頭，」我抓住他的耳朵說，「你說，你晚上拎著包袱跑去哪裡溜達啦？」那瞎子忽然大哭大叫起來，哎喲地說：「我去哪裡？……哪都沒去……拎著包袱？什麼包袱？」老太太這次可聽得見了，開始嘟囔著：「您這樣人家會怎麼想呀，而且還是對個殘廢的人！您幹嘛要這樣對他？他對您做了什麼？」我厭煩了這些，便走出去，打定主意非要解開這個謎題不可。

我圍上毛氈斗篷，坐在圍牆旁的石頭上，望著遠方。在我面前，展開一片被昨夜的風暴攪弄得激動難撫的海水，它那一成不變的喧囂彷彿睡夢中城市的囈語，令我想起了往昔舊日，把我的思緒帶到我們北方那寒冷的首都去。我被回憶騷擾得思緒起伏，想得出了神……這樣經過了大約一小時，或許還更久一些……突然間，我聽到像是歌一樣的聲音而回過神來。這確實是歌聲，是女人的生動的聲音——可是從哪來的？……我聆聽著——唱得很奇特，一會兒拖長音像在哀傷，一會兒卻輕快又活潑。我四下張望——周圍都沒有人。我再次聆聽——那聲音彷彿從天而降。我眼睛一抬看到：在我的屋頂上站著一個女孩子，穿著花條紋衣裙，披頭散髮，活像個道地的俄羅斯水妖精①。她用手掌遮住眼睛防著陽光，凝視遠方，一下笑著自言自語，一下又唱起歌來。

我逐字逐句地記下了這首歌：

多麼自由又自在——
在那青青大海上，
許許多多的船隻
揚著白帆向前航。

浮浮行在大船間
是我那艘小船兒，
什麼裝備也沒有，
單單只有兩枝槳。

①俄羅斯水妖精（rusalka），傳說住在水中的女精靈，常見的形象是赤裸、披散長髮、有魚尾，類似西方的人魚，後來演變成會害人的女妖精，言行看似瘋狂，會用歌聲舞蹈魅惑人，最終目的是拉人進水裡淹死。

要是暴風雨大作——
古而老成的大船
微微張展起翅膀，
漂移海上揚長散。

我向大海鞠個躬
將頭低低來傾訴：
凶狠惡毒的大海，
你可別碰我小船，

因那小船裡裝載
珍貴無比的寶物，
暗黑夜裡駕馭的
是我豪邁好男兒。

我不禁想到，昨晚我也聽到同樣的歌聲；我遲疑了一會兒，當我再望向屋頂，那裡的女孩已經不見了。忽然間她跑過我身旁，一邊唱著另一首不知名的歌，一邊彈響著指頭，跑到老太太那裡去，她們隨即爭吵了起來。老太太氣憤呼呼，她卻哈哈大笑。此時我看到，我那位烏丁娜①又連蹦帶跳地跑著，到我身旁時她停了下來，凝神盯著我的眼睛，彷彿我的出現讓她吃了一驚；之後，她漫不經心地轉過身子，靜靜地往碼頭走去。這事還沒結束：她一整天都在我的屋子附近打轉，唱唱跳跳沒一分鐘停過。真是奇怪的傢伙！她的臉上並沒有任何發瘋的跡象，相反地，她常用一副機伶銳利的眼神盯著我，這雙眼睛好像與生俱來有某種吸引人的魅惑力，每次望過來都像是在期待著疑問。但是正當我一開口，她又狡黠地笑著跑開。

我以前絕對沒看過這樣的女人。她遠非美女，但我對美也有一套自己的偏見。她身上可以看到許多品種的特徵……女人的品種就像是馬的品種，是一門大學問，發現這點

①這裡用日耳曼民族神話中的水妖精烏丁娜（undine），德國作家富凱（Friedrich de la Motte Fouque, 1777-1843）於一八一一年出版過以此為題的小說，一八三〇年代由俄國詩人茹科夫斯基以敘事詩形式譯成俄文版，對萊蒙托夫產生影響。

的可算是「青年法蘭西」①。這個名堂呢（是說這個品種，而不是青年法蘭西），所表現出的特徵大多在於步態和手腳上，而在鼻子上尤其意義非凡。在俄羅斯，直挺的鼻子比纖細的小腳還要罕見。我這位歌女看起來不超過十八歲。她的體態超乎尋常的柔軟，尤其是她所獨有的俯首姿態、淡褐色頭髮，以及她肩頸上晒得略黑的皮膚上閃著莫名的金黃色調，特別是那直挺的鼻子——這一切都教我著迷不已。儘管在她斜瞟的眼神裡，我讀出某種狂野又可疑的東西，哪怕在她的微笑中也隱含著某種不確定的東西，可是偏見的力量就是如此之強：那直挺的鼻子令我為之痴狂，我還以為自己找到了歌德筆下的迷娘②，這是他那日耳曼的想像中最別出心裁的創造物——的確，她們倆之間有許多相似之處：同樣都會從極度騷動中轉瞬變得徹底文靜，同樣說著令人費解的話，同樣蹦蹦跳跳、唱著奇怪的歌……

傍晚，我把她留在門口，跟她進行了這段對話：

「告訴我吧，美人，」我問，「妳今天在屋頂做什麼？」

「喔，在看風從哪吹來。」

「妳看風向幹嘛？」

「風從哪來，幸福就從那裡來。」

「什麼？難道妳可以用歌聲招來幸福？」

「哪裡有歌唱，那裡就有幸福。」

「這麼唱千萬別給自己唱來悲傷唷？」

「那又怎樣？哪裡沒好事，那裡就有壞事，從壞到好相差也不遠。」

「是誰教妳唱這首歌的？」

「沒有人教，想到什麼就唱什麼。誰該聽，那人就聽得明白，誰不該聽，那人就聽不明白。」

「愛唱歌的女孩，那妳叫什麼名字？」

「誰幫我施洗禮的，那人就知道。」

「那是誰施洗禮的？」

「我怎麼會知道。」

---

①一八三〇年法國革命之後，有一群法國浪漫主義青年作家自稱「青年法蘭西」（Jeune France），以雨果為中心。

②迷娘（Mignon）是德國作家歌德（Johann Wolfgang von Goethe, 1749-1832）的小說《威廉・邁斯特的學習年代》中的女主角。

「真是鬼鬼祟祟！我倒是知道妳一些事情。」（她臉上的表情沒變，嘴巴也沒動一動，好像不干她的事。）

「我知道妳昨天晚上在海邊走動。」——這時候我非常鄭重地向她描述我的所見所聞，心想可以使她慌張，但是一點都沒用。

她放聲哈哈大笑：「您看到很多，了解的很少。要是您知道了什麼，那就口風守緊一點。」

「那如果我，比如說忽然想去報告要塞司令呢？」——這時候我裝起一副非常嚴肅甚至嚴厲的臉色。她驟然跳起來，唱起歌兒躲了開來，好像一隻從林中被嚇跑的小鳥。我最後那幾句話真是一點都不恰當，那時候我沒有想到它們的嚴重性，可是後來我對這件事曾感到懊悔。

天才剛開始黑，我就吩咐哥薩克士兵照行軍時的習慣去把茶壺加熱，我點亮蠟燭坐在桌子旁，抽起旅行用的菸斗。我正要喝完第二杯茶，門就突然咯吱地打開，在我身後傳來衣服和腳步的輕微沙沙聲響。我顫抖一下，轉過身——那是她，我的烏丁娜！她靜靜地坐在我對面，不發一語，一雙眼睛直盯著我瞧，我不知道為什麼，這個眼神讓我感到溫柔得美妙極了。這讓我想起曾幾何時也有過一個那樣的眼神注視過我，還蠻橫地玩弄了我的生命。她好像在等我發問，但是我滿懷莫名的困窘，無法言語。她的臉蛋蒙上了暗淡的蒼白，顯示出內心的不安；她的手在桌上漫無目的地動來動去，我注意到她的身體發出輕微的顫動；她一下高高隆起胸部，一下又似乎屏住氣息。我開始對這個鬧劇感到厭煩，我打算用最平淡的方式來打破沉默——就是問她要不要喝杯茶，她卻突然跳起來，兩手摟著我的頸子，然後一個溼潤的熱吻吧唧一聲親在我的嘴唇上。我的兩眼發黑，暈頭轉向，我使盡了青春熱情的氣力把她摁在我的懷裡，但她卻像條蛇似的從我的雙臂之間溜走，在我耳邊悄聲說：「今天晚上，大家都睡著後，你到海邊來。」——她隨即飛箭似的衝出房間。她在前廳撞翻了茶壺和地板上的蠟燭。「這個鬼丫頭！」哥薩克士兵大喊，他臥在乾草上正想要喝點剩下的茶來暖暖身子。直到這時候我才回過神來。

過了大約兩小時，碼頭上一切都靜了下來，我叫醒我的哥薩克士兵，對他說：「要是我開槍，你就趕去海邊。」他瞪大眼睛，制式地回答：「是的，長官。」我把手槍塞進腰帶後便走出去。她在斜坡邊等著我，此時她的衣服更見輕盈，腰間用一小塊方巾繫著她那柔軟的身軀①。

①納博科夫（Vladimir V. Nabokov, 1899-1977）的《當代英雄》英譯版（一九五八年）中特別注釋了這裡的穿著，指出作者刻意用含糊的描寫來塑造浪漫的遐想，事實上她並非只穿一小塊方巾而已。

「跟我來！」她抓著我的手說，我們開始往下走。我不了解當時我怎麼沒摔斷脖子。到了下面我們向右轉，沿著昨晚我跟蹤瞎子的同一條路走。月亮還沒出來，只有兩顆小星星像是兩座救命的燈塔，閃爍在暗藍色的蒼穹裡。厚重的海浪整齊畫一地連綿翻滾，將一艘孤單靠在岸邊的小船稍稍抬起。「我們到船上去。」我的女伴說。我猶豫起來——我並不是喜歡在海上談情說愛的人，但要退卻又不是時候。她跳上小船，我隨後跟上，還沒等我清醒過來，我就發現船已經開出海了。「這是什麼意思？」我生氣地說。「這個嘛，」她一邊應著一邊要我坐下，雙手摟著我的身體，「這是說我愛你……」她的臉頰貼著我的臉，我臉上感覺到她那熱情的喘息。忽然間有什麼東西撲通一聲掉到水裡：我抓抓腰帶——手槍不見了。喔唷，這時候我心裡不知不覺浮出了可怕的疑慮，血直衝腦門！我環顧四周——我們離岸邊大約有五十丈遠，可我不會游泳！我想把她推離我身邊——她卻像隻貓似的纏住我的衣服，突然間來了一個劇烈的推撞差點沒把我給拋下海去。小船搖搖晃晃，不過我應付住了，於是我們之間展開一場你死我活的打鬥；盛怒之下我力氣倍增，但我很快發現，我沒有對手那麼敏捷……「妳想怎樣？」我大喊，並緊緊按住她的小手，她的手指咯吱作響，而她卻不吭聲——她那蛇也似的天性經得住這種拷問。

「你看到了，」她回答，「你會去告密！」她隨即使出難以想像的力氣將我推倒至船舷，我們兩人都半身垂到船外，她的頭髮碰到了水面，來到了關鍵時刻。我膝蓋撐著船底，一手抓住她的髮辮，另一手掐她喉嚨，逼她鬆開我的衣服，這一瞬間我將她丟到海浪中。

天色已相當昏暗，她的頭在浪花之間閃現了一兩次，再來我就看不到了……

我在船底找到了半枝舊船槳，費了好大功夫才好不容易將船划往碼頭靠岸。我順著海岸往我的屋子走去，不自主地朝昨晚瞎子等待船夫的那個方向仔細瞧。月亮已經滑上了天邊，看得到有個身穿白衣的人坐在岸邊。我心生好奇便悄悄走近，倒臥在岸邊峭壁上的草叢裡，稍微把頭探出去，我從這懸崖上可以清楚看到下面的一舉一動，認出了我那個水妖精後，我沒有特別驚訝，甚至還有點高興。她擰著長髮擠出海水泡沫，溼透了的衣衫勾勒出她柔軟的身軀和高挺的胸脯。很快地遠方出現了小船，急速地靠過來，跟昨晚一樣船裡走出一位頭戴韃靼式皮帽的人，只是這回他剪了個哥薩克式的短髮，腰帶上插著一把大刀。「楊科，」她說，「一切都完了！」之後他們的對話持續著，但是聲音低得讓我什麼也聽不清楚。「那瞎子在哪？」楊科終於提高音量。「我派他辦事去了。」——她只這麼答。幾分鐘之後瞎子出現了，他背後拖著一口袋子來，他們把袋子搬上船。

「聽著，瞎子！」楊科說，「你要看管好那個地方……知道嗎？那裡有很多貨……告訴那個（名字我沒聽清楚），我不再幫他辦事了，事情進行得不順，他不會再看到我。

現在時機很凶險，我要到其他地方找工作，他找不到像我這麼一個好漢了。你還要講，要是他願意付多一點錢辦事的話，楊科就不會丟下他了。我到哪裡都有路子走，只要那裡有風吹，那裡有浪濤！」——沉默片刻之後，楊科繼續說：「她要跟我一起走，不能待在這裡了。告訴老太婆，就說，是時候該死囉，她活得也夠久了，一個人該知道何時要離開。她不會再看到我們了。」

「那我呢？」瞎子語帶哀怨地說。

「我要你幹嘛？」——他就這麼答。

與此同時，我的水妖精跳上小船，對同伴揮一揮手；他給瞎子手裡放了些東西，並說：「拿去，給自己買點蜜糖餅。」——「就這樣？」瞎子說。「唉，就再給你一些。」——硬幣掉落打在石頭上發出清脆的聲響。瞎子沒有撿起來。楊科坐到船上，揚起了往海上吹的風，他們張開小風帆，很快就疾駛而去。月光下白帆在黑暗的浪潮間閃爍了好長一段時間；瞎子依然坐在岸邊，這時候我似乎聽到像是嚎啕大哭的聲音：瞎眼的男孩的確在哭，哭了好久好久……我感到很鬱悶。為什麼命運要把我推到這個**老實的走私集團**①的平和生活裡？一如石頭被丟進平靜無波的水裡那樣，我驚擾了他們的安寧，自己也像那顆石頭，差點沒沉到水底去！

我回到家來。擺在前廳的木盤裡那枝燃燒將盡的蠟燭劈啪作響，我的哥薩克士兵違背我的命令，兩手抓著長槍睡得很沉。我沒叫醒他，拿起蠟燭往屋裡走去。唉呀！我的錦盒、鑲銀邊的軍刀、達吉斯坦的匕首——朋友送的禮物，全都不見了。這下子我才猜到那該死的瞎子剛剛是在拖什麼東西了。我很不客氣地推推哥薩克士兵叫醒他，罵了他一頓，我很生氣，但卻不能怎麼辦！要是跟這裡的長官抱怨，說一個瞎子偷了我的東西，一個十八歲的女孩差點沒淹死我，難道不可笑嗎？感謝上帝，一早就有機會可以走，於是我便離開了塔曼。那老太婆和可憐的瞎子後來怎麼了——這我就不知道。而且人家的歡喜憂愁又干我這個漂泊的軍官什麼事，再說，我還身負文件得要出公差呢！……

①這裡作者特意標出「老實的走私集團」，應表示他們是走私無害的日常用品。

第二部（佩喬林日記的後半部）

2 梅麗公爵小姐

五月十一日

昨天我抵達五峰城①，在城邊最高處租了間公寓，就在瑪舒克山②的山腳下，因此每當雷雨時分，雲朵便會沉下來直抵我的屋頂。今天早上五點，我打開窗戶，房前小花園的花草馨香便滿滿撲向我的房間。歐洲櫻桃樹繁花盛開，枝椏朝窗戶伸向我來，有時候一陣風兒拂來它們的白花瓣，撒了我滿書桌。從我這裡看出去，三面的風景都美妙無比。西面五峰並峙的貝什圖山③映著湛藍，有如「暴風雨散去前的最後一團烏雲」④；北面瑪舒克山向上攀升，仿如一頂毛茸茸的波斯毛帽，遮蔽了天際的這一整個區塊；東面望去更是賞心悅目：下方一個乾淨嶄新的小城五光十色地呈現在我面前，有益健康的礦泉水聲嘩嘩，操各種口音的人群話音嚷嚷——就在那裡更遠一點，山巒堆疊得如半圓形劇場般，一梯梯漸高隆起，一層層更藍又更蒼茫，在地平線末端有一條雪峰銀鍊綿延出去，以卡茲別克山為首，收尾在雙峰聳立的厄爾布魯斯山⑤……生活在這種地方真是愉快！有一種歡樂的感覺讓我全身血脈賁張。空氣有如嬰兒的親吻般清新；陽光燦爛，天空湛藍——人生似乎毋須多求什麼了？這裡何必還需要什麼激情、欲望或遺憾？……不過時間到了。我現在要去伊麗莎白溫泉⑥：聽說所有來溫泉鄉休養的上流社會人士早上都會聚在那裡。

①五峰城（Pyatigorsk），俄羅斯北高加索礦泉區的度假療養勝地，以具有療效的溫泉聞名。

②瑪舒克山（Mashuk），位於五峰城市區的東北端，高度九九三公尺。一八四一年萊蒙托夫在此山腳與人決鬥身亡。

③貝什圖山（Beshtau），位於五峰城外北面，山名源自突厥語，為五峰之意，五峰城因此為名，主峰高度一四〇一公尺。

④本句出自普希金的詩〈烏雲〉。

⑤厄爾布魯斯山（Elbrus），位於大高加索山中部，歐洲第一高峰，海拔五六四二公尺。

⑥伊麗莎白溫泉，五峰城的知名溫泉景點，一八〇九年發現具有療效的硫磺泉水，當時認為飲用有益身體，這裡有當地的第一座礦泉水井供人打水。

…………………………①

我朝市中心下去，沿著林蔭道走，在那裡遇到了幾群面帶愁容的人，緩緩地往山上爬來。他們絕大部分是來自草原的地主人家，關於這點可以從先生們磨壞了的老派禮服，以及太太女兒們講究的服裝上立刻猜到：顯然，他們對整個溫泉鄉的年輕人都一一評點過了，因為他們用一種溫和的好奇眼神望著我：我的軍禮服是彼得堡的式樣，讓他們起了迷惘的遐想，但他們很快認出了帶穗肩章②所代表的部隊軍種，於是面有慍色地撇過身去。

當地權貴的太太，即所謂的溫泉鄉女主人，是比較讓人有好感的。她們隨身帶長柄眼鏡③，卻不太在意制服，因為刻著軍隊番號④的扣子下往往有一顆熱情洋溢的心，白色軍帽下常常有一個教養良好的頭腦，這些她們在高加索早就司空見慣了。這些女士非常可愛，而且一直都是這麼可愛！每年她們都會有一批新的愛慕者，這點可能是她們永遠迷人可愛的祕密。我沿著小徑往伊麗莎白溫泉爬上去，趕過了一群男人，其中有軍人有平民，我後來得知，這群人是溫泉鄉療養者之中結聚的一個特別小圈圈。他們喝的是酒，而不是礦泉水，很少散步，追女人也只是跟路過的調調情；他們賭博，也抱怨無聊。

他們都是講究外表的花花公子，會把自己的杯子纏著布再放下到硫磺泉井裡打水，一副很有學問的姿態；他們之中的平民都戴著亮藍色的領帶，軍人則會從領口翻出扇形百褶領。這些人對外省鄉下的房子表露出深深的蔑視，同時又空嘆自己無法進入首都的貴族沙龍大門。

終於，這會兒到了礦泉水井……水井附近的小廣場上建有一間紅頂小屋，作為浴室之用，再過去一點是走廊，供人們雨天時散步。有一些受傷的軍官收起拐杖坐在長椅上，他們一臉蒼白又憂鬱。有一些女士在小廣場上快步來回走動，期待喝的礦泉水發生功效，她們之中有兩三位的臉蛋還挺漂亮。在覆著瑪舒克山坡的葡萄樹林蔭步道下，經常閃現著色彩繽紛的女帽，那是情侶倆獨處時女方所戴的，因為在這種女帽旁邊我看到的總是

①原文此處及本篇其他地方標示的一行類似刪節的符號，是模仿真實日記的形式。
②此處佩喬林軍服上的肩章符號說明了他可能是從中央單位降調到邊區的作戰部隊，因此被輕視。
③長柄眼鏡（lorgnette），由一對可折疊鏡片框與手持長柄組成，功能為望遠鏡，本作為劇院看戲之用，平常攜帶則可在遠處窺奇獵豔，是十八、十九世紀歐洲貴族社會流行的配件。
④指看出的番號是邊區作戰部隊，通常被視為下放單位而被輕視。

軍帽或難看的圓帽。在那陡崖之上蓋有一個亭子，名為「風弦琴鳴」①，風景愛好者會在那裡流連忘返，架起望遠鏡觀賞厄爾布魯斯山；其中有兩位看起來是家庭教師帶著自己的學生來醫治結核病。

我因為走得很喘而停在山邊，靠在小屋的角落，開始細看周遭的美景，突然間我聽到身後有個熟悉的聲音：

「佩喬林！來這裡很久了嗎？」

我轉過身：是格魯什尼茨基！我們互相擁抱。我是在作戰部隊中認識他的。他的腿中彈受傷，大概早我一個禮拜來到這個溫泉鄉療養。

格魯什尼茨基是個士官生，他下部隊服役才一年，身上還是套著一件公子哥兒派頭的厚重軍大衣，佩戴聖喬治士兵十字勛章②。他身材很好，皮膚黝黑，頂著一頭黑髮，外表看起來有二十五歲，不過未必滿二十一歲。他說話的時候會把頭往後擺，不時用左手捻著鬍鬚，因為右手要拄著拐杖。他說話很快，而且矯情過了頭：他是那種在任何場面都能誇誇而談的人，這種人無法被單純的美所感動，總是煞有介事地裝出一副情操非凡、抱負遠大或苦難異常的樣子。從中博得對方的回應——是他們莫大的享受；這一招總會讓春心蕩漾的鄉下女人喜歡上他們到痴狂的地步。老之將至時，他們往往不是變成安逸的地主，不然就是酒鬼——有時候兩者皆是。他們的心靈往往也有許多良善的特質，但卻一點詩意都沒有。格魯什尼茨基極愛大發議論：日常話題才剛講完，他就快語連珠說不停。我從來無法跟他爭論。他不回答您的反駁，也不聽您說。一旦您停了下來，他就開始長篇大論，表面上看起來與您提到的似乎有關，但事實上他只是自說自話講不停。

他這人夠機靈：他的諷刺詩通常很有意思，但從來都不精準也不毒辣——他無法一句話就讓人斃命；他不了解人們和他們性格上的缺陷，因為他一輩子眼中都只有自己。他的人生目的，就是要成為浪漫小說中的主角。他努力要別人相信他天生不俗，因此注定會遭逢一些難以想像的苦難——他實在太常如此，以致於連他自己都幾乎相信了這點。因此他才這麼高傲地穿著自己那件厚重的士兵軍大衣。我認清了他這點，他因而不喜歡我，儘管我們表面上維持著極好的友誼。格魯什尼茨基人稱是個出色的勇士，我看到的他卻是這副模樣：他揮舞著軍刀，大喊大叫，瞇縫著眼睛往前衝。這不太像我們俄國人的勇猛吧！……

---

①風弦琴（Aeolian harp）的名稱是紀念希臘神話中的風神埃奧洛斯（Aeolus），建於一八三〇年左右，亭子結構內設計有兩個風弦琴，風吹琴鳴。

②帝俄時期頒發給士官和士兵的軍功勳章，屬於低階的勳章。

我也不喜歡他：我感覺我們倆不知道什麼時候會狹路相逢大起衝突，而且其中一個必定會倒大楣。

他這趟來到高加索，也是他那浪漫的狂熱所致：我相信在他離開家鄉的前夜，他是一臉愁容地對某個漂亮的鄰家女孩說，他不單只是去軍中服役而已，而是去赴死，因為……這時候他大概會用手掌蓋住眼睛繼續說：「不，您（或妳）不該知道這些事的！您那純潔的靈魂會因此顫抖啊！而且有什麼必要呢？我對您來說算什麼？您了解我嗎？……」就是諸如此類的話。

他自己跟我說過，促使他加入K軍團的原因，將會是他與老天之間一個永遠的祕密。不過，有些時候，當格魯什尼茨基拋下那件悲劇效果十足的斗篷大衣，他是相當可愛又有趣的。他跟女人的相處總讓我好奇：我想，他就是在這種時候才會積極表現！

我們像老朋友一樣相逢。我開始打聽這個溫泉鄉的生活風貌，以及有哪些出色的人物。

「我們看到的生活相當平淡無奇，」他嘆一口氣說，「早晨喝礦泉水的人——跟病人一樣無精打采，而晚上喝葡萄酒的人——則跟健康的人一樣教人難以忍受。這裡有女人的社交圈，只不過從她們那裡得不到什麼慰藉：她們打惠斯特牌①，穿著很糟糕，說的法語很恐怖。今年從莫斯科只來了一位利戈夫斯卡雅公爵夫人②，她帶著女兒一起來，但我不認識她們。我的士兵軍大衣就像是受排擠的印記③，它所引起的同情就像施捨一樣那麼教人沉痛。」

這時候有兩位女士從我們旁邊經過，朝水井方向走去：一位年長，另一位年輕苗條。她們的臉被帽子遮住讓我看不清楚，但看得出她們的裝扮恪守高尚品味，身上一點多餘的東西都沒有。年輕那位套著灰珍珠色澤的④高領連身裙，輕盈的絲巾繞在她纖柔的頸子上。一雙深褐色⑤的皮鞋，多麼美妙地把她那纖纖小腳束在腳踝，就算一個對美的奧祕毫無概念的人也該會讚嘆，哪怕是一聲驚嘆。她那輕巧而高貴的步態中，有一股難以

①惠斯特（whist），十八、十九世紀流行的一種紙牌遊戲。

②利戈夫斯卡雅公爵夫人也是萊蒙托夫一部未完成的小說《利戈夫斯卡雅公爵夫人》的女主角，其中的男主角就叫佩喬林，他的形象到《當代英雄》中發展完備。

③士官生軍大衣與士兵軍大衣在外表上幾乎一樣，只差在前者布料較細緻：小說中都只稱士兵軍大衣，在他人眼裡是嘲諷、輕視、可憐，而從本人口中說出來則有一種做作的自怨自艾。

④原文用法文「gris de perles」。

⑤原文用法文「couleur puce」。

名狀的少女氣息，唯有眼觀才足以體會。當她走過我們身邊，她身上飄散著不可言喻的芬芳，是那種心愛女人所送的信箋裡偶爾溢出的那種滋味。

「那是利戈夫斯卡雅公爵夫人，」格魯什尼茨基說，「她身邊的是她女兒梅麗，她是用英語的叫法來稱呼①。她們剛到這裡三天。」

「不過你已經知道她的名字了？」

「嗯，我偶然間聽到的。」他臉紅著回答，「老實說，我沒想要認識她們。這種高傲的貴族看待我們軍人，就像看野蠻人一樣。無論打了編號的軍帽之下有沒有頭腦，厚重的軍大衣之內有沒有心，這又與她們何干？」

「不幸的軍大衣！」我說，一邊冷笑著，「那麼，朝她們走去的這位先生是誰？看他多麼殷勤地拿杯子給她們。」

「哦！這是莫斯科的花花公子拉耶維奇！他是個賭徒：這點馬上可以從纏在他藍色背心上的粗大金鍊子看出來。真是好一枝粗手杖呀——簡直就像是魯賓遜②在用的那枝！再順便看看那鬍子，那土裡土氣的③髮型。」

「你對任何人都很惡毒。」

「是有原因的……」

「噢！真的？」

這時候女士們離開礦泉水井，趕上了我們。格魯什尼茨基藉機用拐杖擺出一個戲劇效果的姿勢，用法語高聲回答我：

「親愛的，我憎恨人們，是為了不要蔑視他們，不然生活就會變成厭惡至極的鬧劇了。④」

漂亮的公爵小姐轉過身來，送給我們的演說家一個好奇的深深注視。這個注視所要表達的意思非常難以界定，但不會是嘲笑就是了，我由衷祝賀他。

「這位梅麗公爵小姐長得美極了，」我跟他說。「她有那種像是天鵝絨般的眼睛

---

①即英文名字「Mary」，音譯為「梅麗」，若以俄文音譯是「瑪麗（雅）」；當時的上流社會說話時喜歡穿插法、英等外語以顯示自己的優越感。

②這個典故與原出處有別，在狄弗（Daniel Defoe, 1660-1731）的小說《魯賓遜漂流記》裡，魯賓遜用的不是手杖，而是一把自製的傘；手杖之說是從法文譯本而來，萊蒙托夫當時可能是讀法文本。

③本詞原文用法文「a la moujik」。

④本句原文用法文「Mon cher, je hais les hommes pour ne pas les mepriser, car autrement la vie serait une farce trop degoutante」。

——正是天鵝絨。我建議你講到她眼睛的時候，要把這個形容拿來用；她的上下睫毛長到連陽光都無法映到她的瞳孔裡。我喜愛這雙沒有光澤的眼睛：它們多麼嬌柔，彷彿在撫摸你……話說回來，她的臉上似乎盡只是美好的……那她的牙齒白嗎？這點非常重要！可惜她沒對你那華麗的台詞笑一笑。」

「你講漂亮女人就好像在談英國馬一樣。」格魯什尼茨基語帶憤怒。

「親愛的，」我回答他，盡量模仿他的語調，「我蔑視女人，是為了不要愛上她們，不然生活就會變成荒謬至極的通俗劇了①。」

我轉身離他而去。大概有半個小時，我沿著葡萄樹林蔭道散步，順著石灰岩峭壁走，山壁間一簇簇灌木懸掛其上。天氣變得很熱，我趕緊回家去。我走過硫磺泉，停在走廊簷下，好在遮蔭下稍作休息，而這使我有緣目睹到格外有趣的一幕。演出人物是處於以下這種情況：公爵夫人跟莫斯科花花公子坐在走廊的長椅上，兩人似乎忙著談嚴肅的話題；公爵小姐大概已經喝完最後一杯礦泉水，在水井旁若有所思地走一走；格魯什尼茨基就站在那口井旁，場子上再沒別的人。

我走近一些，躲在走廊角落。這時候格魯什尼茨基把自己的杯子弄掉在沙地上，努力彎著腰想要撿起來：可是受傷的腿妨礙了他。可憐蟲啊！他拄著拐杖，不管多麼巧妙地去撿，都是白費力氣。他那豐富的表情還頗真實地顯露出內心的痛苦。

這一切梅麗公爵小姐看得比我還清楚。

她比小鳥兒還輕盈地跳著靠近他，彎下身去撿起杯子，做出一種難以形容的美妙姿勢交給他，隨後她滿面紅潮，四下看看走廊，確認過她的媽媽什麼都沒看見，似乎這下子她才安心了。格魯什尼茨基正要開口向她道謝，她早已走遠了。一分鐘後她跟媽媽和花花公子一起出了走廊，但是經過格魯什尼茨基身旁的時候，她擺出一副規矩又高傲的姿態——甚至沒轉頭，甚至沒去注意他那熱情的眼神久久目送著她，直送到下山坡沒入林蔭道的椴樹林……然而，她穿越街道時帽子仍閃現了一下，最後她跑進一個大宅門裡去，那是五峰城最豪華的宅邸之一。隨後公爵夫人跟過去，在大門旁向拉耶維奇點頭道別。

這個時候可憐的熱情士官生才注意到我在場。

「你看見了？」他緊緊握著我的手說，「她簡直是天使！」

「怎麼說？」我問，一副心思極為單純的樣子。

---

①本句原文用法文「Mon cher, je meprise les femmes pour ne pas les aimer, car autrement la vie serait un melodrame trop ridicule」。

「難道你沒看到嗎？」

「沒有，我只看見：她撿起你的杯子。如果那邊有個守衛在，他同樣會這麼做的，而且還更迅速，好期待能討個賞酒錢。話說回來，情況非常清楚，她只是同情你：當你撐著中槍的腿跨步的時候，你裝出的那副痛苦嘴臉多麼可怕……」

「那當她臉上綻放著真心的光輝，你看著她的那一瞬間，沒有絲毫感動嗎？」

「沒有。」

我撒了謊，但我只是要激怒他。我生來就喜歡反對，一直反抗著心性與理性，這讓我整個人生不斷遭逢悲傷和失敗。有熱心的人在場會使我感到酷寒無比，我想，要是跟消沉又冷淡的人頻繁往來的話，倒可能會把我變成一個熱情的夢想家。還得老實說，有種不愉快但熟悉的感覺在這一瞬間輕輕掠過我的心頭，這個感覺就是嫉妒，我勇於說出「嫉妒」，是因為我習慣對自己坦白一切。而且，大概不會有這種年輕人，當他遇到一位漂亮的女人，她迷倒了心靈空虛的他之後，卻突然在他面前擺明青睞另一個同樣是她不認識的男人，我說啊，碰上這種場面而不會被難堪地擊敗的年輕人（當然是待過上流社會，自尊自大慣了的男人），恐怕是找不到吧。

我跟格魯什尼茨基下山，不發一語，沿著林蔭道走過去，經過我們那位美人住的大宅窗外。她坐在窗邊。格魯什尼茨基急忙拉一下我的手，對她拋一個曖昧而溫柔的目光，這種手段對女人不很有用的。我拿起長柄眼鏡瞄準她，看到她微微一笑回報他的目光，對我則因為那無禮的長柄眼鏡惹得她真的生氣了。說的也是，一個高加索軍人竟敢拿什麼玻璃片瞄著莫斯科的公爵小姐看？……

五月十三日

今天早上一位醫生來找我，他名叫維爾納，但他是俄國人。這有什麼好奇怪的？我知道有一位伊凡諾夫就是個德國人。①

維爾納這個人很出色，是有諸多原因的。他是個懷疑論者和唯物論者，幾乎跟所有醫生一樣，同時也是個詩人，這可不是開玩笑——他在實際作為上永遠是詩人，談吐之

①維爾納（Verner）是德國姓名，伊凡諾夫則是典型的俄國姓名。

間也經常是，儘管在他有生之年沒寫過兩行詩。他研究活人的心弦特質，就如同有人會去研究死人的血脈一樣，但他從來不會活用自己的知識，就像有時候優秀的解剖學家也不會治好熱病一樣！維爾納經常暗中嘲笑自己的病患，但我有一次也看到，他在臨死的士兵面前哭泣……他很窮，夢想著百萬財富，而在賺錢方面他卻不願意多做一點：有一次他還跟我說，他寧可幫助敵人，而不是朋友，因為幫助後者意味著出賣自己的善行，但幫助前者的話，因為對敵人慷慨反而會賺到更多恨意。他很毒舌：在他的諷刺詩的幌子底下，不只一個好人被他說成是低俗的傻瓜。他的競爭對手都是些善嫉妒的溫泉鄉醫生，他們散布了謠言，好像說他針對自己的病患畫了滑稽的漫畫——這讓病患怒不可抑，幾乎全都拒絕找他看病。而他的朋友，也就是說所有在高加索服務的真誠正派人士，無論再怎麼努力去恢復他墜落的名聲，都於事無補了。

他的外表，是那種初次見到會令人拂然錯愕，隨後眼睛一旦能夠在那面相不端之中看出可靠又高尚的心靈印記時，就會喜歡上的。不乏這類的例子：女人們往往愛他們那種人到瘋狂的地步，不願拋棄一副壞德性的他們，去找外貌亮麗且夢幻的美男子恩狄米昂①。必須還給女人一個公道：她們擁有探尋心靈之美的天賦，就因為如此，或許像維爾納這樣的人，才會這麼熱烈地去愛女人。

維爾納身材短小瘦弱，像個小孩子似的，他有一隻腳比較短，跟拜倫一樣，他的頭與身體相較之下似乎顯得過大：他頭髮剪得很短，因此看得到顱骨的凹凸不平，上面各種對立的傾斜角度奇異交錯，恐怕會讓顱相學家震驚不已。他的眼睛小而黑，總顯得不安，且極力想看穿您心裡在想什麼。他在衣著上，看得出有品味，注重整潔；他那雙乾瘦多筋的小手戴著亮黃色的手套相當引人注目。他穿的禮服、領帶和背心，永遠都是黑色的。年輕人給他取了個綽號：梅菲斯特②，他顯得有點氣這個綽號，但事實上這頗為滿足他的自尊心。我們倆很快理解彼此，成了朋友，因為我通常對交朋友是不在行的：兩個朋友之間總會有一個是另外一個的奴隸，儘管沒人會承認這點。我不能當奴隸，可是這樣的話，當主人指使命令別人——也是很累人的工作，因為同時得要花言巧語讓人甘願聽命；況且我又不缺奴僕和金錢！我們就這樣成了朋友：我是在S地遇到維爾納……在一個人多嘈雜的年輕人圈子聚會中，那次快到晚會結束前，話題談到了形而上學這方面，大家對信仰信念這種事議論紛紛：每個人堅持各自的看法。

「在我看來，我只相信一點……」醫生說。

---

①恩狄米昂（Endymion）是希臘神話中的牧羊人，以俊美的外貌著稱。

②梅菲斯特（Mephisto），浮士德傳說中的惡魔。

「哪一點？」我問，很想知道這位一直保持沉默的人的意見。

「我只相信，遲早我將在一個美好的早晨死去。」

「那我比您多知道一點，」我說，「除此之外，我還相信，我是在一個惡劣的夜晚不幸出生的。」

大家都覺得我們倆在瞎掰鬼扯，但說真的，他們之中沒有一個能夠說出比我們這些話還要睿智的。從這一刻起，我們彼此在人群之中脫穎而出。我們倆經常聚在一起，極為嚴肅地談論一些抽象的話題，直到雙雙發現我們只是相互愚弄著對方。那個時候，我們意味深長地四目相覷，一如西塞羅①所說的羅馬鳥卜祭司②擺出的那副模樣，我們哈哈大笑起來，笑夠之後，各自對這晚很滿意才分手離去。

當維爾納進到我房間的時候，我躺在沙發上，兩眼盯著天花板，雙手枕在後腦袋下。他往扶手椅一坐，把手杖擱在角落，打了個哈欠然後說，屋外變得很熱。我回答說，蒼蠅讓我心煩——然後我們就雙雙陷入沉默。

「親愛的醫生，您想想看，」我說，「世界上要是沒有傻瓜的話會很無聊……您看，就我們這兩個是聰明人，我們早知道，兩人爭吵會吵到沒完沒了，因此就不吵了。我們幾乎知悉對方心底最深處的一切想法，簡單的一句話——對我們來說就是一長串的故事，我們的目光可以穿透三層外殼直抵對方各個感覺的核心。可悲的事我們覺得可笑，可笑的事反而覺得可悲，總之，說真的，除了自身之外，我們對任何事物都太冷漠了。這樣的話，我們之間不可能交流感覺和思想：因為我們了解彼此想要知道的一切，因此我們再也不想知道任何事情了。只剩下一個方法：談談新聞。您就跟我說說有什麼新聞吧。」

我被這番冗長的話弄得很疲憊，闔上眼睛，打個哈欠……

他想了一下回答：

「在您這些胡言亂語中，還是有點想法。」

「是兩點想法！」我答。

「那您說一點，我再跟您說另一點。」

「好，您先開始吧！」我說，繼續仔細瞧著天花板，心底暗笑。

「您想知道關於溫泉鄉某位訪客的一些消息，我已經猜到您關心的人是誰，因為那邊已經有人問起您來了。」

①西塞羅（Marcus Tullius Cicero, 106BC-43BC），羅馬共和國時代的作家、演說家、政論家，曾任執政官、鳥卜祭司，他在《論占卜》中提到：令人驚訝，兩位四目相覷的預言家怎麼能夠克制住不笑。

②鳥卜祭司（Augur），古羅馬的官銜，以觀鳥象來占卜。

「醫生呀！我們絕不能聊天：因為我們都可以讀出彼此的心意了。」

「現在您說另一點……」

「另一點想法是這樣的：我想要逼您說出一些事情；首先，因為聽人說話比較不累；其次，不會說溜嘴什麼；第三，可能打聽出別人的祕密；第四，因為像您這麼一個聰明人，喜歡說話更勝於聆聽。現在回到正題來：利戈夫斯卡雅公爵夫人對您說了我什麼？」

「您非常確定是公爵夫人……而不是公爵小姐？……」

「十分確定。」

「為什麼？」

「因為公爵小姐是打聽格魯什尼茨基才對。」

「您真是天生思慮敏捷。公爵小姐說，她相信這位穿軍大衣的年輕人是因為決鬥而被處分降級為士兵……」

「希望您就讓她保有這麼美麗的錯覺吧……」

「那當然。」

「好戲上場囉！」我欣喜地大喊，「我們設法把這齣喜劇弄個結局出來。顯然是命運眷顧，讓我不致於太無聊。」

「我有預感，」醫生說，「可憐的格魯什尼茨基將會是您的犧牲品……」

「繼續說，醫生……」

「公爵夫人說，她覺得您很面熟。我跟她說，大概她是在彼得堡的某個社交場合上見過您……我說出了您的名字……她是聽過的。似乎，您在那邊的事蹟惹出許多糾紛……公爵夫人開始講您的傳聞故事，或許還對上流社會的流言蜚語添加了自己的意見……她女兒滿心好奇聽著。在她的想像中，您成了近來風行的浪漫小說的英雄……我沒反駁公爵夫人，儘管我知道她是胡說八道。」

「值得交的朋友！」我說，把手伸給他。醫生感動地握握手，繼續說：

「如果您想的話，我給您介紹……」

「拜託喔！」我兩手一拍說，「難道英雄需要人介紹嗎？一旦他把自己最心愛的女人從注定的死劫中解救出來，那時候必然會認識……」

「那您確實想要去追求公爵小姐囉？……」

「相反，完全相反！……醫生，我終於贏了：因為您對我還不夠了解！……不過這讓我傷心，醫生，」我沉默一下子繼續說，「我從來不公開自己的祕密，而是酷愛它們被人家猜出來的感覺，因為這樣的話我總還有機會可以抵死不認。但是您還是該跟我描述一下那位媽媽和女兒。她們是什麼樣的人？」

「首先，公爵夫人是個四十五歲的女人，」維爾納回答，「她腸胃極好，可是血液被搞壞了，臉頰上有紅斑。她後半輩子都待在莫斯科，在那裡過得安逸而變得很胖。她喜歡聽曲折離奇的緋聞，當女兒不在場的時候，她自己有時候也說一點不正經的話。她告訴我，她的女兒純潔無瑕得像隻鴿子似的。這干我什麼事？……我想回她說，為了讓她安心，這件事我不會告訴任何人！公爵夫人是來治療風溼病，女兒要治什麼呢，只有上帝才知道了。我吩咐她們兩位每天喝兩杯硫磺泉水，每週要在獨立的清水池裡泡兩次澡①。公爵夫人似乎不習慣命令人；她對女兒的聰慧和知識很尊重，因為她女兒可以用英文讀拜倫，還懂代數學：顯然莫斯科的貴族小姐都唸書，而且唸得不錯，很好！我們的男人通常都不討人喜歡，對聰明的女人來說，要跟他們調情應該是難以忍受的。公爵夫人非常喜愛年輕人；公爵小姐則有點輕蔑他們：莫斯科的習氣！在莫斯科，她們這種聰明小姐只會跟那些滿嘴俏皮話的四十歲男人相處。」

「那醫生您去過莫斯科嗎？」

「有，我在那裡看診過一陣子。」

「您繼續說。」

「嘿，我大概都說完了……對了！還有一件事：公爵小姐似乎喜歡討論情感、熱情這類的東西……她曾在彼得堡待過一個冬天，她不喜歡那裡，特別是上流社會：或許她受到冷淡的對待。」

「您今天在她們那邊沒看到其他人嗎？」

「其他還有看到一位副官、一位拘謹的近衛軍軍官，還有某個最近剛到的女士，是公爵夫人夫家的親戚，非常漂亮，可是好像病得很重……您在水井那沒遇到她嗎？——她中等身材，金髮，五官端正，一臉肺結核的膚色，右臉頰上有一顆黑痣：她的臉蛋表情豐富得讓我印象很深刻。」

「一顆痣？」我的話在牙齒之間打轉。「不會吧？」

醫生看著我，把手放在我的胸口，欣喜地說：「您認識她！……」——此刻我的心臟確實跳得比平常還快。

「現在輪到您贏了！」我說，「我只希望您不要背叛我。我雖然還沒看到她的人，但我確定，照您所形容的外貌，我認出了一個我從前愛過的女人……您一句話也別跟她提起我；如果她問起的話，那您要講我的壞話。」

「好吧！」維爾納聳聳肩說。

當他離開後，一股可怕的憂傷緊緊壓著我的心。難道是命運使我們再度相會於高加

①藉以去除硫磺泉水對身體的負面影響。

索，還是她明知會遇見我而故意來這裡？……我們又會怎麼重逢呢？……還有，這個人是她嗎？……我的預感從來不會騙我。世界上沒有一個人會像我這樣，老是被往事牽著走。每每想起逝去的歡喜或憂傷，我的心靈便揪痛不已，那回憶喚起了我心中與往日一模一樣的聲音……我真是天生愚蠢，讓我什麼事都忘不了，什麼也忘不了！

午餐過後，大約六點鐘我去了林蔭道，那裡已經聚了一群人。公爵夫人和公爵小姐坐在長椅上，周遭圍著年輕人，他們爭先恐後地獻殷勤。我保持一段距離坐在另一張椅子上，叫住了兩位熟識的D軍團軍官……開始對他們聊東聊西，顯然我講得很好笑，因為他們像瘋子似的哈哈大笑起來。公爵小姐身邊的一些人好奇地跑到我這邊來聽；漸漸地，所有人都丟下她，加入了我的圈子。我的話沒停下來：我的笑話機智到愚蠢的地步，我嘲笑路過的怪人極其惡毒到發狂的地步……我持續娛樂著大家，一直到太陽下山。公爵小姐好幾次挽著媽媽的手走過我身邊，還有一位跛腳的小老頭陪著她們；她好幾次將目光瞥到我身上，努力想裝出無所謂的樣子，卻掩飾不住懊惱之情……

「他在跟你們說什麼？」她問其中一位出於禮貌而回到她身邊的年輕人。「或許是很吸引人的故事吧，是說自己打仗的功績吧？……」她相當大聲地說這句話，而且大概是有意要挖苦我。

「啊哈！」我心裡想，「您真的生氣了，可愛的公爵小姐，等著瞧吧，更精采的還在後頭呢！」

格魯什尼茨基像是隻貪婪的野獸跟在她後面，眼睛沒離開過她身上——我敢打賭，明天他會要求有誰可以把他介紹給公爵夫人。這樣她會非常高興，因為她日子無聊得很。

五月十六日

接下來兩天，我的事情有了極大的進展。公爵小姐對我恨透了，已經有人轉述兩三首諷刺我的詩給我聽，相當刻薄，但對我來說卻也是一種莫大的讚賞。她覺得非常奇怪，像我這麼一個習慣上流社會良好生活的人，而且跟她的彼得堡表姊妹或阿姨們這麼親近的人，怎麼沒努力去認識她。我們每天都會在水井旁和林蔭道上相遇，我想盡辦法吸引她的愛慕者、衣著光鮮的副官、面色蒼白的莫斯科人或其他人，幾乎每次都成功把這些人帶離她身邊。我平常是痛恨客人來我住處：可是現在我的屋子裡每天都客滿，吃午飯，用晚餐，打牌——唉呀，我的香檳酒戰勝了她那雙眼睛的魅力了！

昨天我在切拉霍夫商店遇到她，她看上一張相當漂亮的波斯毯，正在討價還價。公爵小姐求她媽媽別吝嗇：這張毯子可以把她的書房裝飾得多美呀！……我馬上付了四十多盧布，硬從她們手中買下來，我因此被賞了個白眼，那眸子裡燃放的狂怒真教人著迷。大約午餐時分，我吩咐人把我那匹切爾克斯馬披上這張毯子，故意牽去經過她的窗前。那時候維爾納剛好在她們家，後來他告訴我這一幕的戲劇效果真是無與倫比。公爵小姐想要號召一支志願軍來對抗我，我甚至注意到，已經有兩位副官當她在場時對我打招呼的態度變得很冷淡，但他們還是每天來我家吃午飯。

格魯什尼茨基一副神祕兮兮的樣子：他兩手背在身後走來走去，誰也不想去搭理，他的腳突然康復，已經不太跛了。他找到機會跟公爵夫人談天，說了一些對公爵小姐的讚美。她顯然並不是很挑剔的人，因為從那天起她對他的躬身問候都報以最親切的微笑。

「你真的不想認識公爵夫人一家？」他昨天跟我說。

「絕不。」

「拜託！她們是溫泉鄉最令人愉快的一家呀！所有本地最好的上流人士……」

「我的朋友，我連不是本地人都厭倦透了。那你常去她們家嗎？」

「還沒，我跟公爵小姐才聊不到兩三次而已。你也知道，硬要去她家裡似乎不太禮貌，儘管這裡經常如此……另外就是，如果我有佩上軍官肩章的話就好了……」

「拜託！你這副打扮更有吸引力！你只是不會運用自己的優勢……在任何一位多愁善感的貴族小姐眼中，士兵軍大衣都會把你塑造成英雄和受難者。」

格魯什尼茨基自覺滿意地微微一笑。

「真是瞎說！」他說。

「我相信，」我繼續說，「公爵小姐已經愛上你了。」

他面紅耳赤，得意了起來。

唉，自尊心呀！你就是阿基米得想要藉以舉起地球的槓桿啊！……

「你盡是在開玩笑吧！」他說，看起來彷彿在生氣，「第一，她對我還認識不多……」

「女人就愛她們所不熟悉的人。」

「我完全不奢求她喜歡我：我只想跟這愉快的一家人認識，要是我敢有任何一點奢望，就會非常可笑……而你們這種人，比如說啦，就是另一回事了！——你們是彼得堡的天之驕子：你們只要用眼睛看上一看，女人就多麼陶醉不已……你知不知道，佩喬林，公爵小姐對你這個人說了什麼？」

「怎麼？她已經跟你說到我了嗎？……」

「可是你先別高興。有一次我碰巧在水井旁跟她聊起來，她第三句話就提到：『那位目光陰沉又不悅的先生是什麼人？那時候他跟您在一起……』她想起了自己那次過度親切的舉動，臉紅了起來，不想指明那一天。『您不需要提那天的事了，』我回答她，『我這輩子永遠都會記得那一天的……』我的朋友，佩喬林呀！我可不會恭喜你。你在她心目中的印象很糟糕……真是很遺憾！因為梅麗可愛極了！……」

必須要說，格魯什尼茨基正是這種男人——他們這種人才剛剛認識一個女的，要是她有幸能讓他們迷上的話，他們一談到這女的，便會親暱地稱她「我的梅麗，我的蘇菲」了。

我擺出一臉嚴肅的樣子回答他：

「對，她長得不算差……只是你要當心，格魯什尼茨基！俄羅斯的貴族小姐大都只期待柏拉圖式的愛情，不會把婚嫁的想法與愛情混為一談，而柏拉圖式的愛情最是惱人了。公爵小姐似乎就是那種想追求愛情歡愉的女人，如果她在你身旁連續兩分鐘感到無聊的話，你鐵定就陣亡了：你應該保持沉默，才會引起她的好奇心，需要開口說話時，也永遠都不要滿足她。你應該要每分每刻都讓她心懷掛慮。她會為了你，公然無視於眾人對她的指指點點十來次，稱之為犧牲，以便可以折磨你當作是給自己的犒賞，等興趣淡了之後只會說，她再也無法忍受你。如果你沒辦法駕馭她，那麼就算你得到她的初吻，她也不會讓你吻第二次。她會盡情地跟你調情說愛，但過兩年後就順從媽媽的意思去嫁給一個醜八怪，還會要自己相信，是她天生不幸，不過她愛的只有一個人，那就是你，無奈老天不想撮合你們倆，因為你身上穿的是士兵軍大衣，儘管在這厚重的灰色大衣之下，跳動的是一顆熱情又高貴的心……」

格魯什尼茨基用拳頭敲了一下桌子，開始在房間裡走來走去。

我內心在哈哈笑，甚至臉上也微微笑了兩次，幸好他沒察覺到。顯然他是戀愛了，因為他變得比以前更容易相信別人。他甚至被我發現身上帶著一枚當地打造的鍍烏銀戒指：它讓我感到很可疑……我仔細觀察戒指一番，想找出那裡頭到底有什麼名堂？……在戒指內側竟然有小字鐫刻了「梅麗」的名字，旁邊記的日期正是她撿起那個大家熟知的杯子那天。我把這個發現藏在心裡，不想逼他承認，我想讓他自己把我選作他可託付心事的人——到那時候我就有好戲可以看了……

……………………

今天我起得晚。我到了水井旁的時候，已經沒半個人。天氣變得很熱，白邊毛茸茸的小團烏雲從覆雪的山頭疾速翻來，預告著雷雨將至。瑪舒克山的頂峰冒著煙，像是剛熄滅的火把，山的周圍纏繞匍匐著蛇也似的一綹綹灰雲，它們的去向被攔阻了，彷彿被山坡上那多刺的樹叢給鉤住。空氣中飽滿的電流蠢蠢欲動。我深入到葡萄樹林蔭道裡面，那裡可以通往岩洞。此時一股憂傷向我襲來。我想起醫生跟我提到的那位臉頰上有顆痣的年輕女人……為何她在這裡？會是她嗎？我又為何認定是她？為什麼我甚至還相當篤定？難道臉頰上有痣的女人還少嗎？我如此這般思索著，走著走著來到了岩洞。我看到在岩拱下蔭涼處的石椅上，坐著一位戴草帽的女人，披著黑色披巾，低垂著頭，帽子遮住了她的臉龐。我正打算掉頭回去，以免擾人靜靜幽思，這時候她往我這邊一瞧。

「薇拉！」我不自主大喊出來。

她顫抖一下，臉色刷白。

「我知道您在這裡。」她說。

我坐到她身旁，握起她的手。在她這親切的話聲中，那早已遺忘的悸動掠過我全身血脈。她用那雙深邃靜謐的眼眸望著我的眼睛：目光裡流露出不信任，還有一點像是責備。

「我們很久沒見面了。」我說。

「很久了，而且兩人都變了很多！」

「所以，妳確實不愛我了？……」

「我嫁人了！……」她說。

「又來了？可是幾年前也是這個理由，而同時……」

她從我的手裡抽回自己的手，滿面緋紅。

「或許，妳愛自己的第二任丈夫？……」

她沒答話，別過身去。

「還是他很愛吃醋？」

一陣沉默。

「還能怎樣呢？他年輕俊美，尤其是，大概很有錢，妳會害怕……」我向她瞧一眼，嚇了一跳，她的臉龐流露出深深的絕望，眼睛閃爍著淚珠。

「告訴我，」她終於輕聲細語，「折磨我你很快活嗎？我應該要恨你的。從我們倆相識的那一刻起，除了痛苦，你什麼都沒給過我……」她的聲音開始顫抖，靠到我身上來，把頭埋在我懷裡。

「或許，」我心裡想，「妳正因為如此才愛我的──歡樂易逝，悲傷永難忘懷呀……」

我緊緊地摟著她，我們就這樣持續了好久。終於，我們的嘴唇湊在一起，交融成一個火熱又令人陶醉的吻；她的手像冰一樣冷，頭卻發燙。這時候我們之間應和起一種聲音對話，是那種書面上看起來毫無意義、難以重複，甚至無法記得的：這些聲音的意義取代並補充了言語的意義，就像義大利歌劇所傳達的一樣。

她堅決不肯讓我跟她的丈夫認識，就是那位我在林蔭道上匆匆一瞥見到的跛腳小老頭──她嫁給他是為了兒子。他有錢，為風溼病所苦。我不允許自己對他有絲毫嘲笑：因為她視他如父親一般地尊重──然而也將會待他如丈夫一般地欺騙……人心真是個奇怪的東西，尤其是女人心啊！

薇拉的丈夫叫做西蒙．瓦西里維奇．格〇〇夫①，他是公爵夫人的遠親，住在夫人家隔壁，因此薇拉經常去公爵夫人家。我承諾她會去拜訪結識公爵夫人，並追求公爵小姐，以便引開旁人對她的注意力。這樣的話，我的計畫就完全不會搞砸，我也將會很快活……

快活！……沒錯，我已經過了那種心靈導向的生活階段，就是人們一味追尋著幸福，內心感覺非得要強烈又熱情地去愛某某人的那個階段──現在我只想被人愛著，而且是極少數幾個人。我甚至覺得，只要有一個永恆的眷戀對我來說就夠了：人心的習性真是可憐！……

有一件事我始終覺得奇怪：我從來沒有成為我所愛過的女人的奴隸；相反地，我沒花半點氣力在這方面，卻總能穩穩地主宰她們的意志和心性。為何如此？──是不是因為我從來就沒有什麼東西是非要珍惜不可的，而她們卻無時無刻都在擔心會失去我？或者，是我那強壯的體格吸引著她們？又或者，只是我沒遇到過性格倔強的女人？

必須承認，我確實不愛有個性的女人──這哪是她們的事呢！……

的確，我現在想起來：是有一次，就那一次我愛上了一個性子很強的女人，我一直都不能駕馭她……我們像敵人一樣分手了，而或許，如果我晚個五年遇上她，我們就不會那樣分手……

薇拉病了，病得很厲害，儘管她不承認。我很擔心她染上了肺結核，或是那種稱之為「**fièvre lente**」②的病——這根本不是俄羅斯的病，它在我們的語言中連個名稱都沒有。

我們被雷雨耽擱了，又在岩洞裡多待了半個小時。她沒有逼我發誓對她忠誠，也沒問我們分手之後我有沒有愛上其她女人……她又回到以前那種了無憂煩的態度完全信任我——我不會再欺騙她了：她是世界上唯一一個我不能夠欺騙的女人。我知道我們即將再次分手，很可能會永世別離：我們兩人將會走不同的路直到死去，但是關於她的回憶將在我心裡留下不可磨滅的位置——這點我一直反覆跟她說，她相信我，儘管嘴巴上說的是反話。

終於，我們分開了，我久久目送她，直到她的帽子消失在樹林和山岩後面。我的心

①此處原文省略姓氏的全稱。

②此為法文，大致是肺病導致的長期慢性發燒。

痛苦地緊揪著，就像第一次分手之後那樣。噢，這種感覺真是讓我高興！這到底是不是青春帶著它那有益身心的狂風暴雨想重新返回我身上，或這只是青春的臨別一瞥，留待追憶的最後贈禮？……但如果以為我看起來還只是小男孩的模樣，那就太可笑了：我的臉龐儘管蒼白，可是依然清新，身體靈活又勻稱，捲髮濃密又蜷曲，目光灼灼，熱血沸騰……

回家後，我騎上馬奔向原野。我喜歡騎烈性的馬兒騁馳在高草地，迎著荒野來的風，貪心地吞嚥芬芳的空氣，目光凝望湛藍的遠方，極力捕捉那蒼茫茫的景物，看它們分分秒秒越變越清晰。無論心裡疊著多少悲傷，無論腦中悶著多少憂煩，轉瞬間一切將消散無蹤；內心會放輕鬆，身體的疲憊將戰勝腦中的憂煩。看到林葉繁茂的山巒被南方陽光照得鮮亮，看到蔚藍的天空，或是聽到從一個峭壁飛落至另一個峭壁的水流嘩嘩，哪還有什麼女人的眼神是我不願忘卻的。

我想，在瞭望台上哈欠連連的哥薩克士兵，看到我沒來由地盲目奔馳，恐怕會憂疑半天，因為他們大概從服裝上把我當成了切爾克斯人。確實有人跟我說過，我穿著切爾克斯民族服裝騎馬時，比許多卡巴爾達人更像卡巴爾達人。沒錯，看看這身高貴的作戰服裝，說明我完全是個花花公子：上面沒有一條金銀飾帶是多餘的；武器在平凡的裝飾下襯托出珍貴，皮帽上的毛不會太長也不會太短；脛套和皮靴合身得恰如其分；緊身長衫是白色的，束腰外袍是暗褐色的。我研究山民的騎馬姿勢很久了：沒有任何事情比認同我的騎術是高加索式的還更能滿足我的虛榮心了。我養了四匹馬：一匹給自己，三匹給朋友用，才不會讓自己一個人在原野上遛達感到無聊；他們滿心歡喜地拿走了我的馬，卻從來不跟我一起騎。已經下午六點了，這時我想起來該要吃飯了。我的馬兒已經相當疲憊，於是我騎到馬路上，這條路從五峰城開往日耳曼僑民區①，溫泉鄉的上流社會人士經常到這裡野餐②。馬路在樹林之間蜿蜒而行，下到一些不大的峽谷裡去，那裡有幾條小溪潺潺穿流於高高的乾草之下。周圍環列湛藍的龐然大物——貝什圖山、蛇山、鐵山和禿山，有如半圓形劇場般漸高而上。當我下到其中一個峽谷——當地人稱之為山溝子，停下來讓馬飲水，這時候路上出現一群結伴騎馬出遊的人，喧鬧又亮眼：女士們穿黑色或藍色的騎士服，伴遊男士的服裝則是那種混合了切爾克斯和下諾夫哥羅

①日耳曼僑民區是五峰城朝北到鐵水城（Zheleznovodsk）路上的一個山村，名稱為「卡拉斯」或「蘇格蘭人」，一八〇二年蘇格蘭傳教士最早到此居住傳教，後來日耳曼僑民遷入。萊蒙托夫本人在決鬥身亡的前一天（一八四一年七月十五日）待過此地。

②原文用法文「**en piquenique**」。

德省①的樣式。格魯什尼茨基跟梅麗公爵小姐騎在前面。

溫泉鄉的女士還是相信切爾克斯人會在白天出動攻擊；大概因為這樣，格魯什尼茨基才在軍大衣上掛著軍刀和兩把手槍：他這一身英雄式的裝束相當可笑。高樹叢把我給遮住了，他們沒看見我，而我則透過樹葉縫隙可以看到一切，從他們臉上的表情猜得出正進行著一段感性的對話。終於，他們走近下坡處，格魯什尼茨基抓起公爵小姐的轡繩，這時候我聽到了他們最後一段對話：

「那您這輩子都想待在高加索嗎？」公爵小姐說。

「俄羅斯對我來說算什麼呢？」她的男伴回答，「這個國家裡有成千上萬的人，就因為他們個個比我富有而鄙視我，但是在這裡——就算我身上穿著這件厚重軍大衣也不妨礙我與您相識……」

「是啊，剛好相反……」公爵小姐臉紅著說。

格魯什尼茨基一臉得意，繼續說：

「這裡，在野蠻人的槍林彈雨之下，我的日子過得喧喧鬧鬧而且不怎麼引人注意，轉眼便飛逝，我只求上帝每年都能送給我一個女人的燦爛注視就好了，只要一個像這種……」

這時候他們走到了我的位置附近，於是我揚鞭策馬，從樹叢躍了出去……

「我的天啊，切爾克斯人！②……」公爵小姐嚇得大喊。

為了說服她不是這麼一回事，我稍微點頭致意並用法語對她說：

「別怕，大小姐——我並沒有比您身邊的男伴更危險③。」

她滿臉尷尬——但為什麼？是因為她自己搞錯了，還是因為我對她說的話很無禮？我倒希望後一個推測是對的。格魯什尼茨基不滿地瞥了我一眼。

深夜時分，大概是十一點左右，我到林蔭道上的椴樹林小徑散步。城市睡了，只有幾扇窗戶閃動著火光。三方望去，只見一處處陡崖的脊頂變暗，瑪舒克山的支脈也一樣，它的巔峰之上還躺著一小團凶騰騰的雲。月亮在東方升了起來；遠方覆雪的山脈閃爍著銀亮亮的毛邊。衛兵的呼喊聲與蕩漾在夜裡的溫泉嘩嘩響此起彼落。偶爾，嘹亮的馬蹄

---

①下諾夫哥羅德是位於俄國中部的一個省；這句典故出自俄國劇作家格里博耶多夫（A. S. Griboyedov, 1795-1829）的《聰明誤》第一幕台詞：「多半是法語和下諾夫哥羅德方言仍混著用」，萊蒙托夫據此稍作更動，來諷刺文中不倫不類的裝扮。

②原文用法文「Mon dieu, un circassien」。

③原文用法文「Ne craignez rien, madame, -- je ne suis pas plus dangereux que votre cavalier」。

噠噠傳遍街上，伴和著諾蓋人①大馬車的咯吱響以及淒涼的韃靼歌曲。我坐在長椅上陷入沉思……我感到必須跟朋友談一談，傾訴自己的心事……但要和誰呢？……「薇拉現在在做什麼？」——我心裡想著……此刻若能緊緊握著她的手，我願付出昂貴的代價。

突然間，我聽到匆忙凌亂的腳步聲……大概是格魯什尼茨基……果然就是！

「你從哪來的？」

「從利戈夫斯卡雅公爵夫人那裡，」他極為鄭重地說。「梅麗真是會唱歌！……」

「你知道嗎？」我對他說，「我敢打賭，她不曉得你只是個士官生，還以為你是受降職處分的……」

「可能吧！這干我什麼事！……」他漫不經心地說。

「沒事，我只是隨口說說……」

「你知不知道，你今天把她給氣壞了？她從沒遇過像你這麼無禮的。我好不容易才讓她相信，說你是多麼教養良好，多麼熟悉上流社會，不可能故意侮辱她的。而她說你的眼神厚顏無恥，還說你大概自視其高無比。」

「她沒錯……那你想不想為她打抱不平？」

「很遺憾，我還沒有這個權利……」

「哦！他顯然已經有所期待……」我心裡想。

「但是，情況對你來說更糟了，」格魯什尼茨基繼續說，「現在你很難去認識她們了，真是遺憾！這是我所知道最可愛的一家了……」

我內心竊笑一聲。

「對我來說，現在最可愛的家就是我自己的家了。」我說完打個哈欠，站起來要走。

「但老實說，你會後悔嗎？……」

「真是胡說八道！如果我想，我明天晚上就可以去公爵夫人家……」

「等著瞧吧……」

「甚至我還會去追求公爵小姐，好讓你高興點……」

「是啊，如果她想跟你講話的話……」

「我只是在等待你的談話讓她覺得厭煩的時機……再會！……」

「我要去走一走，因為現在怎麼也睡不著……聽我說，我們最好去飯店逛逛吧，那邊有賭局……我現在需要一些強烈的感受……」

①諾蓋人（Nogay），南俄草原上的突厥語族，分布在裡海至黑海的北面草原；十五至十七世紀間曾建立諾蓋汗國，建國的汗王是蒙古王族朮赤一系的後代。

「祝你輸錢……」

我就回家了。

五月二十一日

差不多過了一個禮拜，我還沒去拜訪公爵夫人一家。我在等待適當的時機。格魯什尼茨基像個影子似的到處跟著公爵小姐，他們的話講得沒完沒了：她什麼時候才會厭煩他？……她的母親沒去理會這些，因為他還不夠格當她的未婚夫。看看這就是母親的邏輯！我觀察到她露出兩三次溫柔的眼神——必須要把這件事做個了結。

昨天薇拉第一次出現在水井旁……自從我們在岩洞相遇之後，她就足不出戶。我們在同一時間把杯子放下到井裡，她彎身悄悄對我說：

「你不想認識利戈夫斯卡雅公爵夫人一家嗎？……我們只有在那裡可以見面……」

她這是責備我呀！……好悶啊！但這是我活該……

恰好：明天在飯店大廳有募款舞會，我就去跟公爵小姐跳瑪祖卡舞①。

五月二十二日

飯店大廳變成了貴族聚會的大廳。九點鐘所有人已到場集合。公爵夫人和她女兒是最後幾個出現的，許多女士嫉妒又不懷好意地望著梅麗公爵小姐，因為她裝扮得很有品味。那些自視為當地貴族的女人，藏起了妒意加入她的圈子。還能怎樣呢？哪邊有女人聚會，那邊馬上就會出現有高低之別的小圈圈。窗戶下的人群之中，站著格魯什尼茨基，他的臉緊靠著玻璃，眼睛沒離開自己的女神；她經過的時候，對他輕輕點個頭，輕微到旁人幾乎難以察覺，他便容光煥發得像太陽似的……舞會從波蘭舞曲開始，之後跳華爾

---

①瑪祖卡舞（Mazurka），由男女成對跳的集體群舞，是波蘭的民間舞蹈。

滋。靴刺叮噹作響，禮服的後襟揚起飛旋。

我站在一位被粉紅羽毛飾品遮著的胖女士後方，她服裝的華麗樣式讓我想到箍骨裙的時代，而她那有欠細緻的皮膚色澤斑駁，則會想到貼著黑色塔夫綢美人斑的幸福年代。她頸子上有一顆極大的肉疣，被項圈扣環給遮掩著。她對自己的男伴龍騎兵①上尉說：

「這個利戈夫斯卡雅公爵小姐真是個非常討人厭的女孩子！您想想，她碰了我一下也不道歉，而且還回過頭拿長柄眼鏡瞄我……可笑極了②！……她有什麼好驕傲的？得要教訓教訓她才是……」

「這種事簡單！」殷勤的上尉回答，然後走到另外一個房間。

我馬上走到公爵小姐面前，邀她跳華爾滋，因為本地風氣允許男人請陌生女士跳舞。

她好不容易忍住笑容，隱藏自己的得意，而且相當迅速地成功擺出一副完全漠然，甚至嚴厲的樣子。她漫不經心地把手放在我肩膀上，把頭稍微偏向一側，然後我們開始跳舞。我不知道有誰的腰會比這個更柔軟又教人春心蕩漾的了！她的清新氣息觸到我的臉龐，偶爾在華爾滋的迴旋中，會有一綹捲髮從頭髮中飛揚而出，滑過我那發燙的臉頰……我轉了三個迴旋。（她的華爾滋跳得出奇地好。）然後她喘了起來，眼神迷離，半張開的小嘴只稍微能輕聲說出必要的場面話：「謝謝，先生③。」

幾分鐘的沉默之後，我擺出一副極恭順的態度跟她說：

「公爵小姐，您跟我完全不相識，但聽說我已經不幸惹得您不高興……您認為我很無禮，難道這是真的嗎？」

「您希望要我現在確定這個想法嗎？」她回答時扮了一個嘲弄我的小小鬼臉，那副調皮的臉跟她活潑的神情真是非常搭。

「如果我曾經無禮地侮辱了您什麼的話，那麼請容許我更無禮地請求您的原諒……事實上，我非常希望向您證明，您是錯看我了……」

「這點對您來說恐怕相當困難……」

「怎麼會呢？……」

「因為您都不來我們家拜訪，而這些舞會以後大概不常有。」

「這意味著，」我心想，「她們家永遠把我拒於門外囉。」

「公爵小姐，您知不知道，」我略帶懊惱地說，「永遠不應該拒絕一個悔過的罪人，

---

①龍騎兵（Dragoon），當時軍隊中的一種輕騎兵。

②原文用法文「C'est impayable」。

③原文用法文「Merci, monsieur」。

因為陷入絕望的人會變得更加險惡……到時候……」

我們周圍一陣哈哈笑聲和竊竊私語，使我轉過身去而中斷了說話。離我幾步遠的地方聚集了一群男人，其中有一位龍騎兵上尉，就是之前曾表明要教訓可愛的公爵小姐的那位，尤其他不知道為什麼神情非常得意，不時搓著手，哈哈笑著跟同夥人使使眼色。忽然間有一位穿燕尾服的先生從他們之中離開，他嘴上蓄著長鬍子，一副醜臉紅通通的，步伐不穩地直朝公爵小姐走過來：他喝醉酒了。他停在困窘的公爵小姐面前，兩手背在後面，一雙混濁的灰眼珠直盯著她，用嘶啞的高音說：

「請允許①……嘿，說這個幹嘛！……只是想請您跳瑪祖卡舞……」

「您有什麼事？」她聲音顫抖，哀求的眼神四下張望。唉呀！她的媽媽在遠處，而身旁一個熟識的男伴也沒有；有個副官似乎看到了這一切，但卻躲到人群後，以免捲入是非之中。

「是怎樣？」酒醉的先生說，對龍騎兵上尉使個眼色，得到了上尉的鼓勵手勢，「難道您不願意嗎？……我還是再次感到榮幸請您跳瑪祖卡舞②……您或許認為我喝醉了？這沒什麼！……還會更自在呢，我可以向您保證……」

我看到她又怕又怒就快要昏倒過去。

因此我走到喝醉酒的先生面前，緊緊抓住他的手，盯著他的眼睛，請他離開——我跟他說公爵小姐早就答應我要跟我跳瑪祖卡舞了。

「嘿，那沒辦法了！……我就下次吧！」他說，笑了起來，走回自己那群受辱的同伴那邊，他們立刻把他帶到另一個房間去。

我被犒賞了一個深邃又美妙的眼神。

公爵小姐走到她母親身邊，告訴她剛剛發生的事；那位母親在人群中找到了我，並向我致謝。她告訴我，她認識我的母親，而且跟我半打的阿姨姑媽們交好。

「我不知道怎麼會這樣，我們到現在還沒跟您認識，」她繼續說，「但您要承認，這是您自己的錯：您這麼怕生，怕到沒人能比。我希望，我家客廳的空氣將會驅散您的憂鬱……是不是呢？」

我答覆了她，就是用那種任何人在類似情況下都應該準備好的場面話。

卡德里爾舞③拖得太冗長了。

①原文用法文「Permetter」。

②原文用法文「pour mazure」。

③卡德里爾舞（quadrille），由兩對或四對舞伴跳的方舞，源於法國。

終於，樂隊大聲響起了瑪祖卡舞曲；而我跟公爵小姐坐了下來。

談話中我一次也沒提到剛剛那位酒醉的先生，也沒提到我以往的言行或格魯什尼茨基。不愉快的事留給她的印象漸漸消散，臉蛋精神煥發。她開的玩笑非常討人喜歡，言談俏皮，是那種不求鋒芒的俏，顯得生動又自在，而她的觀察有時候很深刻……我用一種非常曖昧不明的措詞讓她感覺出我喜歡她很久了。她低下頭，臉略微紅了。

「您是個怪人！」之後她說，抬起那雙天鵝絨似的眼睛望著我，勉強笑了笑。

「我不想跟您認識，」我接著說，「是因為您身邊圍繞著太多太多仰慕者了，我擔心自己會完全消失在裡面。」

「您白擔心了！他們全都無趣極了……」

「全部！難道全都是嗎？」

她凝視著我，彷彿要努力想起什麼來，隨即又一陣些許臉紅，最後她堅定地說出：全都一樣！

「甚至我的朋友格魯什尼茨基也是？」

「他是您的朋友？」她略顯疑惑地說。

「是的。」

「他當然不屬於無趣的那種……」

「但屬於不幸的那種。」我笑著說。

「沒錯！可是這對您來說很好笑嗎？我倒希望您站在他的處境想想……」

「又怎樣呢？我自己也曾經當過士官生，說真的，那是我這輩子最美好的一段時光了！」

「難道他是個士官生？……」她馬上問，並補了一句：「而我以為……」

「您以為怎樣？……」

「沒什麼！……這位女士是誰？」

這時候話題換了個方向，之後也沒再回到這個話題了。

瑪祖卡舞結束了，我們就此分手，互道再見。女士們四散離去……我去用晚餐，碰見了維爾納。

「啊哈！」他說，「您這麼做了啊！本來不是想該在拯救公爵小姐免於注定一死的時候才要認識她。」

「我做得更好，」我回答他，「我救了差點在舞會上昏倒的她！……」

「這怎麼回事？說來聽聽……」

「不，您猜猜看吧——您呀，天底下的事都瞞不了您的！」

五月二十三日

大約晚上七點，我在林蔭道上散步。格魯什尼茨基遠遠看到我，走到我這裡：看他那雙眼睛裡閃耀著多麼可笑的欣喜若狂。他緊緊握住我的手，用一種悲劇的聲調說：

「感謝你，佩喬林……你了解我嗎？……」

「不了解，但無論是什麼情況都不值得謝我。」我回答，心裡很清楚我沒有施予任何恩惠。

「怎麼會？那昨天呢？你難道忘了？……梅麗全都告訴我了……」

「什麼？難道您們兩位現在已經擁有彼此的一切了嗎？連感謝也是？……」

「聽著，」格魯什尼茨基非常高傲地說，「請別拿我的愛情開玩笑，如果你想繼續當我的朋友……你看看：我愛她愛到發狂……我認為，我希望，她也是這麼愛我……我對你有個請求：你今天晚上去她們家，答應我留意一切：我知道你對這些事情很有經驗，你比我更了解女人……女人啊！女人啊！誰了解她們？她們的微笑與眼神相互矛盾，她們的話語既承諾又誘惑，而她們的話聲卻又把人給推開……她們有時候很快理解並猜出我們最私密的想法，有時候卻不了解最清楚的暗示……就看看這位公爵小姐好了：昨天她的眼睛才滿是激情注視著我，現在它們卻黯淡又冷漠……」

「這大概是泡溫泉的原故吧。」我回答。

「你對任何事都只看壞的一面……唯物主義者！」他輕蔑地補一句。「不過，我們換個物質①吧。」——他對這個拙劣的雙關語還頗為滿意，一副自我陶醉的模樣。

晚上八點多，我們一起到公爵夫人家去。

經過薇拉的窗前，我看見她在窗邊。我們對彼此拋了個匆匆的眼神。她在我們之後隨即走進公爵夫人家的客廳。公爵夫人把我介紹給她，說她是自己的親戚。我們喝茶，客人很多，聊的是一般日常話題。我努力討公爵夫人歡心，說的笑話讓她好幾次發自內心笑了出來；公爵小姐也是不只一次想要哈哈笑，可是忍住了，以便保持大家所認可的形象：她認為自己該裝出一副疲倦的樣子——或許，她沒錯。格魯什尼茨基似乎非常高興，因為我的歡樂沒有感染到她。

---

①俄文的「物質」，也有「話題」之意。

喝完茶後，所有人到大廳去。

「我這麼聽話妳還滿意嗎，薇拉？」我經過她身旁的時候說。

她回給我一個滿是愛意與感激的眼神。我現在對這種眼神已習以為常，但曾幾何時，它們帶給了我無上的幸福。公爵夫人讓女兒在鋼琴前坐下，大家要求她唱點什麼歌——我卻沉默不語，並利用這一陣混亂跟薇拉走到窗邊去，因為她似乎想跟我說一些對我們兩人都非常重要的事情……結果是——閒扯一堆……

同時間，我的心不在焉讓公爵小姐很氣惱，透過她一個氣憤的炯炯眼神我便可以猜得出來……噢，我太了解這種對話方式了，雖然無聲，但意象豐富而簡潔有力……

她唱起歌來了：她的歌聲不差，可是唱得不好……不過，我沒在聽。格魯什尼茨基倒是把胳膊支在鋼琴上面對著她，一雙眼睛貪婪地盯著她，一刻不停地輕聲說：「真棒！可愛極了！①」

「聽我說，」薇拉跟我說，「我不想要你跟我先生認識，可是你應該要立刻讓公爵夫人喜歡你，這對你來說很容易，因為你想要什麼都能辦得到。我們只能在這見面……」

「只能在這？……」

她臉紅了起來繼續說：

「你知道我是你的奴隸，我從來不會違背你……我將會因此受到懲罰——你將不再愛我！但至少我還想要保住自己的名譽……不是為了我自己：這點你很清楚！……噢，我求你，別像以前那樣用憑空的懷疑和假裝的冷淡來折磨我，因為我可能很快要死了，我感覺得到自己一天比一天虛弱……儘管如此，我沒法去想未來的生活，我想的只有你……你們男人，不了解眼神和握手所帶來的享受……而我向你發誓，我一聽到你的聲音，就會感覺到一種深刻又奇妙的無上幸福，就算用最熾熱的親吻也無法取代。」

這時候，梅麗公爵小姐唱完了。她身邊響起一片讚美的低語；我在所有人之後走到她面前，相當漫不經心地說了一些對她歌聲的感想。

她的下唇往前一挪，扮了個鬼臉，非常可笑地行了一個屈膝禮。

「您根本沒有聽我唱，對我來說這更是讚美，」她說，「不過您大概不喜歡音樂吧？……」

「相反……飯後尤其喜歡。」

「格魯什尼茨基是對的，聽他說您的品味極其平庸……我現在見識到了，您喜歡音樂只是因為美食的關係……」

---

①原文用法文「Charmant! delicieux!」。

「您又錯了：我根本不是美食家，因為我的腸胃糟糕透了。但是飯後聽音樂有催眠效果，而飯後小睡有益健康：由此看來，我喜歡音樂是因為醫學保健的關係。可是晚上聽的話又相反了，音樂反倒是太刺激我的神經：會讓我變得過分憂鬱，不然就是高興過頭。沒什麼正當理由就憂鬱或高興的話，無論如何都很累人的，況且在社交上，憂鬱是可笑的，而過度欣喜也是不禮貌的……」

她沒聽完話就走開了，去坐到格魯什尼茨基身旁，他們之間開始進行某種感性的對話：公爵小姐卻似乎很沒心思且沒好好應對他的睿智話語，儘管她盡量擺出一副專心聽的樣子，因而使他偶爾訝異地望著她，努力想猜出是為了什麼她那不安的眼神中不時浮映著一股內心焦慮……

但是我已經猜到您的心思了，可愛的公爵小姐，要當心呀！您想要用同樣的手段來報復我，來刺痛我的自尊心——您不會得逞的！如果您想要對我宣戰，那麼我也不會留情的。

接下來的晚上，我好幾次故意參與他們的對話，可是她對我的談話相當冷淡，於是我最後假裝懊惱地離開。公爵小姐很得意，格魯什尼茨基也是。得意吧，我的朋友們，快呀……你們得意不了多久的！……怎麼說呢？我有一種預感……我一認識女人，就知道這女人會不會愛上我，而且我總不會猜錯……

這個夜晚剩餘的時間，我都待在薇拉身邊，暢談往事聊個夠……她是為了什麼這麼愛我，我真的不知道！更不用說這是一個徹底了解我所有的細微缺點和不良癖好的女人……難道惡是這麼的迷人？……

我跟格魯什尼茨基一起離開，在街上他握著我的手沉默了半晌後說：

「嘿，怎麼樣？」

「你真笨。」——我很想這麼回答他，可是忍了下來，只聳聳肩膀。

五月二十九日

這些日子我一次也沒有違背自己的原則。公爵小姐漸漸喜歡我的談話，我跟她講了一些我生命中的奇遇，她開始覺得我與眾不同。我嘲笑世界上的一切，尤其是感情：這有點嚇著她。我在場的時候，她不敢放手跟格魯什尼茨基談情說愛，而且她已經有幾次用嘲笑回應他的踰矩行為，但是每當格魯什尼茨基靠近她，我都裝作一副恭順的態度，留下他們兩人獨處。頭一次她對這點很高興，或者是努力表現出高興，可是第二次——她就對我生氣了，第三次則把氣出在格魯什尼茨基頭上。

「您真是沒什麼自尊心！」她昨天對我說。「您憑什麼認為我跟格魯什尼茨基在一起會比較開心？」

我回答說，我是為了朋友的幸福犧牲自己的快樂……

「也犧牲了我的快樂。」她補一句。

我凝視著她，擺出一副嚴肅的神情。之後一整天我不跟她說半句話……晚上她看起來若有所思的樣子，而今天清晨在水井旁她又顯得更沉鬱些。當我往她那邊走去，她心不在焉地聽著格魯什尼茨基講話，他似乎在讚嘆大自然，而她遠遠一看見我，便哈哈笑起來（笑得非常不是時候），表示彷彿沒在注意我。我便離開遠一些，偷偷觀察她：她這時轉身背對說話者，打了兩個哈欠。她鐵定是厭煩了格魯什尼茨基。我還要兩天不跟她說話。

六月三日

我經常自問，為何我如此偏執地想要得到年輕女孩的愛情？我既不想誘惑她們，也從未要跟她們結婚。我這種女人似的賣弄風騷所為何來？薇拉眼前就愛著我，遠超過梅麗公爵小姐以後可能哪天會愛我的程度。如果梅麗公爵小姐對我而言是個難以征服的美女，那麼我或許會被征服她的難度所迷倒……

但完全不是這樣！可見這不是那種騷動的愛欲，不是青春萌發之初折磨我們的那種——使我們在一個個女人之間打滾，直到找到那個受不了我們的女人而罷手：我輩的慣性即根源於此，這是一種真正的無限欲求，它可以用數學量化來表示，就像是始於一個點而伸往空間的線。這欲求之所以無限，唯一的祕密就是不可能達到目的，就是說欲求沒有終點。

我到底為了什麼而奔忙？是出自對格魯什尼茨基的嫉妒嗎？可憐蟲一個！他根本不值得嫉妒。或者這源於那種情感上的劣根性，強使我們去破滅他人的甜美迷惘，以便在他絕望之際來求問他該如何是好的時候，可以懷著一絲絲的得意告訴他：「我的朋友，我也跟你沒兩樣，你看看我還不是照常吃午飯晚飯，安穩地睡覺，我還希望自己可以不哭不鬧地靜靜死去呢！」

要知道能占有一個年輕且才剛開竅的心靈，可真是無比的享受啊！這個心靈就像一朵花，它最馥郁的芬芳在遇到第一道陽光時會散放出來，必須在這一瞬間摘下它，把它聞個夠，再丟到路上去：也許，有誰會撿起來的！我覺得自己有這種不知饜足的貪欲，要把路上碰到的一切都吞食殆盡。我只從個人的角度來觀望他人的痛苦和歡樂，把那些看作是維持我心靈力量的食糧。我自己再也不會受情欲影響而狂妄行事。我的虛榮心被環境所壓抑，但它以另一種面貌出現，因為虛榮心不是別的，正是對權力的渴求，而我最大的快樂──就是讓我周遭的一切都屈服於我的意志之下。激起他人對我產生愛情、忠誠和恐懼的感覺──不正是權力的首要徵兆和最大勝利嗎？無緣無故造成他人的痛苦和歡樂──這不就是供養我們自尊自大的最甜美的食物嗎？那什麼是幸福？是被餵飽了的自尊自大。如果我認為自己比世界上所有人還要好還要強，我會是幸福的；如果所有人都愛我，我就會在自我之中找到愛的無窮泉源。惡產生惡。最初的痛苦便會讓人理解折磨他人的快樂；惡念不會跑進人的腦袋裡，除非是人想要作惡。思想是有機的創造物，好像有誰說過：思想一產生就已經被賦予了形式，這個形式就是行動；誰的腦袋裡冒出較多的思想，那人就比其他人有較多的行動。一個被困在官廳辦公桌前的天才應該會因此死掉或發瘋，正如身強力壯的人，過著長久坐著的生活且鮮少行動的話，一樣也會腦中風死掉。

情欲不是別的，正是思想本身最初的發展階段：它附屬於心靈的青春時期，誰想一輩子為情欲所苦，那人就是傻瓜——許多靜靜的河水都源自嘩嘩的瀑布，可是沒有一條河會到入海前都一直洶湧翻騰的。但這種寧靜往往預示著一股巨大而隱蔽的力量。感覺與思維的完好深刻不容許人有瘋狂的衝動：當心靈受苦和享樂的同時，也會仔細認清一切，並確信該當如此，因為它知道，少了暴風雨，太陽的長曝久晒將會烤乾它。心靈深刻體驗著自己獨特的生活——它既疼愛自己也懲罰自己，就像對心愛的嬰孩一樣。唯有達到這種自我認知的最高境界，人才可以認清上帝公正審判的價值。

重讀這篇文章時，我注意到自己離題遠了……但有什麼要緊？……要知道我寫這日記是為自己，因此我寫進裡面的一切，對我來說都將成為日後的珍貴回憶。

……………………

格魯什尼茨基來了，衝過來抱住我的脖子——他晉升為軍官，為此我們喝了點香檳酒。維爾納醫生之後也來了。

「我不恭喜您。」他對格魯什尼茨基說。

「為什麼？」

「因為士兵軍大衣很適合您，您要承認，在這溫泉鄉訂製的步兵軍官制服不會讓您更討人喜歡的……您看看，在此之前您還滿特立獨行，而現在您正往世俗品味靠攏。」

「說啊，再說啊，醫生！您不會礙著我高興的。」格魯什尼茨基隨即附在我耳邊補了幾句：「他可不知道這副軍官的肩章帶給我多少希望呀……噢，肩章啊，肩章！您上面的小星星，是領我前進的小星星……不！我現在真是幸福美滿。」

「你要跟我們一起去窪地①走走嗎？」我問他。

「我？在新制服還沒做好之前，沒必要讓公爵小姐看到。」

「要跟她宣布你的喜訊嗎？……」

「不，請你別說……我想給她一個驚喜……」

「告訴我，你跟她到底進展得如何？」

他面露尷尬，心裡盤算著——他本想要吹牛撒謊一番，心底卻不安，同時又羞於承認事實。

「你覺得她愛不愛你？」

「愛不愛？拜託，佩喬林，你是怎麼想的！……哪會這麼快？……就算她愛，一個規矩的女人家也不會說出口的……」

「好！大概依你看來，一個規矩的男人也該要閉口不談自己的情感欲望囉？……」

「喂，老兄！任何事都有個章法，很多事不能說出來，而是要去猜……」

「這倒沒錯……不過我們從女人眼中讀出的愛意，可沒法逼她們兌現的，等到說出口來……格魯什尼茨基，小心她哄騙你呀……」

「她？……」他昂首望著天空，自滿地笑著回答，「我很同情你，佩喬林！……」

他離開了。

晚上，許多人步行出發去窪地。

按照當地學者的看法，這個窪地正是一個休火山的山口②，它位在瑪舒克山的緩坡上，離市區一里路。到那邊要經由一條被樹林和山崖環抱的狹窄步道。我往上攀爬，並伸手給公爵小姐攙扶，她這一路遊逛到最後都沒放開我的手。

我們的對話從說人壞話開始：我們所認識的人不管在場或不在場，都被我一個個挑出來數落一番，剛開始說他們的可笑之處，之後再說可惡之處。我原只是開開玩笑，忽

①窪地（Proval）是五峰城的一處名勝，位於瑪舒克山坡上，窪地底部有一汪青綠色的硫磺溫泉池，池寬十五公尺，水深十一公尺，水溫攝氏二十六至四十二度。

②經後人考據這不是火山口。

然間脾性大發，到最後卻真動了肝火。她起先也覺得好玩，後來就被嚇到了。

「您真是危險的人！」她對我說，「我寧願流落林中死在凶手的刀下，也好過死在您的舌頭上……我懇求您：您哪天忽然想要說我的壞話時，最好拿把刀殺了我算了——我想這對您來說並不太難。」

「難道我像凶手嗎？」

「您比凶手更壞……」

我沉思了一會兒，隨後一臉深深感動的樣子對她說：

「是啊，我從小的時候命運就是這樣了！大家覺得我臉上有本性惡劣之相，其實並沒有，但是人人都這麼想，因此也就有了。我謙虛——他們卻怪我滑頭虛假，因此我變得喜歡把思想情感隱藏起來。我深感善惡有別，可是沒人關愛我，大家都羞辱我，因此我變得愛記恨了。我陰鬱——其他小孩子都很快樂又愛說話，我自覺比他們優越，他們卻把我看扁，因此我變得善嫉妒。我打算要愛全世界——卻沒人了解我，因此我學會了仇恨。我平淡無奇的青春流逝在與自我和社會的爭鬥裡；我因為擔心被嘲笑，而把最美好的感覺埋在心底深處：它們就在那裡死去。我說真話——沒人相信我，於是我開始說謊。我搞懂上流社會和世故人情之後，變得精通處世之道，我卻看到其他人是怎麼毫不費功夫就過得很幸福，白白享用我那麼努力不懈才獲得的那些好處。那時候我的心頭便生出了絕望——不是那種用手槍槍口能醫治的絕望，而是一種冷淡無力的，被客氣和善意的微笑所遮掩的絕望。我成了一個精神上的殘廢：我的心靈已經有一半不存在，它憔悴了，消散了，死去了，我把它切掉丟棄——那時候，另外一半如何顫動，如何為了服務每個人而殘存下去，並沒有人會去注意，因為沒人知道它死去的那一半存在過。可是您現在喚醒了我對它的回憶，因此我給您讀了它的墓誌銘。對許多人來說墓誌銘都總是可笑的，但對我來說可不，尤其是當我想到在銘文之下所安息的東西。不過，我不求您贊同我的意見，如果我的狂妄行為讓您覺得可笑——那就請笑吧：我先跟您說一聲，這一點也不會傷我的心。」

這一刻我與她的目光交會：她的眼睛裡淚水滾滾，扶著我的那隻手顫抖著，兩頰發燙——她是同情我！同情——是所有女人多麼輕易屈服的一種感覺，同情心的爪子已經伸進她那經驗匱乏的心坎裡去了。在整整這段遊玩的時間裡，她都心神不寧，沒和任何人打情罵俏——這是個重大的徵兆！

我們來到了窪地，女士們都丟下自己的男伴，但她卻仍挽著我的手。當地公子哥兒的俏皮言談沒能逗她笑，她所站立的懸崖陡峭處也沒嚇著她，而那時候其他的小姐們已經尖叫著閉上眼睛了。

回程的路上，我沒再繼續聊剛剛的憂傷話題，然而，對於我空洞瑣碎的發問和玩笑，她都匆促不經心地回應。

「您戀愛過嗎？」我終於問她。

她凝望著我，搖搖頭——又再陷入沉思中：顯然，她想要說點什麼，可是不知道從何說起。她的胸部起伏不定……該如何是好呢！薄紗袖子的抵抗力很差的，隨即有一股電流從我的手臂竄向她的手臂去。幾乎所有的情欲都是這麼開始的，我們經常極力欺騙自己，以為女人愛我們是因為我們的生理上或精神上的優點，當然，這些優點都要備好使女人的心甘於接受愛情聖火，但畢竟還是第一次的接觸決定了一切。

「我今天是不是太客氣了？」當我們遊玩回來時，公爵小姐面帶勉強的微笑對我說。

我們各自離開了。

她對自己不滿，她怪自己太冷淡……噢，這是最初最重大的勝利！明天她會想要獎賞我。這全部的流程我都熟到會背了——就是這點很無趣！

六月四日

今天我看到薇拉。她的醋勁可折磨死我了。似乎，公爵小姐想到把自己心中的祕密託付給她：必須承認，她實在太會挑人了！

「我左猜右猜，這一切怎麼會搞成這樣，」薇拉跟我說，「你最好現在就告訴我你愛她。」

「但如果我不愛她呢？」

「那又何必追求她、驚擾她，讓她心神不寧？……噢，我太清楚你了！聽我說，如果你想要我相信你，那麼你一個禮拜之後到酸水城①去；我們後天要去那裡。公爵夫人會繼續在這裡待一陣子。你去我們住所旁邊租一間公寓，我們將住在靠近溫泉的一棟大宅的閣樓裡，樓下要住公爵夫人，旁邊還有一棟同一位房東的屋子在招租……你會去嗎？」

①酸水城（Kislovodsk），俄羅斯北高加索礦泉區的度假療養勝地，在五峰城西南方約四十公里；當地以產「納爾贊」碳酸礦泉水聞名，城市因此也以酸水為名。

我答應了——就在當天我派了人去租下那間公寓。

晚上六點格魯什尼茨基來找我，他說明天他的制服會做好，剛好趕上舞會穿。

「終於，我要跟她跳一整晚的舞……這下還要跟她聊個夠！」他補一句。

「舞會是什麼時候？」

「就是明天呀！難道你不知道？這可是大節日，本地的主管單位早就在籌備了……」

「我們一起去林蔭道吧……」

「沒必要穿這一身惹人厭的軍大衣去……」

「怎麼，你不愛它了嗎？……」

我獨自出去，路上遇到梅麗公爵小姐，我邀她明天舞會時一起跳瑪祖卡舞。她感到又驚又喜。

「我以為您只是迫於情勢才跳舞，像上次那樣。」她非常甜美地微笑說著……

她似乎完全沒發現格魯什尼茨基不在場。

「明天您將會有個驚喜。」我跟她說。

「會是什麼樣的？……」

「這是祕密……到舞會上您就會發現。」

我在公爵夫人家待了一晚，除了薇拉和一位很有趣的老先生，沒別的客人在。我心情很好，即興編造了一堆不尋常的故事，公爵小姐坐在我面前聽我胡扯，她那麼專心、緊張甚至還柔情地注意聆聽，讓我覺得不好意思起來。她的活潑、她的嫵媚、她的任性、她的無禮神情、輕蔑的笑和心不在焉的目光，都跑哪去了？……

這一切都看在薇拉的眼裡，她那病懨懨的臉龐上露出了深深的憂愁，她坐在窗邊的暗處，陷在一長排扶手椅裡……這讓我同情起她來……

之後，我把我跟她相識相愛的曲折離奇故事一一道來——當然，全都不是用真實姓名說的。

我非常生動地形容我的柔情，以及我的不安與欣喜，還從相當美好的角度來刻畫她的舉止性格，因此她應該會不得不體諒我對公爵小姐的調情。

於是她站起來坐到我們旁邊，精神氣色都好轉了……直到半夜兩點，我們才想起來醫生囑咐過應該要十一點上床睡覺。

六月五日

離舞會開始前半個小時，格魯什尼茨基一身光鮮的步兵軍官制服出現在我家。他上衣第三顆扣子掛著一條銅鍊，上面繫著長柄眼鏡；尺寸過大的帶穗肩章被折彎上掀，活像是愛神的小翅膀；靴子走起來嘎吱作響。他左手拿著褐色手套和軍帽，而右手不時輕輕拍鬆頭上蓬起來的一小綹捲髮。他一臉的自滿，同時又帶點不確定感，這副歡慶的外表和高傲的儀態讓我真想哈哈大笑，如果這是在我預謀的計畫中的話。

他把軍帽和手套丟在桌上，開始順一順衣後襟，在鏡子前面端正服裝；一條黑色的大領巾纏繞在過高的硬領襯上，領襯的粗毛面托起他下巴，從領口高出有半寸①之多，而他覺得還不夠高，再把它上拉齊至耳根，由於制服的窄衣領太緊又不舒適——使他費力拉得滿臉紅脹。

「聽說你這幾天狂追我的公爵小姐？」他嘴裡說，眼睛卻沒看我，一副滿不在意的樣子。

「喝茶哪輪得到我們這種傻瓜呢！」我引用這句話回答他，這是普希金曾歌頌過的當時最機伶的放浪公子②最愛的慣用語。

「你覺得這制服合我身嗎？……唉，該死的猶太人③！……腋下怎麼會剪裁成這樣！……你這裡有香水嗎？」

「拜託，你還要別的香水幹嘛？你身上抹的玫瑰香膏已經夠香了……」

「沒關係。拿給我吧……」

他往領帶、手帕和袖子上灑了半瓶香水。

「你打算要跳舞嗎？」他問。

「不想。」

「我擔心我得和公爵小姐開舞跳瑪祖卡——但我幾乎連一個舞步都不知道……」

「那你邀請她跳瑪祖卡舞了嗎？」

「還沒……」

「小心別人搶先你一步……」

①此處指俄寸，全文亦同，一俄寸等於四・四公分。

②指普希金的朋友驃騎兵卡維林（Petr P. Kaverin, 1794-1855），在《奧涅金》第一章第十六節中有一段關於卡維林的描寫。

③當時的裁縫有許多是猶太人。

「真的？」他拍了自己額頭說。「再見……我要去大門等她了。」他抓起帽子便跑掉。

半個小時後我也出發了。街上黑漆漆空無一人，在俱樂部還是酒館的周圍——管他叫什麼，那裡則是人潮擁擠，酒館窗戶燈火通明；晚風傳來軍樂聲。我慢慢走著，心裡感到鬱悶……我在想，難道我在世上唯一的目的——是毀掉他人的希望？從我出世以來，不管做什麼事，命運總是莫名地引我到他人的悲劇結局去，彷彿少了我就沒人會死，沒人會絕望！我是戲劇第五幕中不可或缺的人物，我不由自主地一再扮演劊子手或叛徒的可悲角色。命運對此究竟有何目的？……到底命運是不是指派我去當小市民悲劇和家庭浪漫故事的編寫者，或者，是派去當像是寫給《閱讀文庫》①之流的小說供稿者？……哪知道呢？……有人才開始生活就想要像亞歷山大大帝或拜倫男爵那樣成就功業，不過他們終其一生都只是當個九等文官②，這種人還嫌少嗎？……

我走進大廳，藏身在男人群之中，自顧自地觀察起來。格魯什尼茨基站在公爵小姐身邊，興高采烈地談著什麼事情；她心不在焉地聽著，用扇子遮著小嘴四下張望，臉上露出了不耐煩，眼睛則到處找尋著某某人。我悄悄從後方靠近，想要偷聽他們談些什麼。

「您是在折磨我，公爵小姐！」格魯什尼茨基說，「自從上次見過面之後，您變得真多……」

「您也變了。」她回答，迅速瞄他一眼，他在那眼神裡卻看不出有隱隱的嘲笑。

「我？我變了？……噢，絕不會！您知道嗎？這是不可能的！誰一旦看到了您，您那絕美的容貌便會讓他永生難忘。」

「別說了……」

「到底為什麼您現在不想聽，才不久前您還常對我說的話感興趣？……」

「因為我不喜歡聽重複的話。」她笑著說……

「噢，我大錯特錯了！……我這個瘋子還以為，至少這副肩章能給我作夢的權利……不，最好讓我永遠穿著那件人人看不起的士兵軍大衣，或許，得到您的青睞是該歸功於那件大衣……」

「說真的，那件大衣對您來說是稱頭多了……」

這時候我走過去對公爵小姐鞠躬致意，她有點臉紅，連忙對我說：

「不是嗎？佩喬林先生，灰色的軍大衣更適合格魯什尼茨基先生吧？……」

①當時的一本雜誌，走大眾通俗趣味路線。

②俄羅斯帝國時期的文官制度分十四等，一等最高，九等文官在文學形象中表示身分低微，實際上也是低階官員一輩子能爬到的最高官位。

「我不同意您，」我回答，「他穿軍官制服才顯得更年輕。」

格魯什尼茨基承受不了這個打擊：他像所有的小男孩一樣，自以為老成，認為自己的臉蛋抹上了一往情深便會蓋掉實際年齡的模樣。他怒不可抑地瞪我一眼，跺了跺腳便走到一旁去。

「您要承認，」我對公爵小姐說，「儘管他一直都很可笑，可是您才在不久前對他感興趣……是因為穿灰色軍大衣的原故嗎？……」

她垂下眼睛沒答話。

格魯什尼茨基整晚都在追求公爵小姐，跟著她跳舞，有時或面對面①跳；他貪婪地盯著她，滿腹牢騷，發出種種哀求和責備卻令她厭煩。在第三輪卡德里爾舞之後，她已經厭惡起他了。

「我沒想到你來這套。」他走向我，抓起我的手說。

「什麼？」

「你要跟她跳瑪祖卡舞？」他語氣激昂地問。「她對我承認了……」

「嘿，這又怎樣？難道這是祕密嗎？」

「當然……我早該料到這種小妞……風騷女……我一定會報仇的！」

「你要怪只能怪自己的軍大衣，怪你的肩章，又何必怪罪她呢？是你不再討她歡心，她哪裡有錯？……」

「那她為什麼要給我希望？」

「你又為了什麼抱著希望？人都想得到點什麼東西——這我了解，可是有誰會去強抱希望呢？」

「你打賭贏了——但不是全贏。」他不懷好意地微笑著說。

瑪祖卡舞開始了。格魯什尼茨基只選擇跟公爵小姐跳，其他的男伴也不時邀她跳：這顯然是針對我的陰謀。這更好：她想跟我說話，別人越是妨礙她，她就越想要。

我有兩次握著她的手，第二次她把手縮回去，不說一句話。

「我今晚會睡得很糟。」瑪祖卡舞結束的時候她跟我說。

「這是格魯什尼茨基的錯。」

「噢，不！」

她的臉龐變得那麼沉靜又憂鬱，讓我暗下決心今晚一定要吻她的手。

大家散會離去。我趁著攙扶公爵小姐上馬車時，迅速地把她的小手往我唇上一摁。

---

①原文用法文「vis-a-vis」。

天色已暗，沒人會看見這一幕。

我回到大廳，對自己非常滿意。

一群年輕人圍著大桌用晚餐，其中有格魯什尼茨基。當我一進來，所有人便不再說話：顯然他們在談論我。從上次舞會後就有許多人對我表達不滿，尤其是那個龍騎兵上尉，而如今在格魯什尼茨基的指揮下，一個與我為敵的幫派似乎已然成形。看他那一副多麼高傲又果敢的姿態……

我高興極了。我愛敵人，儘管不是以基督教的方式去愛。他們會使我開心，讓我熱血沸騰。得要時時刻刻保持警覺，去捕捉他們的眼神、每句話的意義，猜出企圖，揭穿陰謀，假裝受騙，突然間再一下子猛地撞碎一切，瓦解由狡詐心機好不容易建構成的巨大建築——這正是我所謂的生活。

晚餐這段時間裡，格魯什尼茨基不斷跟龍騎兵說悄悄話，互使眼色。

六月六日

今天一早，薇拉跟丈夫前往酸水城。我遇到他們的馬車，那時候我正走在往公爵夫人家的路上。她對我點點頭——眼神中帶有責備。

是誰的錯？為何她不給我機會跟她單獨見面？愛情如火——沒添柴就會熄滅。但願這份醋勁會完成我的要求所不能做到的事情。

我在公爵夫人家坐了整整一小時。梅麗沒有出來——她病了。晚上她也沒出現在林蔭道。那幫人又結成一夥，佩著長柄眼鏡，擺出一副凶巴巴的模樣。我很慶幸公爵小姐病了，不然他們會做出對她無禮的事情。格魯什尼茨基的頭髮亂蓬蓬，一臉沮喪，他好像真的被搞得傷心透了，尤其是自尊心受辱。但就是有那種人，連沮喪絕望的時候都很滑稽！……

回家的路上，我發現自己好像少了什麼似的。**我沒見到她；她病了**；我不會真的戀愛了吧？……真是胡扯！

六月七日

早上十一點——通常是公爵夫人去葉爾莫洛夫浴池[1]做蒸氣浴出出汗的時候——我經過她們家。公爵小姐若有所思地坐在窗邊，她看見我之後便跳起身來。

我走進前廳，沒半個人在，於是我便按照當地的不拘禮俗，沒通報就偷偷溜進客廳。公爵小姐那張漂亮的臉龐上籠罩著一股黯然的蒼白。她站在鋼琴旁，一隻手扶著椅背：這隻手微微顫抖著。我靜靜地靠近她說：

「您在生我的氣？……」

她抬起疲憊的目光深深望著我，搖搖頭；她的嘴唇似乎想動一動說點什麼——但力不從心，只見淚水盈眶。她往扶手椅坐下，雙手掩面。

「您怎麼了？」我握起她的手問。

「您不尊重我！……噢！別管我！……」

我在客廳裡走了幾步……她在椅子上挺直身子，兩眼頓時一亮……

我停了下來，去按住門的把手，然後說：

「原諒我，公爵小姐！我的行事瘋狂……下次不會再發生這種事，我以後會有分寸……為何要讓您知道我這一生的心路歷程？這種事您永遠別知道，這樣對您才是最好的。再會了。」

我離開時似乎聽到她在哭泣。

到晚上之前，我一直在瑪舒克山周圍晃晃蕩蕩，真累壞了，回到家後，疲憊不堪地倒到床上。

維爾納來找我。

「是不是真的？」他問，「您要跟公爵小姐結婚？」

「什麼？」

「因為全城的人都這麼說，我所有的病人也都忙著談這件大新聞，這些病人就是這樣的人：什麼都瞞不住他們的！」

「這是格魯什尼茨基開的玩笑！」我心裡想。

「醫生，為了向您證明這些是虛假謠言，我就對您公開一個祕密，我明天要搬到酸水城去了……」

①以葉爾莫洛夫將軍命名的浴池。

「公爵小姐也是嗎？」

「不，她還要在這裡待一個禮拜……」

「這麼說您沒要結婚？……」

「醫生呀！醫生！看看我：難道我像個未婚夫還是那一類的人嗎？」

「我不是說這個……您可要知道，有些情況……」他狡猾地微笑，接著說，「是會讓一個高尚的人迫於形式而結婚，至少有些媽媽不會迴避讓這種情況發生……因此，身為朋友我要勸您，得小心提防。溫泉鄉這地方的氣氛危險極了：我看過多少個大好青年，應該有更好的命運等著他們，卻在離開這裡後直奔教堂成親……您相不相信，甚至還有人想跟我結婚呢！正是一個縣城裡的媽媽安排的，她有個臉色蒼白無比的女兒。我很不幸跟她提過，結婚之後臉色就會恢復正常，結果她滿臉感恩的淚水替她女兒跟我求婚，還要把她所有家產當作陪嫁——好像是五十個農奴。但是我回覆，我這方面可不行……」

維爾納滿心踏實地離開，因為他覺得已經預先警告過我了。

我從他的話中得知，關於我和公爵小姐的各種流言蜚語已經在城裡傳開了：這件事我不會白白放過格魯什尼茨基的！

六月十日

從我來到酸水城已經三天了。我每天在水井旁和散步時都見到薇拉。早上我一醒來就坐到窗邊，拿起長柄眼鏡對著她的陽台張望；她老早就穿好衣服，等著約定的暗號。從我們的房子往下一直到水井那邊有座花園，我們假裝在園裡巧遇。山裡清新的空氣讓她的氣色和精力都好轉了。納爾贊①被稱為勇士之泉可不是白叫的。當地居民確信，酸水城的空氣有益於滋長愛情，無論什麼時候在瑪舒克山腳下萌發的浪漫故事，都會在這裡收場。的確，這裡在在顯得幽獨而神祕——椴樹林徑的濃蔭，低垂俯身在喧騰冒泡的湍流之上，那水流朝一塊塊石板落下，在綠油油的山間切開一道水路；還有瀰漫著煙霧與靜謐的峽谷，它們的分支從此處開散至四面八方；看看那芬芳的空氣，被南方長草和刺槐的蒸發氣味層層攪和出的清爽氣息；再看一條條的冰涼山澗，綿綿水聲香甜得催人

①納爾贊（Narzan），是卡巴爾達語，意為勇士之泉：是世界知名的碳酸礦泉水，產地在酸水城。

入眠，匯流至谷地盡頭時，齊心競相逐流，最終奔入波德庫莫克河①。從這個角度看，峽谷開闊了些，成了一片綠茵谷地，傍著谷地蜿蜒著一條塵土飛揚的馬路。每次我放眼望去，總覺得上面駛著一輛馬車，從車窗中看得到一張甜美的臉蛋。這條路上確是有許多馬車來來去去——但卻沒有一輛是我所想望的。要塞後方的郊村有居民住著；離我寓所沒幾步遠的山丘上坐落著一家餐館，入夜時分隔著兩排白楊樹可見燈火閃爍，裡面的喧鬧人聲和碰杯音響直到深夜都不絕於耳。

沒有任何地方像在這裡一樣，喝得到這麼多的卡赫季葡萄酒和礦泉水。

要混合這兩種名堂

有一堆人偏好此道——我可不在其中。②

格魯什尼茨基跟他的同黨每天都在酒館裡放肆喧鬧，而且幾乎都不跟我打招呼。

他昨天晚上才到這裡，就已經跟三個老先生吵上了架，就因為他們想要在他之前用浴池——不幸的事情絕對增強了他身上的好鬥性情。

六月十一日

終於，她們都來了。我坐在窗邊，當我聽到她們的馬車轆轆：我的心頭一顫……這到底是怎麼回事？難道我戀愛了？……我天生如此傻氣，這種事情確有可能在我身上發生。

我在她們家午餐。公爵夫人非常溫柔地望著我，不離開自己的女兒一步……不妙！因為薇拉會為了我跟公爵小姐要好而吃醋：我竟獲得了這種福氣！為了傷對手的心，女人還有什麼做不出來的？我記得，曾經有個女人愛上我，是因為我另有所愛。沒有任何

①波德庫莫克河（Podkumok），庫瑪河（Kuma）右岸的最大支流，發源自高加索山脈，向東北流經俄羅斯北高加索礦泉區，先後經過酸水城、葉先圖基、五峰城等地。

②這兩行引文出自俄國劇作家格里博耶多夫的《聰明誤》第三幕台詞，與原文略有出入，第二句原為「有一堆人熟練內行」，疑為原文的版本差異。

東西比女人的心思還要離奇：很難說服女人任何事，必須要引導她們，讓她們自己去說服自己。她們用來消除自我偏見的論證程序是非常獨特的，為了要學會她們的辯證方法，必須推翻自己腦中學校所教的一切邏輯規則。例如，一般的推論方式是：

這個男人愛我，但我結婚了：所以我不該愛他。

女人的邏輯則是：

我不該愛他，因為我結婚了，但他愛我——所以……

這裡的末尾有省略符號，因為理智已經無法說什麼了，能說的大多只剩：舌頭、眼睛，跟在眼睛之後的才是那一顆心，如果心確實存在的話。

如果哪天這些筆記落到女人的手裡，該怎麼辦？——她們會發出怒吼：「誣衊！」

從詩人們寫詩而女人們讀詩的那時候起（為了這點要對她們深深感激），她們有多少次被稱為天使，在她們的單純心靈裡還真信了這個讚美，卻忘記是同樣的詩人為了錢而歌頌尼祿①為英雄神明……

我用這種惡毒的話來評論她們很不恰當，因為我是那種在世上除了女人什麼也不愛的人，是那種永遠準備要為女人犧牲平靜、功名和性命的人……但我可不是出於惱怒或自尊受辱的感情傷害，才極力要扯下她們那魅人的、唯有慣熟眼力能看得透的面紗。不是的，我所說的關於她們的一切，都只是下列詩句所導致的結果：

出自頭腦冷靜的觀察
以及心靈悲傷的體察。②

女人們應該希望所有的男人都像我一樣這麼清楚了解她們，因為自從我不再害怕她們，也了解她們的細微弱點之後，我更愛她們百倍。

順便一提：不久之前維爾納曾把女人跟迷魅森林相比較，就是塔索③在他那部《被解放的耶路撒冷》中講的那個森林。「才剛走近，」他說，「老天保佑啊，四面八方就有那麼多可怕的東西朝你飛去：像是責任、傲慢、禮儀、輿論、嘲笑或輕視……絕不要看，只管前進——漸漸地可怕的怪物就消失了，然後你面前會敞開一片寧靜又明亮的林中曠

①尼祿（Nero, 37-68），普遍被認為是古羅馬帝國的暴君。
②引文出自普希金的《奧涅金》的獻詞末兩句。
③塔索（Torquato Tasso, 1544-1595），義大利詩人，他的敘事詩《被解放的耶路撒冷》中有一段提到十字軍騎士唐克雷走進一個迷魅森林。

野，裡面有綠意盎然的香桃木綻放花朵。不過，如果在頭幾步就心驚膽顫而掉頭回去的話，那就在劫難逃了！」

六月十二日

今天晚上發生了許多事。酸水城外三里處，在波德庫莫克河流過的峽谷中，有一座被稱為「拱圈」的山崖，這是天然形成的門洞，它聳立在高崗上，夕陽透過這個門洞向世界拋出自己最後一道熾熱的目光。眾多的騎馬遊客出發到那裡，透過那扇石造的門窗觀看落日晚霞。老實說，我們之中沒有一個人想的是太陽。我騎在公爵小姐身旁；回程時，必須涉水渡過波德庫莫克河。那種越是小的山澗溪水越是危險，尤其是它們的河床底下——完全難以捉摸，因為湧流的沖刷讓河床天天都在變化；昨天那裡還是石頭，今天卻變成了洞窟。我抓著公爵小姐的坐騎轡頭，領著牠走進不高於膝蓋深的水裡，我們斜逆著水流緩緩前行。眾所周知，穿越急流時不該去看水面，因為那會馬上讓人暈頭轉向。這點我忘記先提醒梅麗公爵小姐了。

我們已經走到溪中央水流最急的地方，她突然在馬鞍上搖晃一下。「我不舒服！」——她聲音微弱地說……我趕緊靠向她，用手摟住她的柔軟腰身，在她耳邊悄聲說：「看上面！這沒什麼，別害怕，我在您身邊。」

她感覺好了些，於是想要從我手中掙脫開，可是我仍緊緊摟著她那溫柔軟綿的身軀，我的臉頰幾乎觸碰到她的臉頰，那張臉散發著火熱。

「您要對我做什麼？……我的上帝啊！……」

我才不理她的緊張困窘，我的雙唇碰到了她那柔嫩的小臉蛋，她渾身一顫，但什麼也沒說。我們走在後方，因此沒人看到。當我們費力走出水面到岸上，所有人已經策馬快步跑開了。公爵小姐勒住自己的馬，我也停在她旁邊，顯然，我的沉默使她焦慮不安，但我發誓不說半句話——是我的好奇心使然，我想看看她要如何擺脫這個尷尬的場面。

「您要不是看不起我，不然就是很愛我！」她終於開口，話裡摻著淚。「或許，您是想看我笑話，撩動我的心之後，就把我甩掉……真是下流，真是低級，這只是我瞎想的吧……噢不！不是這樣吧，」她接著說，語氣中露出柔情的信任，「不是這樣吧，我身上沒有什麼讓人看不起的地方？您的無禮冒犯……我應該，我應該原諒您，因為我允許了……您回答我，說點話，我想聽您說出來！……」最後幾句話已經顯現出女人的那種迫不及待，我不由得微微一笑，幸好，天色開始黑了……我什麼也沒回答。

「您不說話？」她繼續說，「您大概想要我先說我愛您吧？……」

我沉默不語……

「您是想這樣嗎？」她繼續說，迅速地轉身向我……在她眼神和話聲所展現的堅決中，已經有某種可怕的東西了……

「何必呢？」我聳聳肩回答。

她揮鞭策馬，飛快地往一條險峻的狹路跑去；這事發生得太快，讓我費了好大功夫才追上她，而她那時候已經趕上了其他人。一路到家之前她有說有笑。她的舉止中有種發熱病的徵狀，對我瞧都不瞧一眼。大家也注意到了她這股異常的歡欣情緒。公爵夫人看著自己女兒，心裡油然高興起來。但她女兒不過是一時激動：她晚上會睡不著覺，會哭的——這個想像給了我難以形容的快樂：有那麼一瞬間，我可以了解吸血鬼①了……而且我還會被認為是好男兒，我也努力去贏得這個稱號！

女士們下了馬，進到公爵夫人的家裡。我的心情仍未平撫下來，便往山裡奔馳而去，排遣一下腦海裡的紛紛思緒。多露的夜晚散發著令人陶醉的涼爽。月亮從暗沉的山巔升起。我那匹沒安上蹄鐵的馬兒，牠那一步步的低沉蹄聲傳遍峽谷的闃寂中。我在瀑布旁飲馬，自己貪婪地呼吸兩口南方夜晚的新鮮空氣，然後就往回走。我穿過了郊村。窗燈一個個漸將熄滅，要塞圍牆上的守衛和四周巡邏步哨的哥薩克士兵，彼此拉長著嗓音呼應著……

郊村其中有一戶人家蓋在山溝邊，我發現屋裡還亮得很，偶爾傳來鬧哄哄的話聲和喊叫，顯示裡面是軍人在聚餐。我下馬偷偷走近窗邊，護窗板關得不夠緊密，讓我可以看到聚餐的人，並聽清楚他們的談話。他們正談到我。

那位龍騎兵上尉趁著酒意一時興起，拳頭敲著桌子，要大家聽他說話。

「各位先生！」他說，「這太不像樣了。得要給佩喬林一點教訓！不把這些彼得堡菜鳥的鼻子打扁，他們都自大傲慢起來了！他以為只有他一個人在上流社會混過，因此他總是穿戴乾淨的手套和擦亮的靴子。」

「他那微笑真是目空一切！可我敢說他其實很膽小——對，就是膽小！」

「我也這麼認為，」格魯什尼茨基說。「他愛用玩笑話來應對。我有一次也跟他說了一堆這類的話，要是換做別人早氣得把我當場砍死了，而佩喬林卻總是會當成玩笑看。

①波利多里（John William Polidori）在一八一九年出版英文小說《吸血鬼》（Vampyre），俄文譯本於一八二八年出版風行一時，當時認為此小說是拜倫口述，由他的醫生波利多里記錄寫成。

我當然不需要叫他出來解決，因為這是他的事，而且我也不想跟他有任何瓜葛……」

「格魯什尼茨基對他心懷怨恨，是因為他把他的公爵小姐搶走了。」某個人說。

「虧您想得出來！我的確有一陣子追求過公爵小姐，可是很快就收手了，因為我還不想結婚，傷害一個女孩子的名譽可不是我的原則。」

「我跟你們保證，他最膽小了，我是說佩喬林，不是格魯什尼茨基——格魯什尼茨基是好樣的，而且他是我真正的朋友！」龍騎兵再度說話。「各位先生！沒有人要在這裡為他辯護嗎？沒人？那更好！你們想試試他的膽量嗎？這會讓你們很樂的……」

「我們是想，不過要怎麼做呢？」

「那麼你們聽著：格魯什尼茨基最氣他了——他來當第一主角！他找一些蠢事什麼的去挑釁佩喬林，再藉機叫他來決鬥……等一等，就在這裡面搞點名堂……他要求決鬥的話：很好！這一切——提要求、準備工作和開條件——都盡可能要鄭重一點，嚇人一點。我來張羅這件事，我做你的決鬥副手，我可憐的朋友！好！要耍的花招就是在這裡：手槍裡我們不裝子彈。我現在就可以告訴你們結果，佩喬林到時候會膽怯的——我來安排他們相隔六步去決鬥，嚇得他見鬼去吧！各位先生，同不同意？」

「想得真美！同意！有什麼不可以？」全體一致附和。

「那你呢？格魯什尼茨基？」

我等著格魯什尼茨基的回答，激動得發抖。一股冷冷的憤恨籠罩著我，心想要不是這個機緣巧合，我可能就變成這些傻瓜嘲笑的對象了。假如格魯什尼茨基不同意，我願撲上去擁抱他。然而，他沉默一會兒之後，從原地站起來伸出手給上尉，傲然地說：「好，我同意。」

這夥正派人士的欣喜若狂之情真是難以形容。

回到家後，我被兩種不同的情緒搞得心神不寧。第一是憂愁。「他們一個個是為了什麼那麼恨我？」我心想。「為了什麼？我是不是侮辱了誰？沒有。難道我是那種單單擺出一個表情就足以造孽的人嗎？」再來我感覺到，惡毒的憤恨漸漸占滿了我的心靈。「當心啊，格魯什尼茨基先生！」我在房裡來回踱步著說。「對我不能開這種玩笑的。您會為了您那夥笨蛋同志的讚許而付出昂貴的代價。我不是你們的玩具！……」

我一整夜沒睡。近清晨時，我的臉色黃得像顆柳橙似的。

一大早我在水井旁遇到公爵小姐。

「您病了嗎？」她凝神望著我說。

「我夜裡沒睡。」

「我也是……我怪您……或許是錯怪了？但只要您解釋一下，我全都會原諒您的……」

「全部嗎？……」

「全部……只要您說真話……只要您趕快說……您知不知道，我想了好多好多，努力要去解釋、去辯解您的行為；或許，您是擔心我家人那邊會有阻礙……這不是問題；當他們理解之後……（她的話聲顫抖了起來）我會求得他們的同意。或者是您個人的處境有什麼……可是您要知道，為了我所愛的人，我會犧牲一切……噢，快點回答我，可憐可憐我吧……您沒有看不起我，是不是？」

她抓住我的手。

公爵夫人跟薇拉的丈夫走在我們前面，什麼都沒看到，但是散步的病患會看到我們，他們都是最愛窺奇探祕又愛搬弄是非之人，因此我很快把手從她那熱情的緊握之中抽了回來。

「我跟您說全部的真話，」我回應公爵小姐，「對於自己做過的事，我不辯解也無須說明。我不愛您。」

她的雙唇微微發白了起來……

「您走吧。」她的話聲幾乎聽不清楚。

我聳聳肩，轉過身便離開了。

六月十四日

我有時候看不起自己……是不是因此我也看不起別人？……對於高尚的情感衝動我變得力不從心，我害怕讓自己顯得可笑。我這種情況要是換作其他人，一定會把自己的心和自己的命運①獻給公爵小姐差遣。可是，結婚這個詞有某種魔力控制著我：無論我多麼熱愛一個女人，一旦她只讓我感覺我該要跟她結婚——那就跟愛情再見了！我的心會變成石頭，任何東西都無法使它再熱起來。除了結婚之外，我什麼都可以犧牲。我可以拿生命，甚至榮譽，來作賭注押上二十次……但我不會出賣我的自由。為何我如此珍惜自由？我在其中獲得了什麼？……我打算投身何處？我對未來期待什麼？……真的，完全沒有。這是某種與生俱來的恐懼，難以名狀的預感……就是有一些人會無意識地害

①原文用法文「son coeur et sa fortune」。

怕蜘蛛、蟑螂、老鼠……要我坦白嗎？……在我年紀還很小的時候，有個老婆婆幫我算命給我媽聽，她預言我將死於惡妻之手。當時的這些話使我震驚無比，我心裡對於婚姻這件事，便產生了止不住的反感……而且隱約有某個聲音告訴我，她的預言將會成真。所以，至少我要努力讓預言盡量晚一點實現。

六月十五日

昨天魔術師**阿普菲爾包**①來到這裡。飯店門上張貼了長長的海報，向最可敬的公眾告知，上述這位神奇的魔術師、特技演員、化學家和光學家，今晚八點將有榮幸在貴族俱樂部大廳（即飯店內）盛大演出，門票兩盧布半。

大家都準備去看這位神奇的魔術師，甚至連公爵夫人也給自己拿了一張票，不管她女兒還在生病中。

今天午餐過後，我經過薇拉的窗前，她獨自坐在陽台上。一張紙條落到我的腳邊：

「今晚九點過後來找我，走大樓梯上來，我丈夫去五峰城了，明天早上才會回來。家裡不會有任何人，女僕也不在，因為我送他們每個人一張門票，也給了公爵夫人的家僕。我等你，一定要來。」

「啊哈！」我心想，「終於照我所想的進行了。」

八點鐘我去看魔術師表演。觀眾將近九點才到齊，於是表演開始。在後排的座位上我認出了薇拉和公爵夫人的家僕們，他們都在那邊，一個不少。格魯什尼茨基拿著長柄眼鏡坐在第一排。每當魔術師需要手帕、手錶、戒指等道具的時候，都找他借。

格魯什尼茨基已經好久沒向我打招呼了，今天更是有兩次相當無禮地瞄著我。哪天我們得算總帳的時候，他將會記起這一切的。

將近十點的時候，我站起來走出去。

院子裡很暗，一片黑漆漆。沉重陰冷的烏雲躺在周邊的群山之上，只偶爾拂來一陣將息的風，弄得飯店四周的白楊樹林梢頭沙沙響，窗戶外面擠滿了人。我走下山坡，轉

---

①阿普菲爾包（Apfelbaum），當時的一位魔術師，一八二〇至三〇年代風靡於俄羅斯。萊蒙托夫本人可能看過他的表演。

進大門後，步伐加快。突然間，我發現有人跟在我後面。我停下來察看一番。黑暗中什麼也看不清楚，而我出於小心便繞著房子走，裝作在散步。經過公爵小姐的窗前時，我又聽到身後有腳步聲；然後有個裹著大衣的人從我身邊跑過去。這讓我驚慌起來，但我還是偷偷溜進了門口台階，匆匆跑上黑暗的樓梯。房門已經開了，有一隻小手抓住了我的手……

「沒人看到你嗎？」薇拉緊偎著我悄聲說。

「沒有！」

「現在你相信我是愛你的嗎？噢，我猶豫了好久，痛苦了好久……不過現在我任你為所欲為了。」

她的心跳得猛烈，兩手卻冷得像冰。她開始一連串的責備、吃醋、抱怨——為了要求我對她坦白一切，嘴巴上還說她會順從地忍受住我的變心，因為她唯一想的只是要讓我幸福。這點我不全相信，可是我仍講了一堆誓言承諾之類的話安慰她。

「這麼說你不跟梅麗結婚？你不愛她？……而她卻以為……你知不知道，她愛你愛到瘋了，真是個可憐兒！……」

……………………………………

……………………………

大約半夜兩點，我打開窗戶，綁好了兩條大披巾，扶著圓柱從陽台爬下到樓下的陽台去。公爵小姐的房間還點著燈火。一股莫名的力量慫恿我靠近這扇窗。窗簾沒全遮著，讓我可以好奇地張望房間內部。梅麗坐在床上，兩手交叉放在膝蓋上，她那濃密的頭髮收攏在一頂蕾絲邊的夜帽下面，一張鮮紅的大方巾蓋著她白皙的肩膀，小腳藏在色彩斑斕的波斯便鞋裡。她坐著動也不動，頭垂到胸前；她面前的小桌上有一本攤開的書，但是她的眼睛沒動，充滿一股不可名狀的憂愁，她似乎已經瀏覽同樣那頁一百次了，而思緒卻早已經飛得遠遠的……

這一刻，在樹叢後方好像有誰稍微動一下。我從陽台跳下到草地上。一隻看不見的手抓住了我的肩膀。

「啊哈！」一個粗魯的聲音說，「抓到了！……看你以後半夜還敢不敢來找我的公爵小姐！……」

「抓緊他！」從角落跳出來的另外一個人大喊。

這是格魯什尼茨基與龍騎兵上尉。

我一拳打上後者的頭，把他撞倒在地，然後衝向樹叢。我對我們家門前緩坡上的花園裡的所有小路都很熟悉。

「有小偷！警衛！……」他們大喊。傳來了槍響聲，冒著煙的填彈塞幾乎落在我的腳邊。

一分鐘之後，我已經回到自己的房間，脫了衣服躺下。我的僕人才剛鎖上門，格魯什尼茨基與上尉就開始敲門找我。

「佩喬林！您睡了嗎？您在這裡嗎？……」上尉大喊。

「我睡了。」我生氣地回答。

「起來吧！有小偷……切爾克斯人。」

「我鼻子不舒服，」我回答，「怕會感冒。」

他們走了。我真沒必要回應他們：真該讓他們在花園裡找我找上一個鐘頭。與此同時，那邊的場面變得更加驚慌。一個哥薩克士兵從要塞騎馬飛奔過來。大家都動了起來，開始在所有樹叢裡搜查切爾克斯人——不用說，什麼都沒找到。然而，很多人大概還深深以為，假如駐防部隊再英勇些，再迅速些，至少可以當場捉到二十個土匪才對。

六月十六日

今天一大早，水井旁的人都只在閒談一件事：切爾克斯人的夜襲。我喝完規定的幾杯納爾贊礦泉水之後，沿著長長的椴樹林蔭道來回走十次，路上遇到薇拉的先生，他剛從五峰城回來。他握著我的手，我們一起到飯店吃早餐；他非常擔心自己的妻子。「夜裡她一定嚇壞了！」他說，「怎麼會這樣，偏偏是我不在的時候發生。」我們在一扇通往角落包廂的門旁坐下用餐，那裡面大約有十個年輕人，格魯什尼茨基也在其中。我運氣好又有機會探聽到他的談話，而這一次可能決定了他的命運。他沒看見我，因此我不用懷疑他的話是蓄意說給我聽的，不過在我看來，這只是加大了他的罪惡。

「難道這真的是切爾克斯人嗎？」某人說，「有誰看到他們嗎？」

「我來跟你們說這一切的真相，」格魯什尼茨基答話，「只是請別洩漏是我說的。事情是這樣發生的：昨天有一個人，名字我不能說，他來找我，說晚上九點多的時候好像有人潛入公爵夫人家中。必須提醒你們，公爵夫人那時是在飯店這裡，而家中只有小姐在。我們馬上和他一起去公爵小姐的窗下，去埋伏守候那位幸運兒。」

老實說，我嚇到了，儘管我的同伴非常忙著吃早餐，他可能會聽到對他來說相當不愉快的事情，萬一格魯什尼茨基戳破真相的話。然而，嫉妒使他失去理智，他並沒有懷疑到真相是我到薇拉那裡去。

「你們要知道，」格魯什尼茨基繼續說，「我們隨身帶著裝了空包彈的槍，只是想嚇嚇他而已，隨即出發了。在花園裡一直等到兩點，終於——不知道他從哪冒出來的，只知道不是從窗戶，因為窗子沒打開，他應該是從圓柱後面的玻璃門走出來——結果呢，告訴你們，我們看見有個人從陽台上下來……公爵小姐到底是什麼樣的人呀？嘿，我得說，莫斯科的小姐們就是這樣！發生這件事之後還能相信什麼呢？我們想要抓住他，不過他掙脫了，像兔子似的衝到樹叢裡，那時候我朝他開槍。」

格魯什尼茨基周圍發出了不相信的喃喃低語。

「你們不相信？」他繼續說，「我發誓說的是真話，這一切絕無虛假，為了要向你們證明，看來我得要叫出這位先生的名字。」

「說吧，說他到底是誰！」話聲四起。

「佩喬林。」格魯什尼茨基回答。

這一瞬間他抬起了眼睛——我就站在門口面對著他，他臉紅得厲害。我靠近他，緩慢又清晰地說：

「我非常遺憾，在您已經用誓言確認了最惡劣的誹謗之後我才進來。要是我早點出現，或許就能使您免於這多餘的卑鄙勾當。」

格魯什尼茨基從原地跳起來，想要發火。

「請您，」我繼續用同樣的語氣說，「請您現在就收回您剛剛說的話，您非常清楚這是編造出來的。我不認為，女人看不上您那些亮麗的優點，就該換來這麼可怕的報復。您好好想一想：若您堅持自己的想法，就不配稱高尚人士，而且會冒生命危險。」

格魯什尼茨基站在我面前，兩眼下垂，陷入強烈的焦慮不安。但是良心與自尊心的交戰並沒有維持多久。坐在他旁邊的龍騎兵用手肘推了他一下，他打了一個顫，然後眼睛連抬都沒抬就迅速回答我：

「閣下，我剛剛所說的，就是我所想的，隨時可以再講一次……我不怕您的威脅，我準備好面對一切。」

「最後那句話您已經說明一切了。」我冷冷地回答他，抓著龍騎兵上尉的手走出房間。

「您想怎麼樣？」上尉問。

「您是格魯什尼茨基的朋友——大概會當他的決鬥副手吧？」

上尉非常高傲地點了頭。

「您已經猜到了，」他回答，「我甚至有責任當他的副手，因為他受到的屈辱也跟我有關：我昨夜跟他在一起。」他補一句，挺直他那有點駝的身軀。

「啊！這麼說我那麼不小心打到的頭是您的囉？……」

他臉上一陣黃一陣青的，露出了暗藏的恨意。

「我很榮幸，今天會派我的決鬥副手到您那裡，」我補充說，非常客氣地點頭致意，並擺出一副彷彿沒注意到他怒不可抑的樣子。

在飯店的門口台階上，我碰到薇拉的先生。他似乎在等我。

他抓著我的手，心情好像非常激動的樣子。

「高尚的年輕人！」他熱淚盈眶地說。「我全都聽到了。真是壞蛋！不知感恩！……發生這事之後誰還會招待他們去正派人家！感謝上帝，我沒有女兒！而您為了那女孩甘願冒生命危險，她會報答您的。那時候您就會相信我區區這番話，」他繼續說。「我自己年輕時也在軍中服務過，所以我知道不應該涉入這些事情。再會了。」

真是可憐蟲！他還慶幸自己沒有女兒……

我直接去找維爾納，碰巧趕上他在家，便告訴他事情的始末——包括我跟薇拉和公爵小姐的關係，以及我偷聽到的談話，從中得知那些先生們想用空包彈決鬥的陰謀來愚弄我。但是事情演變到現在已經超出了玩笑的範圍：他們大概沒料到會有這樣的結果。

醫生同意當我的決鬥副手，我給了他幾個關於決鬥條件的指示；他該要堅持讓這件事盡可能祕密進行，因為我雖然隨時都有赴死之心，但一點也不想要永遠毀掉自己在這個世上的前途。

之後我便回家去。過了一小時，醫生考察回來。

「確實有個陰謀在針對您，」他說。「我在格魯什尼茨基那裡看到龍騎兵上尉，還有另外一位先生，姓名我不記得了。我在前廳脫橡膠套鞋時待了一分鐘，聽到他們在裡面吵得很厲害……『我怎樣都不會同意！』格魯什尼茨基說，『他在大庭廣眾下侮辱我，那就完全是另一回事……』──『干你什麼事？』上尉回話，『一切都包在我身上。我當過五次決鬥副手，十分清楚這該要怎麼進行。我全都設想好了。只請你別礙著我。嚇唬他就好了。假如能避免的話，何必要讓自己冒險呢？……』這個時候我走了進去。他們忽然沉默不說話。我們的談判持續了好久。最後，大家決定事情就這麼辦：離這裡五里路遠的地方有一個偏僻的峽谷，他們明天清晨四點會去那裡，而我們在他們之後半小時出發；你們要在六步的距離開槍射擊──這是格魯什尼茨基自己要求的。被打死的那個──就算在切爾克斯人的帳上。這下我有些疑慮：他們，我是指那些副手，應該會稍稍改變原先的計畫，現在想只幫格魯什尼茨基的那把手槍裝上實彈。這已經有點像謀殺了，可是在交戰時，尤其在亞洲的戰事裡，耍詐是被允許的，只不過格魯什尼茨基似乎比他的同志們要高尚些。您怎麼想？我們該不該表現出我們已經看破了詭計？」

「醫生，千萬不要！您放心吧，我不會任他們擺布的。」

「那您想怎麼做？」

「這是我的祕密。」

「眼睛放亮別掉入圈套裡……因為才距離六步！」

「醫生，明天四點我等您，馬匹將會備好……再見。」

我把自己關在房間裡，一直坐到晚上。公爵夫人差了僕役來邀我去作客——我吩咐人轉告說我生病了。

……………………………

半夜兩點……睡不著覺……必須要睡著才行，這樣明天手才不會發抖。不過，距離六步要打不中很難的。啊！格魯什尼茨基先生！您想愚弄矇騙我是不會得逞的……我們的角色將會對調：現在輪到我可以在您那蒼白的臉上找找看那種幽微的恐懼感了。為何您要指定這麼致人於死的六步？您以為我會默不作聲地把自己的額頭送到您面前？……我們可是要抽籤的！……到時候……到那時候……如果他的好運強一些呢？如果我的星宿最後背棄我呢？……這也不奇怪：因為它已經忠心服侍我種種任性的要求這麼久了，何況，天上的東西並不會比在地上的更永恆不變。

還能怎樣呢？要死就死吧！對這個世界損失並不大，而且我自己也已經覺得太無趣了。我——就像一個在舞會上打哈欠的人，不回去睡覺只因為他的馬車還沒到。而這下馬車準備妥當……就再會了！

我匆匆回顧過往的種種，不由得自問：我為何而活？我為何目的而生？……或許，目的是存在的，也許，我被賦予了崇高的使命，因為我感覺到在我內心深處有著源源不絕的力量……但是我沒猜透這個使命何在，我迷失在空虛又無益的情欲誘惑之間，然後我從這個洪爐之中走了出來，鍛鍊得像鋼鐵一般堅硬又冷漠，但卻永遠喪失了崇高目標的熱情，喪失了生命中最美好的精華。從那時候起，我不知道當過多少次手執命運之斧的角色！我像個處死的工具，往往沒有怨恨，總是毫不憐憫，就落到注定犧牲者的頭上……我的愛情沒帶給任何人幸福，因為我從來都沒有為我所愛的人犧牲什麼：我是為我自己而愛，為了個人的滿足。我只求滿足內心的奇特欲求，貪婪地吞噬她們的感情、她們的溫柔、她們的歡樂與痛苦——而且從來不得饜足。就這樣，一個苦於欲求不滿的人，往往在疲憊不堪中睡著，夢中看到前方擺著豐盛佳餚和冒泡美酒，他便狂喜地吞食這些憑空想像的恩賜，讓他似乎舒坦了些，可是一覺醒來——美夢便消逝……徒留雙倍的飢渴與絕望！

也或許，明天我將會死去！……這世上徹底了解我的人即將一個也不留。有些人認為我實際上還更壞，另一些人則覺得更好……有些人會說：他是個善良的小夥子，另一些人則說——惡棍一個。或此或彼，盡是虛妄。在此之後，是否值得費力活著？而你繼續活下去只不過是出於好奇——還期待著有什麼新鮮的東西……真是可笑又可惱！

自從我待在N要塞以來，已經有一個半月。馬克辛．馬克辛梅奇外出打獵了……我獨自一人坐在窗邊。灰暗的烏雲覆著山頭撲向山腳，透過霧氣，太陽看似一個黃色的圓點。天冷，風呼嘯，護窗板搖晃晃……真無聊啊！我要繼續寫我的日記，之前被那麼多奇怪的事給中斷了。

我重複讀著最新的一頁：真可笑！我那時候想到會死，這不可能的：我還沒喝乾那一杯杯的人生苦楚呢，現在我覺得自己仍會活得很久。

過往種種竟如此鮮明又猛烈地從我記憶中傾洩而出！時間並沒有磨滅掉一絲線條、一抹色彩！

我記得在決鬥之前的那個晚上，我一分鐘也沒睡著，也無法長時間書寫：因為有一股神祕的不安籠罩著我。我在房間裡踱步，差不多有一個鐘頭之久；然後我坐下，翻開放在桌上的華特．史考特①的小說，那本是《蘇格蘭清教徒》②。我起初勉強自己去讀，後來讀得出神，被那種奇情遐想給迷住了……這位已逝的蘇格蘭詩人的小說賜予我們每分每刻的歡樂，難道不用回報他什麼嗎？……

終於，天亮了。我的心神靜了下來。我照照鏡子，臉龐上殘留著痛苦失眠的痕跡，浮現茫茫蒼白，但眼睛仍高傲堅定地閃耀著，儘管滿是黑眼圈。我對自己顯得很滿意。

我吩咐人給馬備鞍之後，穿上衣服跑去澡堂。我全身泡在煮滾過冷卻的納爾贊泉水中，感覺到身體與心靈的力量都恢復了。我走出浴池，一副朝氣蓬勃得彷彿準備參加舞會似的。經過這種沐浴之後，您還會說身心之間毫無關係嗎！……

回到家後我發現醫生已經到了。他身穿短上衣、灰色馬褲，頭戴一頂切爾克斯帽。我看到這副短小身形的頭上頂著毛茸茸的大帽子，不禁哈哈大笑：他的臉本來就沒半點英

①華特．史考特（Walter Scott, 1771-1832），蘇格蘭詩人、歷史小說家，他的作品對俄國小說的初期發展有影響力。

②本書一般譯名為《清教徒》（Old Mortality），於一八一六年出版，是華特．史考特最好的作品之一。

氣，而這回又顯得比平常更瘦長了些。

「醫生，您幹嘛這麼憂傷？」我跟他說。「您有上百次把人送到彼岸世界去，難道不都是漠然不覺嗎？您想想，就當作我的肝膽發炎好了，我可能痊癒，也可能死掉，無論哪種結果都是正常的。您盡量把我看待成得了一種您還不明就裡的疾病的患者——這樣就會激起您心裡無比的好奇。您現在可以對我做一些重要的生理診察……強迫受死的期待不也已經是一種真正的疾病嗎？」

這個想法使醫生頗有感觸，於是他的心情便輕鬆了起來。

我們騎上馬，維爾納兩手抓緊韁繩，然後出發了——轉瞬間我們跑過要塞，穿越郊村，進到了峽谷，裡面有一條馬路沿谷蜿蜒，大半地方高草叢生，不時又被滾滾溪流給切斷，我們得要涉水而過，而醫生的馬每次都會在水中停上一陣，他對此很是煩惱。

我不記得還有哪個早晨比這還要更藍、更清新了！太陽才剛從青翠山巔之後露面，陽光的初暖與將逝的夜涼融合在一起，產生了一種甜蜜的疲憊感。新晝的歡愉光線尚未透射至峽谷內，只把兩側俯瞰我們的崖頂映得黃澄澄，那裂崖深隙間生長著茂密樹叢，每當風兒輕輕柔柔地搖擺過，便為我們拂落一陣銀亮亮的雨滴。我記得就是在這一次，我比從前任何時候都更愛大自然。我多麼好奇地細細觀看每一顆顫動在寬大葡萄樹葉上的露珠，以及它所反映出千束萬道的霓虹光澤！我的目光多麼貪心地想努力看穿霧靄中的遠方！在那裡，道路越來越窄，兩側的懸崖峭壁顯得更藍更可怕，最終它們似乎堆成一道無法穿透的牆。我們靜靜地走著。

「您的遺囑寫了沒？」維爾納忽然問。

「沒有。」

「那假如您被打死呢？……」

「繼承人自己會冒出來。」

「難道您沒有那種想要留言訣別的朋友嗎？……」

我搖搖頭。

「難道世上沒有一個女人，讓您想要留點什麼回憶給她嗎？……」

「醫生，您是想，」我回答他，「要我對您敞開心靈嗎？……您要知道，有人在臨死前會喊著自己情人的名字，並把一綹不管有沒有抹香油膏的頭髮遺贈給朋友，但我已經活過了那種年紀。對於可能將臨的死亡，我只想到自己一個人：有些人甚至連這點都做不到。朋友呢，明天就會把我忘記，或更糟的是，把一些天知道的什麼虛妄罪過推到我身上來。女人呢，照常對其他男人投懷送抱，還會一面嘲笑我，以免激起眼前男人對亡故者的醋意——願上帝保佑她們！在生活的風暴中，我所獲得的只有些許思想觀點——而情感心緒卻是一點也沒有。我早就不倚賴心過活了，而是用頭腦。我去估量、去釐清自己的個人欲念和行為，完完全全是本著好奇的心理，我並不投身參與其中。在我體內有兩個人：一個是活在『人』這個詞的完整意義裡，另一個則是思索批判前者；第一個或許在一小時之後將與您和這世界永別，而第二位……第二位？……醫生您看一看：您有沒有看到峭壁上右邊有三個黑色的身影？那好像是我們的對手吧？……」

我們策馬快步前往。

峭壁腳下樹林裡拴著三匹馬，我們也把自己的馬拴在那邊，然後沿著狹路好不容易才爬到崖上的平坦處，在那等我們的是格魯什尼茨基和龍騎兵上尉，還有另一位名叫伊凡・伊格納捷奇的副手，他的姓我則從來沒聽過。

「我們等你們等好久囉。」龍騎兵上尉帶著嘲弄的微笑說。

我掏出錶拿給他看。

他道了歉，並說他的錶走得太快了。

一陣尷尬的沉默持續了幾分鐘。終於，醫生打破沉默，轉身對格魯什尼茨基說話。

「我覺得，」他說，「雙方既然已展現了決鬥的準備，並且附上了人格擔保，各位先生，你們應該可以好好地彼此說清楚，把這件事了結吧。」

「我隨時可以。」我說。

上尉對格魯什尼茨基使了個眼色，這位對手以為我膽怯了，於是擺出一副高傲的姿態，儘管直到那一刻，他的雙頰仍蒙著茫茫的蒼白。這還是我們抵達之後他頭一次抬眼看我，然而，他的目光裡有某種不安，顯示出內心的掙扎。

「說明一下你們的條件吧，」他說，「只要是我可以為您做到的，您會相信……」

「我的條件是這樣：您今天就要公開收回對我的誹謗，並請求我的原諒……」

「閣下，我很訝異您竟敢對我提議這種事？……」

「除此之外，我還能跟您提什麼呢？……」

「我們就來決鬥吧。」

我聳聳肩。

「請吧。不過您要想想，我們其中一個必定得死。」

「我希望那個人會是您……」

「我相信結果完全相反……」

他窘得脹紅了臉，隨後不得不哈哈笑起來。

上尉抓了他的手臂，帶到一旁去。他們竊竊私語了好久。我是懷著平和的心情過來的，可是眼前的一切開始把我惹惱了。

醫生走到我身邊。

「聽著，」他語氣明顯不安地說，「您大概忘記了他們的陰謀吧？……我不會裝填手槍子彈，但在這種情況下……您真是怪人！告訴他們您已經知道他們的企圖，他們就不敢……這是想幹嘛呢！他們會把您像隻鳥一樣一槍打掉……」

「請別擔心，醫生，您等著瞧吧……一切我都安排妥當，讓他們完全占不到便宜。就讓他們悄悄話講個夠吧……」

「各位先生，這下有點無聊囉！」我高聲對他們說，「要決鬥就要像樣點，昨天你們早該有時間聊個夠的……」

「我們準備好了，」上尉回答。「你們站定位吧，先生們！……醫生，麻煩您量六步距離……」

「站定位吧！」伊凡·伊格納捷奇嗓音尖銳地重複一次。

「請容我！」我說，「還有一個條件，因為我們的決鬥是要致人於死，那麼我們應該盡可能做得周全，讓這件事祕密收場，以免我們的副手因此擔上責任。你們同意嗎？……」

「完全同意。」

「這樣的話，我想出了這個辦法。你們有沒有看到這個陡峻的峭壁頂上，右邊有一個狹窄的平台？從那裡到谷底差不多至少三十丈深，下面是一片尖石。我們倆輪流站在那平台的最邊邊，如此一來，就算受了輕傷也能致命：這應該符合你們的意願，因為是你們自己指定了六步的距離。受傷的那個人一定會掉落下去，摔得粉身碎骨。醫生會把子彈取出來，到時候就可以很輕鬆地解釋，說這是因失足而摔死。我們抽籤來決定誰要先開槍。最後我要聲明，要是不這麼進行的話，我就不決鬥了。」

「請吧！」上尉表情豐富地望著格魯什尼茨基說，後者點頭表示同意。他的面容不時變幻著。我把他逼到了一個進退兩難的局面。在一般情況下開槍，他可以瞄準我的腳，輕鬆地弄傷我，藉此滿足了自己的報復心理，也不會讓良心太過不安；但現在他應該得對空中射擊，不然就要當個殺人凶手，也或許，最後會放棄自己的下流陰謀，跟我遭遇到相同的危險。這一刻，我可不想要處在他的位置。他把上尉拉到一旁，開始跟他說一些什麼，情緒非常激動。我看到他那雙發青的嘴唇顫抖著，可是上尉輕蔑地笑著轉身離開他。「你這傻瓜！」他對格魯什尼茨基非常大聲地說，「你什麼都不明白！我們就開始吧，各位先生！」

狹窄的小路在樹叢之間朝陡坡而去，從峭壁剝落的碎石斷片堆出了搖搖晃晃的天然石階梯，我們抓著樹枝，開始向上攀爬。格魯什尼茨基走在前面，他的副手跟在他身後，我和醫生走在最後。

「我對您感到很驚訝，」醫生說，緊緊握著我的手。「讓我幫您把一下脈搏！……啊哈！跳得又急又亂！……但臉上卻什麼都看不出來……只有您的眼睛閃亮得超乎尋常。」

突然間，一些小石頭隆隆響地滾到我們腳邊。這是什麼？格魯什尼茨基絆了一下，他手上抓的那根樹枝應聲折斷，如果他的副手沒扶住他的話，他就會滑得四腳朝天。

「當心呀！」我對他喊，「別提早跌倒，這是壞兆頭。回想一下凱撒①的下場吧！」

這時候我們費力地爬上那片突出峭壁的崖頂，上面的平台覆著一層沙子，彷彿是特地為決鬥準備的。四面八方的群山巔峰，在晨光下的金色霧靄中若隱若現，彷彿數不盡的獸群擠成一堆，而南方的厄爾布魯斯山峰聳立如白色巨物，將兩側的冰封山巔如鍊條般聯接起來，其間晃蕩著東方飄來的縷縷雲絲。我走近平台邊緣朝下望，差點沒暈頭轉向，那下面好似在棺材裡又暗又冷，峭壁因時間風化和雷擊而掉到崖底下的一顆顆碎裂尖石，上面滿布青苔，等待著自己的獵物。

那片我們該在上面決鬥的平台，呈正三角的形狀。他們以向外突出的那一角開始量了六步的距離，並決定首先面對槍火的那一位，要背對深淵站在這個邊角上；假如他沒被打死，那麼雙方就要互換位置。

我下定決心把一切的優惠讓給格魯什尼茨基。我想要試驗他，要是他心底能亮起一絲絲寬厚，那時候一切就會轉往好的方面進行。但是自尊心和性格懦弱應該會勝出……我真想放任自己不饒恕他，如果命運會赦免我的話。有誰沒跟自己的良心談過這種條件呢？

「醫生，您來丟錢幣抽籤吧！」上尉說。

醫生從口袋裡掏出一枚銀幣，向上拋去。

「背面！」格魯什尼茨基大喊，神色匆忙得就像一個突然不小心被撞醒的人。

「老鷹②！」我說。

錢幣在空中繞了一繞，然後發出清脆聲響落地，全部人都衝過去看。

「您真好運，」我對格魯什尼茨基說，「您先開槍！但是要記得，如果您沒打死我，我是不會打歪的——我跟您保證。」

他臉紅了，他羞於殺死一個手無寸鐵的人。我定睛凝視著他，好像有那麼一分鐘，我覺得他似乎就要撲到我腳下，哀求我的原諒，可是他該如何承認這種下流陰謀？……他只剩下一個方法——對空開槍。我確信他將會對空開槍的！唯一阻礙這個的是：想到

---

①據說古羅馬政治家凱撒（Gaius Julius Caesar, 100BC-44BC）遇刺之前走進元老院時，被門檻絆了一下，被視為壞兆頭。

②俄羅斯帝國時期的錢幣正面多為雙頭鷹國徽。

我會要求再次決鬥。

「是時候了！」醫生拉著我的袖子低聲對我說，「如果您現在不說我們知道他們的陰謀，那一切就完了。您看看，他已經在裝子彈……如果您什麼都不說，那我自己來……」

「醫生，千萬不要！」我回答，一面握住他的手，「您不要破壞這一切，您答應過我不會妨礙的……這不干您的事？或許，我想被殺死……」

他訝異地望著我。

「噢！這就是另外一回事了！……不過您到另一個世界後可別怨我……」

同時間，上尉已經裝好手槍子彈，拿一把給格魯什尼茨基，微笑地對他竊竊私語什麼，另一把則交給我。

我站在平台邊角上，左腳緊緊抵住地上的石塊，身體稍微向前傾，才不會在受到輕傷的時候仰面向後倒。

格魯什尼茨基轉身面向我，按照約定的信號開始舉起手槍。他的膝蓋抖個不停。他直接瞄準了我的額頭……

一股難以言喻的狂怒在我胸口翻騰。

忽然間，他垂下槍口，臉色蒼白得像麻布似的，然後轉向自己的副手。

「我不行。」他的話聲幾不可聞。

「膽小鬼！」上尉回話。

傳來一聲槍響。子彈劃破了我的膝蓋。我不由得向前跨了幾步，盡快讓自己離崖邊遠一點。

「嘿，格魯什尼茨基兄弟，可惜沒打中！」上尉說，「現在輪到你了，站好吧！先來擁抱我：我們就此永別不相見！」他們相互擁抱，上尉好不容易才忍住不笑，「別怕，」他狡猾地瞧一眼格魯什尼茨基，再補上幾句話，「世間種種皆虛妄！……先天生來是傻蛋，命運苦如待宰雞，性命只值一分錢！」

他有模有樣鄭重地講完這些悲劇性的台詞之後，便退回到自己的位置去。另一位副手伊凡·伊格納捷奇也含淚擁抱格魯什尼茨基，然後，就剩下他單獨面對著我。直到現在，我仍想盡可能弄清楚，那時候心頭翻騰的是什麼樣的感覺：那是一種自尊心受辱的惱怒，一種輕蔑，一種憤恨——因為轉念想到這個人現在竟如此自信、如此平靜而無禮地看著我，才兩分鐘前，他沒讓自己冒任何危險，卻想殺我像殺死一隻狗一樣，要是我的腳傷再嚴重一些，鐵定會從崖邊滾下去的。

我凝視他的臉好幾分鐘，努力想看出哪怕是有一絲絲懊悔的跡象也好。但是他讓我感覺到，他在強忍著笑意。

「我建議您在死之前向上帝祈禱。」那時我對他說。

「您不必擔心我的靈魂，不如多擔心一點您自己的吧。我只求您一件事：趕快開槍。」

「那您不收回自己說過的誹謗嗎？不請我原諒嗎？……好好想一想：您的良心有沒有對您說什麼？」

「佩喬林先生！」上尉喊了起來，「您來這裡不是為了要人懺悔的，請您留意……盡快結束吧。千萬不要有人經過峽谷——人家會看到我們的。」

「好。醫生，您過來我這裡一下。」

醫生過來了。可憐的醫生！他的臉色比十分鐘前的格魯什尼茨基還要蒼白。

接下來的話我故意大聲說得頓挫而清晰，就像宣告死刑判決一樣：

「醫生，這些先生們，大概匆忙之間，忘記把我的手槍裝上子彈了：請您把它再裝填一次——還要好好的裝！」

「不可能！」上尉喊，「不可能！兩把手槍我都裝了，難道您那把的子彈掉了出來……這不是我的錯！您沒有權利重裝……沒有任何權利……這完全違反規則，我不允許……」

「好啊！」我對上尉說，「如果這樣，那我跟您也來一場同樣條件的決鬥……」

他窘得說不出話來。

格魯什尼茨基站著，他的頭低垂到胸前，顯得不安又陰鬱。

「讓他們去吧！」他終於對上尉說，那人還想把我的槍從醫生手中奪走……「你自己也知道他們沒錯。」

上尉白白給他打了各種暗號——但格魯什尼茨基連看都不想看。

同一時間，醫生裝好子彈，把手槍交給了我。

上尉看到事態至此，吐了一口口水，跺一跺腳。

「你這傻瓜，兄弟，」他說，「庸俗的傻瓜！……已經交給我安排了，就該都聽我的……你真活該呀！讓自己像隻蒼蠅一樣白白死掉吧……」他轉身走開，嘴裡還嘟嘟囔囔：「不管怎麼說，這根本不合規則。」

「格魯什尼茨基！」我說，「現在還來得及，要是你收回誹謗，我就全部原諒你。你愚弄我不成，我的自尊心已經得到滿足。你想想——我們曾經還是朋友……」

他的面頰泛紅，眼睛泛著閃光。

「開槍吧！」他回答，「我看不起自己，但痛恨您。如果您不殺死我，我會半夜從角落竄出來砍死您。我們在世上誓不兩立……」

我開槍了……

當煙霧消散，格魯什尼茨基已經不在平台上。只見一股輕盈的塵柱盤旋在懸崖邊。

大家異口同聲地大叫。

「鬧劇結束了①！」我對醫生說。

他沒答話，驚恐地轉過身去。

我聳聳肩，對格魯什尼茨基的副手們一一點頭致意。

我沿著小路走下去，發現峭壁下裂隙之間躺著格魯什尼茨基血淋淋的屍體。我不自主地闔上了眼睛……

我解開馬匹，騎上去慢步回家。我的心底沉著一顆石頭。太陽讓我覺得很暗淡，那陽光難使我溫暖。

還沒到郊村前，我便右轉沿著峽谷而去。人的樣貌對我來說太過沉痛：我想要孤獨。我放開韁繩，頭低垂胸口，走了好久好久，終於到了一個我完全陌生的地方。我將馬掉頭，開始找路。太陽漸漸西下，回到酸水城的時候，我的人和我的馬都已經疲憊不堪。

我的僕人告訴我維爾納來過，並轉交給我兩封便箋：一封是他的，另一封……是薇拉的。

我拆開第一封，內容如下：

「一切都盡量安排妥當：不堪入目的屍體運來了，胸中的子彈已取出。所有人都相信他死於不幸的意外，除了指揮官之外，或許他對你們的爭吵有所知悉，只搖了搖頭，但沒說什麼。沒有什麼對您不利的證據，您可以安心睡覺……如果您能夠的話……再會……」

我猶豫了好久要不要打開第二封……她能寫什麼給我？……一股沉重的預感使我心神不寧。

這封信就在下面，信中所說的每一句話都難以磨滅地刻在我的記憶裡：

「我寫信給您是想說，我十分確信我們以後永遠不會再相見了。幾年前我跟您分手時，也同樣這麼想過，但是老天想要再一次考驗我，而我經不起這個考驗，我脆弱的心再次屈從你那熟悉的話語聲……你不會因此看不起我吧，不會吧？這封信同時附帶著告別與懺悔：我該把自從愛上你以來積攢在我心頭的一切都向你傾訴。我不打算怪罪你——雖然你對我的所作所為，就跟其他任何一個男人沒兩樣：你愛我，視我如財產，也如同歡樂、驚恐與悲傷交替湧現的泉源，少了這些，生活就很無趣，一成不變。我一開始就了解這點……但你是不幸的人，而我犧牲了自己，希望總有一天你會好好珍視我的犧牲，總有一天你會理解我那無條件的深深柔情。可是從那時候起經過了多少時光：我

①原文用義大利文「Finita la comedia」。

已看透了你內心的所有祕密……我確信，曾經抱的那個希望只是枉然。我好痛苦！然而，我的愛情跟我的心靈是相連滋長的：愛情暗淡了，卻從未熄滅。

「我們永別了，不過，你可以相信我永遠不會再愛其他人：我的心靈已經對你耗盡了所有的珍寶、淚水和希望。女人一旦曾經愛過你，多多少少就會看不起其他男人，不是因為你比他們好，噢不！而是因為在你的性格之中，有某種特殊且是你個人獨有的東西，有某種高傲又神祕的東西；在你的話聲裡，無論你說什麼，都會有一種難以戰勝的主宰力。沒有人會這麼長久地想要成為人之所愛，沒有人的心中會冒出這麼迷人的惡念，沒有人的目光會承諾這麼多的心滿意足，沒有人會這麼善加利用自己的優勢，也沒有人會像你這麼真正不幸，因為沒人會這麼努力要自己去信相反的那一面。

「現在我應該跟你解釋我匆促離開的原因，它對你來說可能不太重要，因為這只跟我自己有關。

「今天一早，我的丈夫進來找我，說了你跟格魯什尼茨基的爭吵。顯然我的表情變化太大，因為他盯著我的眼睛看了好久。我想到你今天得要跟人決鬥而我是這件事的主因，差點沒跌倒昏過去，我似乎就快要發瘋了……可是現在，我能夠理性思考了，我相信你會活下來：不可能你死的時候沒有我在身邊，不可能的！我的丈夫在房間裡來回走了好久，我不知道他對我說了什麼，也不記得我回答了他什麼……確定的是，我跟他說過我愛你……我只記得，我們談話的最後，他用很難聽的話羞辱我之後就走出去。我聽到他在吩咐人準備套馬車……這時候已經三點，我坐在窗邊等待你的歸來……但是你還活著，你不可能死掉！……馬車差不多準備好了……別了，別了……我這就死了——但又有什麼關係？……只要我能確信你將會永遠記得我——我不說愛我——不必，只要記得我就好……別了。有人來了……我得把信藏起來……

「你不愛梅麗，對不對？你不會跟她結婚吧？聽我說，這件事你該要為我犧牲：因為我為了你失去了世上的一切……」

我瘋了似的衝到門口台階上，跳上我那匹被人牽到院子遛達的切爾克斯馬，然後全力飛奔而出，一路朝五峰城跑去。我無情地趕著那匹受盡折磨的馬，牠喘得鼻子撲嗤作響，全身冒汗，載著我奔馳在石頭路上。

太陽已經沒入歇在西方山陵背上的烏雲裡，峽谷裡變得暗沉潮溼。波德庫莫克河吃力地沖著亂石穿流而去，一成不變地悶聲低吼著。我不停奔馳，急得喘不過氣來。一想到不能在五峰城遇到她，就好像有一把槌子敲打著我的心。只要一分鐘，再一分鐘就好，讓我看看她，與她道別，握握她的手……我又是祈禱，又是咒罵，又哭又笑……不，沒有任何東西可以表達出我的不安和絕望！……在我可能永遠失去薇拉的時候，才發現她對我來說比世上的一切東西還要珍貴——比生命、榮譽、幸福都珍貴！上帝才知道我的腦袋裡生出了多麼奇怪又瘋狂的念頭……同時間我仍一直奔馳著，無情地趕著馬匹。這時候，我開始注意到，我的馬喘息得更沉重了，牠已經在平地上絆了兩次……還剩五里路就到葉先圖基①——是個哥薩克村鎮，在那裡我才能換馬。

要是我的馬還有力氣跑上十分鐘的話，一切都還有救。但突然之間，正從山裡出來的時候，我們從一個不大的山溝往上跑去，一個急轉彎，牠便咕咚一聲栽到地上去。我迅速跳下馬，想要把牠抬起來，拉扯著轡繩——沒用，只勉強透過牠那緊閉的牙齒聽到了呻吟。幾分鐘之後，牠就死了。我失去了最後的希望，獨自一人待在草原上。我試著徒步走，但已經累得兩腿發軟。我被白天的緊張和夜晚的失眠給弄得疲憊不堪了，我跌倒在溼草地上，像個小孩一樣哭了起來。

我久久躺著動也不動，痛哭了好一陣子，不想刻意忍住淚水和大哭。我想，我的胸口快要炸掉了。我所有的堅強，我所有的冷靜，像煙似的消失無蹤；心靈變得軟弱，理智也沉默起來，如果在這一刻有誰看到我的話，他會輕蔑地轉過頭去。

當夜露和山風將我燒燙的頭腦澆得清新，思慮回復到了正常狀態，那時候我才了解，追逐消逝的幸福既無益又不理性。我還需要什麼？——看看她嗎？——為什麼？我們之間不是全都已經結束了嗎？一個沉痛的吻別並不會豐富我的回憶，而且之後只會讓我們更難分難捨。

然而，我很高興自己還能哭泣！不過，這或許是心思紊亂、一夜無眠、空腹，以及面對槍管的那兩分鐘等等原因所導致的。

一切都會變得更好！這個新的痛苦，套句軍人的俗話就是說，給了我一次幸運的聲東擊西。哭泣有益健康，哭完之後，還慶幸要不是我騎馬跑上一陣子，就沒機會被迫走十五里路回來，不然這一夜我的眼睛大概也不會安穩地闔上了。

我在清晨五點回到酸水城，一衝上床就睡熟了，就像當時慘遭滑鐵盧之役的拿破崙一樣②。

我醒來之後，外面已經很暗。我坐在敞開的窗邊，解開上衣，困倦的沉睡仍未撫平我的胸膛，可是經山風一吹，便振奮了起來。透過濃密的椴樹梢頂，可以看到河對岸的遠方要塞和郊村的建築物裡火光閃動。我們的院子裡靜悄悄，公爵夫人的家裡暗沉沉。醫生走進來，他皺起了眉頭，一反常態沒跟我握手。

---

①葉先圖基（Yessentuki），俄羅斯北高加索礦泉區的度假療養勝地，一八二五年葉爾莫洛夫將軍在此建立哥薩克村鎮；位於酸水城與五峰城要道之間，東距五峰城約十七公里。

②傳說拿破崙在滑鐵盧失敗後睡了一天半以上。

「醫生，您從哪裡來？」

「從公爵夫人那裡，她的女兒病了——是神經衰弱……但我來不是為了這件事，而是：上級已經猜到了，儘管完全無法徹底證實，可是我勸您還是要小心點。公爵夫人今天跟我說，她知道您決鬥是為了她的女兒。就是薇拉的那個老頭子丈夫告訴她一切的……他到底叫什麼名字去了？他親眼看到您跟格魯什尼茨基在飯店裡口角。我是來警告您的。再會。或許我們不會再相見了，因為他們會把您調到不知道什麼地方去。」

他在門口停下腳步：是想要握我的手……假如我對他有露出一絲絲這樣的意願，那麼他就會衝過來擁抱我的。但我冷冷地站著，像個石頭似的——於是他便走了。

這就是人啊！人們都是如此：他們早知道所作所為的種種壞處，卻還幫忙、建議，甚至讚許，一看到無法脫身時，就洗手不幹，還心懷怒氣轉身離開那位勇於擔下全部責任的同夥。他們全都一個樣，甚至最善良、最聰明的人也是！……

隔天早上，我收到上級調派我去N要塞的命令，於是我去公爵夫人家道別。

她問我是否要跟她說什麼特別重要的事情？——我卻給了令她非常驚訝的回答，我說祝她幸福之類的。

「我必須要跟您認認真真地談一下。」

我默默坐下。

看來她不知道該如何說起。她的臉脹得深紅，肥胖的手指敲著桌子，終於，她吞吞吐吐地說：

「您聽我說，佩喬林先生，我想，您是位高尚的人。」

我點頭致意。

「這點我甚至毫不懷疑，」她繼續說，「儘管您的行為有點令人感到疑惑，不過您或許自有原因，我不得而知，但您現在應該給我一個能明白說服我的原因，為何您要維護我的女兒讓她免於流言誹謗，還為了她去決鬥——結果，竟冒了生命危險……您別回答，我知道您不會承認這點，因為格魯什尼茨基已經死了（她畫了個十字）。上帝原諒他——我還希望，也原諒您！……這跟我無關，我不敢批評您，因為我的女兒儘管沒做錯什麼，這事卻因她而起。她全都跟我說了……我想是全都說了。您已經對她清楚表明愛意……她也對您表白了自己的愛（這時候公爵夫人沉重地呼一口氣）。但她卻病了，我相信這不是普通的病！一股說不出的悲傷正扼殺著她。她雖沒承認，但我很確信，您是其中的原因所在……聽我說：您或許認為，我圖的是高官巨富——您別再這麼想，我要的只是女兒的幸福。您現有的地位不令人稱羨，可是總能往上爬升的：您有財產，我的女兒愛您，她教養良好，能帶給丈夫幸福。錢我有的是，而女兒卻只有一個……您說說，是什麼妨礙您？……您看看，我實在不應該跟您說這些的，可是我信賴您的心性品格。

您要記住，我只有一個女兒……只有一個……」

她哭了起來。

「公爵夫人，」我說，「我不可能答覆您，請讓我跟您的女兒單獨談一談吧……」

「絕對不行！」她大喊，非常焦慮不安地從椅子上站起來。

「隨便您。」我回了話，準備離開。

她想了一下，給我一個手勢要我等等，然後走出去。

五分鐘過去了。我的心跳得相當厲害，但思慮平和，頭腦冷靜。我一直在心裡面找尋我對梅麗的愛意，哪怕是一丁點火花也好，不過我怎麼努力都是白費力氣。

這時候門打開了，她走進來。上帝啊！自從我上次見過她之後，她變得太多了——有過了那麼久嗎？

她走到房間中央，身子歪了一下，我跳過去伸手給她，把她帶到扶手椅上。

我站在她面前。我們沉默了好久。她的一雙大眼睛流露出難以解釋的憂愁，似乎想在我的眼睛裡尋找一種類似希望的東西，她那發白的嘴唇努力想笑一笑卻力不從心，而交疊在膝蓋上的那雙纖柔的手，看起來瘦得透到骨子裡，讓我開始同情起她來。

「公爵小姐，」我說，「您知道我以前嘲笑過您？……您理應看不起我。」

她的臉頰上顯露出一種病態的紅潮。

我繼續說：

「因此，您不可能愛上我……」

她轉過頭去，用手肘撐在桌上，手掌摀住眼睛，我發現裡面淚光閃閃。

「我的上帝啊！」依稀可以聽出來她這麼說。

這情況越來越難以承受：恐怕再一分鐘，我就會撲倒在她雙腳下。

「就這樣了，您自己看看，」我語氣盡可能更堅定些，並帶著勉強的冷笑，「您自己看看，我沒辦法跟您結婚。就算假如您現在想嫁給我，也很快會後悔的。與您媽媽交談之後，逼得我得跟您這麼坦白又粗魯地解釋清楚。我希望她只是沒弄清楚，您可以輕易說服她別再那麼想了。您看看，我在您的眼中不過是扮演著一個最可憐又卑劣的角色，我甚至會承認這一點。這就是我所能為您做的一切了。無論您認為我有多麼壞，我都沒意見……看到沒，您面前的我是這麼卑劣……如果您甚至曾愛過我，那麼從這一刻開始就會鄙視我，是不是？……」

她轉向我，臉色蒼白得像大理石一樣，只有一雙眼睛不可思議地閃爍著。

「我恨您……」她說。

我向她道謝，恭敬地鞠了躬，然後離去。

過了一小時後，一輛郵遞三頭馬車帶我從酸水城飛奔離去。離葉先圖基幾里路的地方，我在馬路附近認出了我那匹剽悍馬兒的屍體，馬鞍被拿走了——大概是被經過的哥薩克拿的——少了馬鞍的馬背上停著兩隻烏鴉。我嘆了一口氣，轉過頭去……

現在這裡，在這座無聊的要塞裡，我回顧往事，經常自問：為什麼我不想走命運開給我的那條路？那裡有清靜的歡樂與心靈的平和等待著我……不，我不願安於這種命運！我像是天生活在海盜船上的水手：他的心靈已經適應了風暴，習慣了搏鬥，一旦被丟到岸上，不管樹蔭多麼誘人，不管陽光多麼和煦，他只會感到無聊苦悶；他會整天在海邊沙灘獨自漫步，聆聽拍岸海浪一成不變的低吟，凝望霧中的遠方：看看湛藍大海與灰暗烏雲的茫茫分野，那裡是否閃現著一艘期待中的帆船——剛開始它像是海鷗的翅膀，但漸漸地，它從波濤浪花之中分離而出，並平穩地靠向那荒蕪的碼頭……

3 宿命論者①

有一次，我偶然在一個左翼軍②的哥薩克村鎮待了兩個禮拜，那裡駐有一個步兵營隊，軍官們每晚都輪流在各自的營房裡聚集賭牌。

有一回，我們打煩了波士頓牌③，把紙牌丟到桌下去，便到某位S少校房裡坐上一坐。這次與往常不同，大家聊得還頗有興致，談到了穆斯林的迷信，說人的命運好像早就是上天注定，這在我們基督徒之中也有許多人相信。對此迷信，大家紛紛講了各種不尋常的事件，來表達贊成④或反對⑤。

「各位先生，剛剛說的這些都不能證明什麼，」老少校說，「因為那些奇怪的事件你們沒有一個人親眼目睹過，又怎麼能夠印證你們的意見？」

「當然，是沒人目睹，」很多人說，「但我們是從可信賴的人那邊聽來的……」

「全都是胡扯！」有人說，「哪有誰可以信賴？有誰看到了生死簿上有死亡的確切時刻嗎？……假如命運確有定數，那麼為什麼要給我們意志與理智？為什麼要我們擔當自己的所作所為？」

這時候有一位坐在房間角落的軍官站了起來，緩緩地走向桌子，用平靜又慎重的目光掃視所有人。他是塞爾維亞那邊的人，從他的姓名可以看得出來。

這位中尉叫烏里奇，他的外表充分反映了他的性格：個子高，臉龐黝黑，頭髮烏黑，銳利的眼睛也是黑的，鼻子大卻很直挺，這是他們民族的特徵，還有他嘴上總是飄忽著一抹鬱鬱冷冷的微笑——所有這些特色融在一起，彷彿是為了他無法對那些命中注定相遇的同伴分享自己的思想和情感，因而賦予他一個特異人物的外貌。

他勇敢，話很少，但尖銳，不會跟任何人坦白內心事和家庭私密。他幾乎完全不碰酒，從來不追求哥薩克年輕女孩——若沒見過她們，是難以體會她們的美妙的。不過，據說

①本篇最早單獨發表於《祖國紀事》雜誌，一八三九年第十一期。
②指部署在高加索邊防線的左翼軍，大約在捷列克河中下游沿岸。
③一種紙牌遊戲。
④原文用拉丁文「pro」。
⑤原文用拉丁文「contra」。

上校的妻子看到他那雙表情豐富的眼睛，她的心就靜不下來，但每當有人暗示這件事，他可真會動起怒來。

他只有一個欲望藏不住——熱愛賭博。坐在綠絨布牌桌上的他總是什麼都忘得一乾二淨，而且往往會輸錢，但越是經常失敗只會越激起他的執迷。他們說有一次在出兵征戰途中，他半夜在枕頭上做莊發牌，那次他的運氣好得不得了。突然間槍聲大作，警報響起，所有人跳起來衝去拿槍。「要下這一莊的注呀！」烏里奇沒起身，對其中一個最愛賭的閒家大喊。「押七點。」那個人邊跑邊說。儘管場面一片慌亂，烏里奇還是把這一局的牌發完，結果那張七點發給了對手。

他趕到散兵線上的時候，那裡已經激烈交火。烏里奇一點都不擔心子彈，也不害怕車臣人的馬刀：他只想找到跟他打牌的幸運對手。

當散兵線的火力開始把敵人從森林中逼出來，他終於在交火的士兵中發現了他，於是大喊：「七點押中了！」他靠過去，掏出自己的錢包和皮夾，把錢付給那位幸運兒，也不管對方不想在這個節骨眼上拿錢。他盡了這個不愉快的責任之後，才衝向前去，帶領身後的士兵們，沉著無比地與車臣人奮戰到最後一刻。

烏里奇中尉走近桌子的時候，所有人便安靜下來，看他會做出什麼出人意表的事情來。

「各位先生！」他說（他的語氣平和，儘管聲調比平常要低一些），「各位先生！憑空爭論有什麼用？你們想要證據：我建議你們在自己身上試試看，一個人能不能隨意支配自己的生命，或者我們每個人的死期都早有定數……誰想試試？」

「我不要，我不要！」各方傳來回應，「真是個怪人！腦袋是怎麼想的！……」

「我來賭一把。」我開玩笑地說。

「怎麼賭？」

「我確信沒有定數。」我說，同時撒出大約二十枚金幣到桌上——這是我口袋裡所有的錢。

「賭了，」烏里奇低聲回答。「少校，您來當裁判，這是十五枚金幣，剩下的五枚是您欠我的，就做個人情給我，把錢放進賭注這裡吧。」

「好，」少校說，「只是我真的不了解，這是怎麼一回事，你們又要怎麼解決爭論呢？……」

烏里奇一語不發地走到少校的臥室，我們跟在他後面。他往掛著兵器的牆壁走去，在各式各樣的手槍中隨機從掛勾上取下一把。我們還沒搞懂他，但當他扳開了扳機，隨即把火藥填到火藥槽裡，這時候許多人才不禁大叫，並抓住他的手。

「你想幹什麼？聽著，這太瘋狂了！」大家對他喊。

「各位先生！」他緩緩地說，把自己的手掙脫開，「有誰想幫我付這二十枚金幣？」

全部的人卻都不說話，退開了。

烏里奇走進另外一個房間，坐在桌旁，大家也跟著他過去。他比了手勢請我們坐在他周圍。所有人都默默地聽從他：這一刻，他獲得了某種神祕的權力掌控著我們。我凝視著他的眼睛，但他卻以安詳又平穩的眼神回看我試探的目光，那雙發白的嘴唇還微微一笑；然而，儘管他很沉著，我似乎在他蒼白的臉龐上讀出了死亡的印記。我注意到——很多老兵也肯定我的這項觀察力——一個過沒幾個小時即將死去的人，在面相上往往會露出某種在劫難逃的奇異跡象，這種事對我這雙老經驗的眼睛是很難搞錯的。

「您今天會死掉！」我跟他說。

他迅速地轉向我，但緩慢又安詳地回答：「或許是，或許不是……」

隨後，他轉身問少校：手槍裝了子彈嗎？少校在這慌忙之際已經記不太清楚了。

「真是夠了，烏里奇！」有人大喊，「如果掛在床頭上，那就一定裝了子彈。真是愛說笑！……」

「愚蠢的玩笑！」另外一個附和。

「我下五十盧布賭五盧布，手槍沒裝子彈！」第三位叫著說。

新的賭注又湊了起來。

我厭煩了這個冗長的過程。

「大家聽著，」我說，「要嘛就開槍，或者把槍掛回原處，然後大家回去睡覺吧。」

「沒錯，」許多人高聲說，「回去睡覺吧。」

「各位先生，我請你們留在原地別動！」烏里奇將槍口靠向額頭後說。全部人似乎像石頭一樣呆住了。

「佩喬林先生，」他補一句，「您拿一張牌往上丟。」

我從桌上拿了一張牌，現在還記得那是張紅心A，我往上一拋：所有人屏住了氣息。大家的眼睛流露出恐懼和某種說不出的好奇，視線跟著手槍到致命的紅心A之間轉動，那張牌在空中飄動著，緩緩落下來，在它觸到桌面的那一瞬間，烏里奇扣下扳機……槍沒響！

「感謝上帝！」許多人喊出來，「沒裝子彈……」

「我們再來看看吧。」烏里奇說。他再次扳起扳機，瞄準了一頂掛在窗子上方的軍帽，一聲槍響——房間滿是煙幕。當煙消散後，大家去拿下帽子看：它正中央被射穿，而子彈深深地嵌在牆壁上。

大概有三分鐘沒人能夠說出話來。烏里奇極為平靜地把我的金幣裝進了他的錢包裡去。

大家議論紛紛，為什麼手槍在第一次沒擊發。有些人認為，大概是火藥槽塞住了，另一些人則悄聲說，原先的火藥是溼的，後來烏里奇填了一些新的火藥。但我很確定後者的推測並不公正，因為我的眼睛一直盯著他的手槍看。

「您賭運好！」我對烏里奇說……

「打從出生以來頭一次，」他回答，自滿地微笑著，「這比賭莊家牌或史托斯牌①要好運。」

「不過有點危險。」

「那又怎麼樣？您開始相信有定數了嗎？」

「我信。只是我現在不了解，為何我總覺得您似乎今天必定會死……」

同樣是這個人，不久前才那麼平靜無比地瞄準自己的額頭，這下他的臉卻突然爆紅起來，顯得很窘迫。

「真是夠了！」他站起來說，「我們的賭局已經結束，您現在還大發議論，我覺得不適當……」他拿了帽子便離開。這個結果讓我感到奇怪——其實並不是沒有原因的。

所有人很快四散回家，對於烏里奇的古怪行徑大家各有各的看法，唯一口徑相同的大概是把我叫做自私鬼，因為我竟然跟一個想要舉槍自殺的人對賭。好像少了我他就沒辦法找到恰當時機似的！……

我走在村鎮裡空蕩蕩的巷弄回家。月亮又圓又紅，彷彿火紅的霞光，浮在房屋連成的齒狀天際線上，星子靜謐地閃耀在暗藍蒼穹中；我想到，曾幾何時有一些先賢哲人認為，天體星宿在我們人類為了一小撮地盤或莫名的虛幻權力而引起的無謂爭執中，也參與了一個角色——這讓我覺得好笑。又怎麼樣呢？天空這些燃起的燈火，在他們看來，只是為了點亮他們的爭戰和勝利，從前的光輝至今仍閃耀，不過他們的欲求和希望早已隨他們本身一起湮滅了，這不就像被心無掛念的徒步旅行者點燃的林邊星火一樣！可是他們以為，上天和那些無窮的星宿對他們的看顧，是帶著同情之心，雖然寂靜不語，卻是始終不渝——這種信念給他們的意志增添了多麼強的力量呀！……而我們，作為他們可悲的後代，漂泊在地球上，既無信念也無傲氣，既無喜樂也無恐懼，只有那個不由自主的擔憂——每當想到無可避免的結局心頭便會緊緊一縮。我們不太能夠為了人類的福祉，甚至為了我們個人的幸福，去做出偉大的犧牲，因為我們知道不可能達成，於是我們冷漠地在猜疑與猜疑之間打轉，這跟我們前輩從一個誤解投身到另一個誤解沒兩樣，

譯注

①莊家牌（bank）與史托斯牌（stoss/ stuss），兩者為類似的紙牌賭博遊戲，源自法國，是歐洲十八、十九世紀最風行的賭博牌戲，另稱為「法老王」（pharaoh）或「法羅」（faro）等。

也和他們一樣沒有希望，甚至沒有那種說不出但卻強烈怦然的喜樂——就是當心靈在對抗著人際交往或天命時會遭遇到的那種感覺……

還有許多類似的思緒在我的腦海流過，我沒留住它們，因為我不愛停滯在抽象的思想上，而且這種思想會跑出什麼名堂呢？……在我青春年少時，我曾是個夢想家，騷動又貪心的想像力為我描繪出的種種形貌，它們時而憂傷時而歡欣，都是我喜愛輪流撫慰的。但這些想像留下了什麼給我？只有像是半夜惡夢中與鬼魅交戰後的那種困倦，還有充滿遺憾的模糊回憶。在這徒勞無益的爭鬥中，我耗盡了心靈的熱情，以及現實生活所必備的毅力。當我踏入這種現實生活，而它卻是我早就用想像去體驗過的，便讓我感到苦悶又可憎，就好像有人在讀一本拙劣模仿他早已熟知的書一樣。

這個晚上發生的事對我產生了相當深刻的印象，讓我心神激動。很難說我現在是否相信有定數，但在這一晚，我堅定地相信有定數：證據明顯得嚇人，儘管我嘲笑過我們的前輩以及他們熱心助人的星相學，我仍不自主地重蹈前轍。然而，我懷著不絕對否定也不盲目相信何事物的思考方式，及時在這危險的道路上停住，把形而上學拋到一邊，開始關注自己的腳下。這樣的防備來得恰恰正是時候：因為我意外撞上了某個厚實柔軟又顯然並非活物的東西，差點沒跌倒。我低頭俯身一看——此時月亮直照在路上——是什麼東西？在我前面躺著一隻豬，被馬刀砍成了兩半……我才稍稍看清牠的模樣，就聽到一陣嘈雜的腳步聲，是兩位哥薩克從巷子裡跑出來，其中一位過來問我有沒有看見一個追著豬跑的哥薩克醉漢。我對他們說沒遇到那個醉漢，指著死在那人狂猛刀下的不幸犧牲品。

「這種強盜！」第二位哥薩克說，「喝多了奇希爾葡萄酒①，就跑去砍砍殺殺，見到什麼就砍什麼。葉列梅奇，我們去找他，得要把他綁起來，不然的話……」

他們離開了，我則更加小心地繼續走自己的路，終於好不容易平安返回我的公寓。我住在一個老士官的家裡，我喜歡他，因為他性情善良，尤其還因為他有個漂亮的女兒娜斯佳。

她一如往常裹著小皮襖在籬笆門邊等我，月亮照著她那受了夜寒而發青的可愛小嘴。她看到了我，便微微一笑，可是這時候我的心思顧不上她，只在經過的時候說：「再見，娜斯佳！」她想要回我些什麼話，但只深深吐了口氣。

我關上身後的房門，點了蠟燭後便衝向床鋪。比起平常，這回卻讓我久久無法入睡。我才睡著，東方就已經開始發白，而這顯然是上天注定要我這一晚睡不夠。清晨四點，

譯注

①奇希爾葡萄酒（chikhir），一種高加索地區的家釀紅葡萄酒，酒精濃度較烈。

就有兩個拳頭在我窗戶上敲敲打打。我跳起來：這是幹嘛？……「起來，穿衣服！」——有好幾個說話聲對我喊。我匆匆穿了衣服走出去。「你知道發生了什麼事嗎？」——來到我身後的三位軍官異口同聲地對我說，他們個個面無人色。

「什麼事？」

「烏里奇被殺了。」

我呆住了。

「對，被殺死了！」他們繼續說，「我們趕快走吧。」

「要去哪呢？」

「路上就會知道。」

我們上路了。他們告訴我事情發生的始末，摻雜了他們各式各樣的評論，說到那個奇怪的天命定數，竟然在他死前半個小時把他從難逃一死的槍口下救走。在那之後，烏里奇獨自走在黑暗的街上，有一個剛砍死豬的哥薩克醉漢撞見了他，或許，這醉漢沒注意到他也就過去了，又假如突然停下來的烏里奇沒說「兄弟，你在找誰？」就好了——「**找你**；」結果哥薩克醉漢揮起馬刀砍下去應答著，把他從肩膀幾乎劈到心口去……那兩位遇到我的哥薩克士兵追蹤著凶手，案發後及時趕到，扶起傷者，但他已經奄奄一息，只說了一句：「他對了！」——唯獨我了解這句話暗藏的語意，因為這跟我說的話有關。

我冥冥之中預言了這個可憐人的命運，我的直覺沒有欺騙我：我精準地在他那面露凶相之中看出了死之將臨。

凶手把自己關在村子尾的一間空農舍中，我們便往那裡走去。一大堆婦女哭哭啼啼也朝那邊跑去；不時有遲來的哥薩克士兵蹦到街上，匆忙佩上匕首，跑著追過我們。場面混亂得不得了。

這下我們終於到了，看到農舍四周滿滿是人，房門和護窗板都從裡面鎖住了。軍官和哥薩克彼此之間熱烈討論著；婦女們則又是哀號又是批判，並哭著數落人家。她們之中有一個老太太的臉龐顯得意味深長，流露出一股極度的絕望，特別引起我的關注。她坐在一根厚實的原木上，手肘抵著膝蓋兩手支著頭：那就是凶手的母親。她的雙唇不時顫動著：喃喃唸著的是禱告還是咒罵呢？

這時候必須要做點什麼決定，去把罪犯給抓起來。然而，沒人敢衝第一個。

我走近窗邊，透過護窗板的隙縫探望一下：臉色慘白的他躺在地板上，右手握著槍，染血的馬刀擱在他身邊。他那雙眼睛神情多變，驚恐地東轉西溜；有時候他打著哆嗦，抱著自己的頭，彷彿隱約想起了昨晚的事。我在這個不安的眼神中看出了他的猶豫不決，因此對少校說，他不命令哥薩克士兵破門衝進去就可惜了，因為現在正是好時機，等他稍後冷靜下來就晚了。

這時候，一位哥薩克步兵上尉靠近門邊叫喚他的名字；門裡那人有了回應。

「葉菲梅奇兄弟，你造孽了，」上尉說，「這下子已經沒辦法了，投降吧！」

「我不投降！」門裡的人回答。

「你要敬畏上帝！要知道你不是萬惡不赦的車臣人，而是正派的基督徒。唉，如果你被那罪過迷了心竅，就沒辦法了：你自己的命數是逃不掉的！」

「我不投降！」他威嚇地大喊起來，好像還聽到手指扳起了扳機的聲響。

「喂，大嬸！」上尉對老太太說，「跟妳的兒子說說吧，但願他會聽妳的……這樣只會惹得上帝發怒。妳看看，眼前這麼多人已經等了兩個鐘頭。」

老太太凝神望著他，然後搖搖頭。

「瓦西里・彼得羅維奇，」上尉走到少校面前說，「他不會投降的——我知道他的個性；要是把門打破，那他會開槍打死我們許多人的。您是不是下令開槍擊斃他比較好？護窗板的縫隙還夠寬。」

這一瞬間，我的腦海裡閃過一個奇想：很像烏里奇那樣，我想去試驗一下我的命運。

「等一等，」我對少校說，「我去把他活捉出來。」

我吩咐上尉去跟他交談，並安排三位哥薩克士兵在門邊待命，等我打信號再破門進來幫忙，我繞著農舍走，找到了一扇關鍵的窗戶靠過去，這時候我的心跳得非常厲害。

「啊，你這該死的東西！」上尉喊著，「你在嘲笑我們，是不是？還是你認為我們對付不了你？」他開始用盡全力敲門。我一隻眼睛貼近窗縫，緊盯著凶手的一舉一動，他沒料到我這邊會有進攻行動——突然間，我扯斷護窗板，一頭往窗裡衝下去。槍聲在我耳際響起，子彈打掉了我的一只肩章。但是，滿室的煙霧妨礙了我的對手找到擱在身邊的馬刀。我抓住他的雙手，門外的哥薩克士兵破門而入，不到三分鐘，罪犯已經被綁了起來，然後被士兵押送走。群眾散去，軍官們向我道賀——的確，是值得慶賀。

看來，人經歷過這些事之後，難道還不會變成宿命論者嗎？但又有誰清楚知道，這個人信服了什麼？或者沒有？……我們經常把感覺上的欺騙或理智上的誤解當成確定的信念！……我喜歡懷疑一切：這樣的思考方式並不會妨礙性格的決斷力；相反地，就我而言，就算前方等著我的是一片茫然，我都會勇往直前。要知道沒什麼比死更糟的了——而人難免一死！

我回到要塞，告訴馬克辛・馬克辛梅奇我所遭遇的，以及我親眼看到的所有事情，還想要知道他對天命定數的看法。他起初不了解這個詞是什麼意思，但在我盡量向他解釋清楚之後，他才意味深長地搖著頭說：

「是啊，當然囉！這個玩意兒相當詭異！……不過這些亞洲人用的槍，扳機經常擊發不了，如果潤滑油上得不好，或是你手指扣得不夠緊都有可能。老實說，我也不喜歡切爾克斯人的步槍，對我們這種人來說好像不太合用：槍托小——一個不小心，鼻子可能會被燙傷的……但他們的馬刀可真是——只能說佩服！」

之後他想了一下子，然後又說：

「是啊，那個可憐人真教人同情……真是鬼迷了心竅才會半夜去跟醉漢講話！……話說回來，顯然確實是他命中注定該如此！……」

我沒能從他那裡再問出什麼來：因為他向來不愛形而上學的討論。

【導讀】

追尋可能對話的聲音

文／台灣大學外文系副教授 **熊宗慧**

萊蒙托夫是始終沒有被台灣讀者真正閱讀過的俄國經典作家。大部分涉獵過俄國文學的讀者絕對認識普希金，卻可能跳過萊蒙托夫，直接進入果戈里、屠格涅夫、杜斯妥也夫斯基和托爾斯泰的殿堂，原因可能出在萊蒙托夫沒有繁體中文譯本，也有可能因為萊蒙托夫不很靠近悲憫「小人物」的俄國文學傳統路線，因而沒有留給我們的讀者太多機會去認識。

俄國文學的心靈曲徑

二十世紀初以布洛克為首的俄國象徵詩派曾大聲疾呼，俄國文學不應該只有普希金為代表的理性文學傳統，在這條正統文學大道旁其實存有一條小徑，它撩撥你的心，拐你進入森林祕徑，它彎曲分岔，難以一窺究竟。這條小徑在俄國就是萊蒙托夫開闢的文學傳統，說穿了，它探究的是深邃的人類心靈。走在這條曲徑上，風光旖旎詭譎，礫石遍布，即使如此，還是有人偏向此路行，那是杜斯妥也夫斯基跟隨的腳步，在那裡跳動的心臟被剖開來訴說，血汨汨流，懊悔的情感左右一切，讀者聽也罷，不聽也罷，作者總是不得不說。

詩人曼德爾施坦姆曾言：「我把普希金和萊蒙托夫拿來對比，左看右看都看不出兩人有血緣關係。」他這是笑說俄國文學史家喜歡將兩人湊在一起。普希金一死，萊蒙托夫即以〈詩人之死〉一詩痛罵俄國朝廷虛偽無恥，遭到流放高加索的懲罰，至此他接過俄國詩壇大旗，走出俄國文學黃金大道。就這點聯繫了兩人的血緣，此外他們都不為沙皇喜歡（同是尼古拉一世），都被流放過，都在決鬥中被殺，也都英年早逝，際遇確有形貌的相似，但講到文學氣質，兩人沒有半點相似：普希金明亮樂觀，萊蒙托夫陰鬱多疑；普希金文風敦厚和諧，萊蒙托夫譏諷尖銳；普希金理性，萊蒙托夫神祕，兩人一明一暗，互為表裡，共同構成俄國文學整體面貌。

惡魔式的孤獨

我喜歡萊蒙托夫，因為他總是鬥志激昂地面對敵人，而他的頭號敵人就是孤獨。「孤帆遠影成白點／青藍海霧渺渺間！／它去遠方國度追尋什麼？／又拋卻什麼在熟悉故鄉？／海浪翻滾，狂風呼嘯，／桅桿傾折，嘎吱作響……／唉，它不是追尋幸福／也不是逃離幸福！／……／騷動不安的帆呀，卻祈求風暴來襲，彷彿風暴中才有平靜！」

這首〈帆〉（一八三二年）是萊蒙托夫早期代表作，孤獨瀰漫字裡行間，反映一生宿命，但「彷彿風暴中才有平靜」一句卻顯現積極心態——渴望生活，而且是狂暴的生活，他用孤傲對抗孤獨，用全部的文學生命對抗孤獨。

追溯孤獨的根源是在童年。窮軍官爸爸和富家女媽媽的不對稱婚姻，讓外婆嫌棄女婿，但極寵愛外孫。三歲母親死，父親被迫離去，小萊蒙托夫跟著外婆在南部莊園過著優渥的貴族生活，然而，錢買不到幸福的遺憾也深種其心，孤獨於是如影隨形。

他寫詩作畫，耽溺幻想，那是情感宣洩的場所。十四歲他開始創作最貼近內心的形象——永世孤獨的惡魔。

《惡魔》是萊蒙托夫筆下最具魅力的形象之一，這部敘事詩他至少寫了八個版本。桀驁不馴的惡魔曾是天使，不服膺上帝威權，遭逐出天堂，貶為惡魔。他掌管人世之惡，恣意妄為，竟愛上格魯吉亞公主。惡魔誘惑公主，在親吻中將她灼燒致死，想藉此占她為己有，但天使出現，將公主帶往天堂，留下惡魔在塵世繼續無盡的孤獨旅程。

孤獨是萊蒙托夫的病灶，是涵養他叛逆性格的土壤。我們無法確定，走過年輕歲月，這病是否會不藥而癒，屆時這位外表不脫稚氣，眼睛卻閃著冷光，個性高傲，說話帶刺的詩人作家，能否以輕舟越過風暴的心態，迎接生命另一番風景。關於此，答案是個謎，因為他在二十七歲時決鬥身亡，又是好嘲弄的個性使然，正如他筆下的佩喬林，總是為自己樹立敵人，而非朋友。

渴望自由一如生活

萊蒙托夫渴望自由，作品中展現出對充滿生命力的自由的渴望。另一代表作敘事詩《童僧》講一名稚齡六七歲的格魯吉亞男孩被俄軍俘獲，送進修道院當服侍見習僧，強權者意圖以高牆圍籬和誦經聲抹去番童記憶，馴服蠻性。所有這一切都是枉然，童僧以緘默對抗外界，後趁隙逃出，躲進林中三日，被發現帶回時已奄奄一息。

死前他向老修士告白：修道院生活即使安逸，於他都是牢籠，他不願屈服。在外三日是他被俘以來唯一的生活經驗，他感受到青春和美的悸動，還有黑暗和野獸環伺，以及面對死亡的恐懼，唯有這些感覺才是生活，才是自由。

有著超齡成熟心智的《童僧》一如〈帆〉，與其在冰冷的死寂中苟活，他選擇「向風暴裡尋求平靜」。

《當代英雄》的多重敘事交響

《當代英雄》由五個中短篇故事加上兩篇序文構成，文本順序是：作者序文（再版時加上）、〈貝拉〉、〈馬克辛・馬克辛梅奇〉、日記序文、〈塔曼〉、〈梅麗公爵小姐〉、

〈宿命論者〉。這並非按事件的時序安排，實際時序是：〈塔曼〉、〈梅麗公爵小姐〉、〈貝拉〉、〈宿命論者〉（第三、四時序相近，先後有疑義）、〈馬克辛・馬克辛梅奇〉、日記序文、作者序文。作者這樣安排自有用意。小說前兩篇故事裡有兩位敘事者（年輕無名軍官與老上尉馬克辛・馬克辛梅奇），透過他們讀者方得知主角佩喬林的生平事蹟，這種方式為側寫，而後三篇故事出自佩喬林日記，就是第三位敘事者佩喬林的現身說法，其中摻以大量的獨白和心理剖析。

俄國評論家認為這種結構是為了由外而內逐漸探入主角內心，以立體呈現人物的複雜個性和心理。萊蒙托夫藉此創造了獨特的多重敘事聲音手法，且不只讓三位敘事者發聲，在這之上還有作者的聲音，它穿梭在各章節，透過不同角色出聲，讀者須細心諦聽方能聽到。

第一與第二個聲音主導的敘事協奏

〈貝拉〉是由一位年輕的無名軍官以第一人稱敘說，他教養良好，喜愛文學，因公前往高加索山區，以遊記體呈現沿途景色，並記錄旅伴老上尉馬克辛・馬克辛梅奇（第二個敘事聲）所談的：奇人佩喬林誘拐當地公主貝拉的愛情冒險——這是故事中的故事但作為主題。在兩個敘事聲中交集出佩喬林這位主角的輪廓和評價，此人能洞悉人性，不動聲色地驅使他人達成自己的目的，且不用負上擄走貝拉的責任。這宛如惡魔的人物，同時又極富魅力，周圍的人即使知道他不對，卻又不能不愛他，令人聯想到杜斯妥也夫斯基筆下《群魔》的主角斯塔夫洛金。

馬克辛．馬克辛梅奇熟悉高加索的一切，是此篇的聲音主宰，年輕軍官看似如受教般聆聽，不過在獨白中亦有對老上尉的評價，他身為作者聲音的代言人，其話語也可以視為替作者與馬克辛．馬克辛梅奇對話，例如，當上尉對山民部落間以尋仇私了解決恩怨的做法表示認同時，年輕軍官忍不住想：俄國人的圓活真是異於常人，可以完全融入異族風俗裡，並對無能為力的「罪惡」選擇去原諒。這個評論範圍不只針對上尉一人，同時也是對整起貝拉事件。

又如，從〈馬克辛．馬克辛梅奇〉這篇標題可知老上尉在此成為作者關照的對象，透過年輕軍官的眼睛，看到這位駐守俄羅斯帝國前線任勞任怨的正直軍人。他為了見老友佩喬林一面，生平首次怠忽職守，然苦等一夜，只換得佩喬林揮一揮手，登車離去的冷漠對待。

「一朵金色雨雲棲息在／懸崖巨人胸口間，／隔日清早她頭也不回地離去，／在蔚藍天際間奔跑嬉鬧；／然一道濕潤痕跡留下／在懸崖老人的皺紋間。孤獨無依／懸崖矗立不動，陷入深深沉思，／在荒漠間無言哭泣。」萊蒙托夫這首一八四一年的〈懸崖〉

多像呼應上尉看著佩喬林無情離去，心中五味雜陳卻說不出來的心情！那是敏銳如萊蒙托夫的心才懂得的孤寂。

佩喬林在此篇末驚鴻一瞥出現。年輕軍官花費相當大篇幅來描述他的容貌，笑容尤其特別：「他笑的時候，眼睛沒有笑意……這表示他的性情很壞，不然就是過度憂鬱慣了。」——他從耳聞到親眼觀察，對佩喬林得出一個不算太好但個性頗有意思的印象。

對話在此篇不斷受挫，暗示某種變奏將起。年輕軍官上前與佩喬林攀談，提醒「老朋友」要來見他，但佩喬林只是敷衍。待上尉匆忙趕到，想擁抱佩喬林，後者反應冷淡，僅說馬上要走，對話冷熱不搭。而年輕軍官試圖表達對上尉的維護，但上尉生悶氣，說出對佩喬林的評價：「遺忘老友的人沒有好下場。」還遷怒年輕軍官，導致兩人不歡而散。

〈馬克辛・馬克辛梅奇〉這篇是三位敘事者首次，也是唯一一次同時出現，透過對話各表立場，處於受批判地位的佩喬林，沒有為自己的行為爭辯，這其實就是一種表態，也為接下來用日記發聲埋下伏筆。

第三個聲音的獨奏與七個對話者的伴唱

萊蒙托夫天才之處，是他在佩喬林形象差不多底定之時，安排佩喬林自己出來說話。

佩喬林個性矛盾多疑，冷漠外表下暗藏狂熱情感，但在感動瞬間後又會變得無情，總的說來他是個懷疑主義者。好譏諷的習慣既是出於克制不了的惡意，也因為看透上流社會的浮華矯飾。這個惡魔般的人物是否就是作者的化身？從小說問世以來，這方面的討論不斷，逼得萊蒙托夫不得不在作者序文裡寫出「我們的讀者太天真」的名言，以釐清小說人物與作者之間的差別。作者不等於他創造的人物，但主角身上見不見得到創作者的身影，那似乎又是無庸置疑。佩喬林日記獨白透露的那份叛逆和矛盾，那種對人性強烈質疑的不信任感，在在聽得到萊蒙托夫的心聲。

日記裡獨白與對話交錯呼應，若能釐清對話，亦可以看清獨白本質，從某個角度來說，佩喬林的獨白是把他人意識視為自我內心對話對象的架構下進行，從這角度看，佩喬林需要對話的聲音，他也總是在尋找可能對話的對象。

日記裡佩喬林的主要對話者有七個：〈塔曼〉裡的韃靼女人「水妖精」，〈梅麗公爵小姐〉裡的士官生格魯什尼茨基、梅麗公爵小姐、維爾納醫生、舊情人薇拉，最後是〈宿命論者〉中的烏里奇中尉；第七個對象就是他內心的「另一個我」，這穿插在日記每個角落。

日記第一篇故事是〈塔曼〉，佩喬林初到高加索的懸疑冒險，主調是跟蹤、偷窺、豔遇與誤解。女主角「水妖精」是個韃靼女人，周身是謎，深深吸引佩喬林。他問：「妳在屋頂做甚麼？」答：「看風從哪裡來。風在哪，幸福就在哪。」他說：「難道妳可以用歌聲招來幸福？」她回：「哪裡有歌，那裡就有幸福。」他說：「千萬別給自己唱來悲傷喲。」她答：「哪裡沒好事，那裡就有壞事。好壞相差也不遠。」他又問：「誰教妳唱這首歌？」答：「沒人教，想到什麼唱什麼；誰該聽，他就聽得明白，誰不該聽，就聽不明白。」他又問：「妳叫甚麼名字？」答：「誰幫我施洗禮，誰就知道。」他不死心再問：「那是誰施洗禮的？」她答：「我怎麼會知道。」這真是一段經典對話，好鬥的佩喬林始終處於下風（也是全書唯一一次），卻更使他為之迷倒。「水妖精」隨遇而安又不隨波逐流的態度正是佩喬林嚮往的，從塔曼開始佩喬林展開探索命運的旅程。

佩喬林選擇以挑戰命運的態度來面對所接觸的人物。以〈梅麗公爵小姐〉一篇為例，他挑中梅麗公爵小姐作為對手，日記裡他毫不保留地寫出自己所設的這場愛情賭局，展現處處心機和旺盛興趣，雙方對話也激盪在針鋒相對的樂趣中，但是當公爵小姐先告白愛上佩喬林的同時，兩人的對話關係瞬間瓦解，強弱已分，他取得了勝利，至此和梅麗公爵小姐也就無話可說。

面對昔日戀人薇拉，佩喬林與其對話始終都處於上對下的態度，因為在愛情中薇拉是個敗者，即使佩喬林對她同情懊悔都無法挽回一個事實，他已經失去和她對話的興趣。

在這場愛情賭局中佩喬林必定需要情敵的角色，士官生格魯什尼茨基即是以此前提成為佩喬林的對話者，但他也一樣處於下風，最終在決鬥中成為佩喬林的槍下亡魂，演變成一齣死亡遊戲的鬧劇。至於維爾納醫生，算是與佩喬林頗為對等的朋友，兩人在對話的機鋒上可以相抗衡，但最重要是維爾納醫生在佩喬林挑戰命運的課題上不構成威脅。

日記最末篇〈宿命論者〉的對話關係更是特殊，宿命論代表的烏里奇中尉和挑戰命運的佩喬林，兩人從牌局一直鬥到命運本身，烏里奇確實是一位可敬的對手，他傳奇性地出場演練命運天注定，差點讓佩喬林相信了，然而經過反覆思辯和親身試驗之後，佩喬林還是確定自己不走命運安排的路。小說在此倏地告結，留下無盡思索，此篇乃是俄國小說的傑作。

如果將這七種回聲串起，可以發現這為小說中哲思性的「我不願安於這種命運」的主旋律，適時敲出了浮華世界多變的韻律感：黑海的鹹騷、溫泉鄉的硫磺、淑女的清淡幽香、貴婦的濃郁體香、手槍硝煙後的輕煙、冷酷的搏命賭注……

惡魔性格的人物總是特別吸引讀者關注，他遊走在道德和常規的邊界，所到之處帶給別人不幸，卻不減魅力。佩喬林就是這樣一位黑暗「英雄」，他是時代之子，身處的環境造就他這朵社會之惡的花朵，萊蒙托夫寫出來以供世人警惕，然讀者是否真能看懂？至今這問題依舊得由小說最前面的序文來回答。

【推薦跋一】

從現代英雄到當代英雄

文／小說家 **鄭清文**

一九七六年，我出了一本小說集，叫《現代英雄》。這個書名，來自俄國萊蒙托夫的日譯本《現代の英雄》。

當時在台灣，俄國文學作品，幾乎都是禁書，所以閱讀的對象，也以能找到的俄國作品優先。

《現代英雄》似乎沒有引起讀者的反應，因為裡面沒有一篇叫〈現代英雄〉，可能不少讀者也搞不清楚什麼是英雄，英雄在哪裡。後來，出版社就建議取其中一篇〈龐大的影子〉做書名。

其實，萊蒙托夫的《當代英雄》氣派更大，也更複雜。什麼是英雄？英雄在哪裡？因為篇目裡面，一樣沒有「英雄」兩字。

這本書，當時我印象最深的是最後一篇的〈宿命論者〉。人的命運是注定的還是能由自己決定的？為了這個議題，人不斷爭論，還打賭，最後那個被認為露出死相的人，舉槍向太陽穴扣扳機。子彈不發，人沒有死。當天晚上，這個人卻在路上，被哥薩克醉漢，像殺死一條狗一般，殺死了。這就叫宿命嗎？

第一篇的〈貝拉〉，寫的是擄人的故事。王子為了一匹駿馬，擄了自己的姊姊去交換。另外一個人，又把她搶走，被發現，就刺死她。這一群人，是強盜？還是英雄？

這些故事，發生在高加索。對俄羅斯的中心地帶，聖彼得堡或莫斯科而言，這是邊疆，是化外之地。萊蒙托夫寫它，主要是他有這裡的生活經驗。這裡有多種民族，多種語言，習俗不同，對萊蒙托夫來說，他好像是從文明世界走入蠻荒。

有這麼複雜的環境和人際問題，還有詭異的景色，萊蒙托夫都能細細刻畫。我常常這樣想，描述細節的能力，就是寫小說作品的能力。

這本書的書名叫《當代英雄》，英雄在哪裡？這是很大的疑問。我當時模擬他的書名，也是看到了社會上有不少反面角色。「英雄」兩字，是揶揄？是反嘲？還是有更大的內涵？

他寫這本書，很多人不喜歡，沙皇也不喜歡。沙皇不喜歡他，把他派遣到高加索，另外一個原因，是因為普希金。

沙皇不喜歡普希金，是因為他是個不聽話的詩人。他寫過：「在遙遠的地方/在白雲深處/有不以死為懼的人。」普希金死於決鬥，享年三十八歲（一七九九—一八三七），聽說是沙皇設計陷害的。那年萊蒙托夫二十三歲（一八一四—四一）。他寫了一首悼亡詩，

「一個詩人死了。……因為他的特立獨行，只有這一個人，被殺了。」

沙皇也不喜歡萊蒙托夫，把他發配到高加索。後來，也因為決鬥而喪生。他兩次決鬥，都是向空開槍，完全沒有殺害對方的意向。但是他被殺了，只二十七歲。

用槍抵住太陽穴的人是英雄？還是對空中開槍的是英雄？

萊蒙托夫善於觀察，善於描述，也善於思考。他寫了一些故事，留下許多值得思考下去的問題。俄羅斯文學的特色是大而深，這來自民族，來自大地，也來自普希金、萊蒙托夫幾位先行者。

丘光的新譯本，是由俄文直接翻譯過來的。我將新譯本和日文譯本對了一下，譯文很接近，這表示兩書的翻譯功夫都很精準。

這本書還有很多譯註，這是譯者的苦心、用心和負責，對作品的了解有莫大的幫助。

【推薦跋二】

隱喻歸於年輕的先祖：讀《當代英雄》

文／小說家童偉格

> 要知道能占有一個年輕且才剛開竅的心靈，可真是無比的享受啊……因為虛榮心不是別的，正是對權力的渴求，而我最大的快樂——就是讓我周遭的一切都屈服於我的意志之下。激起他人對我產生愛情、忠誠和恐懼的感覺——不正是權力的首要徵兆和最大勝利嗎？無緣無故造成他人的痛苦和歡樂——這不就是供養我們自尊自大的最甜美的食物嗎？那什麼是幸福？是被餵飽了的自尊自大。
>
> ——萊蒙托夫，《當代英雄》

容我重組班雅明（Walter Benjamin, 1892-1940）的繞口令：其實，死亡不只賦與詩人所能講述的東西，以神聖的特性；它亦賦與詩人自身，以神聖的特性——一個在二十七歲就死去的詩人，在他生命中的每一刻，就將只是一個在二十七歲就死去的詩人。萊蒙托夫（Mikhail Lermontov, 1814-1841）死於二十七歲，死亡將他短促一生，永恆封固在每時每刻激昂跳動的青春之中。這在死亡之上永恆起舞的青春，以其節奏強度，而非內容深度（一如導致萊蒙托夫之死的，那無甚深意的決鬥本身）成就令世人敬畏的記憶場景，所有越過這不容更移之記憶場景持續生活的同代人，都將只能無奈活成他的父執輩。以屠格涅夫（Ivan Turgenev, 1818-1883）為例，他比萊蒙托夫還小四歲，在萊蒙托夫死後十年，年過三十的屠格涅夫，才以《獵人日記》的發表，真正展開創作生涯。在接下來三十年裡，屠格涅夫以穩定作品質量，為成為後世豐碑的舊俄小說，在形式與內容上，完成了承先啟後的巨大工程。他走過的生命階段，以及他將個人階段性思索，用長篇寫實小說計時，牢牢牽繫，或返還於十九世紀俄國集體文化場域的作法，確實，使人易於察覺個人與集體間，彷彿共生式的對位關係：他的思索與陳述，由青春到年老的流變，某種意義，象徵一個文化場域的生命史歷程。

就這點而言，與其他多少受他啟發，也因種種因由，與他多有摩擦的舊俄寫實小說家——如杜斯妥也夫斯基（Fyodor Dostoyevsky, 1821-1881）；或如深受《獵人日記》激勵，決心去創作的托爾斯泰（Leo Tolstoy, 1828-1910）——相較，屠格涅夫獨特之處，在於他是這些小說家中，與一八四〇年代以前的俄語浪漫詩人（那所謂十八世紀西歐浪漫文學「遲生的嬰孩」）有實際交流的最後一人；同時，卻也是將俄國文學，在時光快速盤整下，及身拉拔到與同時代西歐寫實小說作者——如法國的福婁拜（Gustave Flaubert, 1821-1880）——的作品比肩程度的第一人。於是，對我而言，屠格涅夫中年的臉譜，格外令人銘記，主要因為它簡單恆定地代表了舊俄小說，在三十年裡，對時間的追趕，與終將超克的過程。

也於是，舊俄長篇小說作者群的身影對我而言，彼此之間，總也形成另一種逆反的對位關係：最晚生的托爾斯泰，看來竟像所有人的老爺爺。他的遍蓋胸膛的長長鬍子，以及並不失智的離家老人形象，總也這麼具體，說明這個長篇世代，或其實，就是這支撐長篇生產的集體文化場域，在半世紀內，在另一個奮勇到來的「勇敢」新世界面前，繁複時空的重層解離，與寂然星散。而從這白雪皚皚的終站，越過一位位漸次年輕的作者，回去重新審視在一八四一年寫就《當代英雄》，隨後死去的萊蒙托夫，則我們似乎也就能理解，何以這個長篇作者群，對萊蒙托夫與《當代英雄》，總有著一種人們只會受年輕先祖激發的，純粹的孺慕情感。這是時間自身的反義：蒼老的晚輩，對孩子似的前輩，有了特別的憐惜與理解。這讓《當代英雄》，詩人萊蒙托夫生平惟一一部成熟小說，受到特別珍視。從而，也就成為我們隨時光跋涉，理解屠格涅夫，杜氏，直至托爾斯泰的長篇寫作，一個不能忽視的指引了。

《當代英雄》：對我而言，一個關於十九世紀下半葉的舊俄小說，在形式與內容實踐上的先導性隱喻。從時間點上，或從一個可能最內緣的層次，我們能明確看到的是，在《當代英雄》中，萊蒙托夫以光以熱，或以青春抒情年代徬徨無路，只好內向衝撞的孤傲與沉鬱，那樣無法分割地共構自我形象與小說人物，為俄語散文敘事文體，初始重置與重新締結的所謂「多餘的人」這一主題及其締結方式，被屠格涅夫以降的長篇小說家，在演發這文體時，給外化沿用了——它基本上，深刻決定了這些作者，在處理前述繁複的「共生式的對位關係」時的觀察位置。這使得舊俄小說，基本上揚棄了果戈里（Nikolai Gogol, 1809-1852）同樣在一八四一年所發表的《死魂靈》第一部中，以全景調度一個嘲謔當代社會的人渣劇場，所火力展示的作者全知觀點，而走向一條且徘徊低吟，且也深切關注，貼眼捕捉特定畸零角色，在那苦難人間彷彿無盡試誤歷程的寫實之路。於是以後見之明，我們可以明確說，主要是萊蒙托夫而非果戈里，後繼的舊俄小說家（奇妙的是，這包括了《死魂靈》第一部之後的果戈里本人）選擇如此。

這條徘徊低吟的寫實之路，所內緣締結的，關於作者與作品所謂「無法分割地共構」，其實，並非僅僅只是因為自《當代英雄》以下，俄語散文敘事體以各自作者的真實人生為紀實軸，所遍散開放的各自虛構場域——萊蒙托夫的高加索軍官轉職之旅，屠格涅夫的兩代莊園生活，杜氏的西伯利亞與彼得堡暗巷；這些紀實軸，總也是虛構場域的存在性前提。之所以無法分割，有一個較複雜的美學理由：主要因為這條寫實之路的核心訴求，簡單借引盧卡奇（Georg Lukacs, 1885-1971）定義晚生老人托爾斯泰作品的話，乃在塑造虛構角色的「智慧風貌」。所謂「智慧風貌」，一無關事實真偽，它可以是一種全然歪斜的認知，二無關角色的智力等級，這是一種與角色聯繫所產生的「智慧」，不是「智商」。這條寫實之路即著重於：創造角色抽象思想，與具體個人經驗間的聯繫，並藉由角色的「智慧風貌」，將日常的，零餘的情境，「提高」為藝術的普遍性。「智慧風貌」以此「提高」作用，聯繫作品中的其他事件，更理想的狀況是，它會聯繫起每一個情境，每一句對白。如此，一位作者的使命，及他所追求的結構，其實已經先驗性地存在自己心中了，作者的書寫，是讓自己那個先驗存在的世界觀，落實在角色「智慧風貌」的表現上，在作品中，將這個世界觀完整追求，提煉與描繪出來，讓人信服。如此，這條寫實之路，乃以一種更全面而深化的方式，緊密連帶起作者，和他們各自認領的作品場域。這是盧卡奇在舊俄長篇小說終站，以托爾斯泰作品為明確範式所定義的，在寫實主義文學的一整套封閉光譜中，所能企及的極致成就之一。

這也是昆德拉總體觀察十九世紀歐洲小說，就敘事技術考察，提出這些小說體現了「作者聲音的退隱」之時，我們卻矛盾地發現，這些小說事實上比任何前行世代，都更具作者個人印記的原因之一：特定作者以特定方式，描述一個特定的封閉世界；這些小說比前行一代，就這意義看來，更是孤獨的個人手工業。亦是就此意義，當退回舊俄長篇小說自身歷程去觀察時，我們會發現，相對於福婁拜將隱藏作者，奉作嚴肅的美學前提，力求讓作品有一種獨立於作者的自證性，從《當代英雄》開始的舊俄小說，在作者與作品的關係上，所體現的核心關注，毋寧更是將各自作品，在情感強度中封印的有效封閉性。此即昆德拉在分析杜氏的《白痴》時，敏銳察知到的：在現代鐘錶的精確報時與統攝下，杜氏組裝細節的方式，卻嚴密地讓「所有隸屬於日常生活的東西都消失了」：如果和福婁拜「去劇場化」的小說獨立美學追求相較，這事實上即可視為杜氏以小說體裁，以無處不在的杜氏手澤，所演示的個人化劇場。這也是認為「感性是暴行的一個上層結構」的昆德拉，在一些時候，會毫不保留地說杜氏的小說，令人難以忍受的原因之一：杜氏人物的激情狀態，時常過於狂暴地漫漶全局了。

雖然同樣對拉伯雷（Francois Rabelais, 1494-1553）的作品深感興趣，昆德拉可能，確未涉獵巴赫金（M. M. Bakhtin, 1895-1975）的研究，於是，也不甚明瞭巴赫金以複調理論，為杜氏那些總處於臨界狀態的人物，所建立之理性且深刻的對話性論述。是以，昆德拉仍以為對杜氏小說理解最深的，是法國作家紀德（Andre Gide, 1869-1951），並以此，作為一個關於「世界文學」，在想像全景中交流與互饋的旁證——其實，我以為，巴赫金對拉伯雷的研究本身，可能才是這交流與互饋的，一個時空牽連更深廣的力證。無論如何，在這想像全景中，昆德拉就其美學巨視觀點，將杜氏的劇場化，與巴爾札克（Honore de Balzac, 1799-1850）的人間劇場，在系譜上聯繫起來，從而，昆德拉認為，福婁拜的「去劇場化」小說美學，在法語文學場域中，即是「去巴爾札克化」。而我以為，這的確也暗示了與福婁拜同齡的杜氏，仍以「遲生的嬰孩」式的時差，在俄語文化場域中，順時轉承西歐小說的美學。

這個觀察大致無誤，但略嫌疏略。恐怕，我們必須從一個起碼同等巨視的觀點，才能完整提取昆德拉關於小說美學的立論：在以四個世紀以來的全歐洲，作為現代小說全景折衝場域的討論中，昆德拉嘗試以小說美學的歷時系譜，與相似性超連結，聯繫兩個端點——小說起源時期的龐雜幽默與無限可能（拉伯雷與塞凡提斯〔Miguel de Cervantes, 1547-1616〕等，那些歡快的開路者們），以及現代主義小說的原純嚴整與技術本位（貝克特〔Samuel Beckett, 1906-1989〕等，那些昆德拉所謂「封路的人」）——且以此，將小說家的全生命藝業，素樸返還成一個折衝自身時空場域的平台：歷史觀念在藝術上的應用，和所謂「進步」沒有關係；「小說家的宏圖並不在於做得比前輩好，而是看出前輩所沒看到的，說出前輩不曾說過的」。如此，小說家存身的時空框架限制，悖論式地成為「讓小說的藝術在小說四個世紀的歷史裡所累積但卻被忽略、遺忘的一切可能性獲得重生」的前提。小說藝業的未來性是：創新，即識古。各自文化場域的微觀差異，原就不是這個討論中的重點。

不過，我亦以為，在應用上，卻正是在將小說家藝業，隱喻為衝折自身時空場域之平台的這一思維方式中，我們有機會，較為深刻地理解《當代英雄》的「當代」意涵。這意思是：如前所述，我們大致分梳了一八四一年以降，《當代英雄》那些晚生的長輩們，為《當代英雄》所積累的未竟之可能性；我們大致撫照了在時間的密林中，他們如何被重置在一幅關於歐洲小說的全景地圖中，如此，我們有機會平視，與重探《當代英雄》在書寫時的自我折衝。其實，所有專著於小說美學的研究者，都甚少強調一個社會史的事實：一八四〇年代的所謂「俄國」，舉國上下，只有百分之二的人口能閱讀俄文，這個「閱讀階級」（reading class），在接下來的半世紀（即舊俄長篇時代），成員主要由「平民出生的下級官吏、專業人士，以及商業和工業等新興的中間階級」來增補，但相對於全國人口的比例，並無顯著提升。這個比歐洲各國都更懸殊的識字人口比例，以及相對於歐洲各國而言，異常遼闊的國家幅員，是當舊俄貴族詩歌的黃金時代，於一八三〇年代大致告終，巨靈普希金（Alexander Pushkin, 1799-1837）戲謔地說，要向著俄語散文敘事體去「降格」時，所對應的社會實況。

這個所謂的「降格」，實況看來，並非僅僅只是高文化素養的貴族，遷就於掌握印刷工業的新興階級，及其所代表的市場的下移運動。深切看來，俄語散文敘事體被文化菁英看重，掌握與演練，其實代表了他們對一個新的「閱讀階級」成員的重新辨識，與畛域織理。這是一種穿梭平移的認同運動：成就一部部作者作品的俄語散文敘事體，初始即以具文學性的俄語書寫系統，以相似於十九世紀西歐奇幻與歷史等小說的遊歷口吻，在這些類型中徵用日記，書信，公文等形式，以一個正在砌造內向認同的，成員相對疏少的文化圈為中心，出發，旅行向帝國畛域的廣漠邊陲並回返，最終，向這個城市中心，發表他們所見的異質「報導」。諸邊陲異質，向文化中心攏綴一種並不在歷史中穩定實存的「俄國性」，如前所述，果戈里的烏克蘭，與萊蒙托夫的高加索等等，這是俄語散文敘事體文人化後的初始修辭，也是相對於幅員小，中央與邊陲連帶感較緊密（舉個和技術有關的小例子：包法利夫人的馬車絕望奔馳，在一天之內來回了都市與鄉村；在這條同質的動線上，福婁拜不會被讀者難以理解的什麼擱延，停下來「報導」什麼）的西歐，舊俄小說家常存的語法潛規則。這個穿梭運動，所潛藏的以異質敗毀認同中心的危險性，也是帝俄政府牢牢關注小說作者，並從一八八〇年代起，強力橫奪「俄國性」單一詮釋權的原因之一。

在這個自身文化場域的緊張關係中，《當代英雄》的邊陲遊歷，比《死魂靈》第一部的邊緣劇場，對這個盤整中的菁英文化圈而言可能親緣更近，重要原因之一，其實是在一個深狹的時間縱軸中，《當代英雄》直接來自前行一代，俄語浪漫詩的語境贈與：它標誌著巨靈所謂「降格」以待的初步完成。倘若就此點清理，則我們就無法純然將《當代英雄》，當成是萊蒙托夫個人，那強度重於深度的青春敘事了；或者，僅僅只是一部神秘而矛盾的個人啟示錄：關於一位冒然死於決鬥的年輕作者，在生前最後時光，悖反描述一位從決鬥中生還的多餘人者的，全副懺悔與激情自省。我們將明確看到的是，萊蒙托夫事實上以《當代英雄》，框定描繪前行巨靈所佔的「抒情年代」，並將其總呈給他所存身的所謂「當代」。

如同普希金的長篇敘事詩〈奧涅金〉源於一條河名，萊蒙托夫《當代英雄》裡的佩喬林，也同樣如此；如同平遂順流時只想遠颺，只居停於深淵中的奧涅金，在人生逆旅與逆旅間徒勞浪遊的佩喬林，如此深苦於個人本質的虛空。就作品而言，時間意識在這樣的沿用中，有了不侷於作者個人識見的深廣意義。這個由作者在作品畛域內，重新理性梳理的時間意識，使以多重觀點，在小說的虛構語言中被重新落實的佩喬林，原則上是時空重層的產物。這是為什麼，我總以為，優秀的小說作品若不能比作者本人更聰明，它起碼，也應比作者更成熟的原因之一。於是，脫離了《當代英雄》，與那被青春之死的神聖之光所籠罩之作者生平的，某種對位式解讀後，《當代英雄》如同任何一部優秀小說，成就了對作者個人存身之時空框架限制的深刻域內清理：展望一個菁英文化圈的書寫餘緒，萊蒙托夫，這位確實早慧的作者，以這個文化場域前所未見的方式，以小說理性描述，與反思了這個文化場域集體青春人格的自毀與懺情，「當代英雄」因此，也就成為適切如詩的小說標題。同時，這些反思且也以脫離個人單調抒情的繁複視角，直指了時代之中，那些總比他們個人和時代更老成，總能那樣幽深解讀集體情感之存有的，那些所謂「大魔法師」們的冷澈心靈結構——我以為，《當代英雄》最神祕而優美的地方，正在於它以自我描述，看穿了自身時代的，青春的神聖之光。

回到作者與作品的對位關係，回到昆德拉所謂的「抒情」：意指一個人，「被自己那想要被聆聽的靈魂所吸引」。昆德拉認為，小說的藝術本質是反抒情的：小說家生於他自己抒情世界的廢墟；或者，小說是反抒情的詩。就這一點，就以小說體裁對集體心靈結構的理性探觸論之，《當代英雄》亦可堪稱是關於昆德拉理論的，一個較簡潔的先驅之作：《生活在他方》所描述的，正是年輕詩人雅羅米爾，朝向凌駕他者心靈之「大魔法師」的，慘敗的學習之旅。同時，在這部小說中，萊蒙托夫本人的形象被反義使用，他的青春之死被切分，被重複剪裁，用以和雅羅米爾最後的屈辱並置，使我們格外明晰地看見，這個神聖之光的隱沒，而那並非，不會令人心生悲憫。其實（容我再次改寫班雅明的話），小說時間大概是這樣的：惟有當作者自身生平，不再是一則能說盡本人作品的明喻時，站在後世，我們將能在反身回顧之時，繁複看見那一陣（誠如昆德拉所言）並不以「進步」為名的暴風，從我們身後襲來，越過我們，逆時上溯，沙沙吹動我們所見的小說密林，使其再次鮮動如活，栩栩如生，直至我們識見所及的時光最深處。那裡，也許亦如昆德拉所見，隱喻了小說藝業，對小說作者與讀者而言，共同的深切寶物：可能性。

由此，隱喻歸於年輕的先祖。於是，我熱切歡迎《當代英雄》，在繁體中文世界裡，終歸並不遲來的面世。

【譯後記】

這人在風暴中尋求什麼？

文／丘光

萊蒙托夫可以說是影響我去俄國唸文學的第一人。

我大學時代才認識萊蒙托夫這位經典作家，因為之前沒見過他的作品譯本，我便用初學有限的俄文讀他的詩，沒想到讀過就心頭一震，像這首〈帆〉是講他不願做一艘靠在家鄉港灣的小帆船，一心要出海去尋求風暴，因為「彷彿」在風暴之中才有真正的寧靜。在短短幾句詩中你可以想像那種不耽於安逸勇往直前的精神，這種味道如何能夠讓一顆年輕的心平靜下來！漸漸地，我讀更多他的作品，包括這部綜合了他一生思索的《當代英雄》，裡面更明朗地喊出：

為什麼我不想走命運開給我的那條路？
那裡有清靜的歡樂與心靈的平和等待著我……
不，我不願安於這種命運！

我感受到萊蒙托夫的力量，不是激情的力量，那終會消退的，而是來自潛藏在詩句節奏裡的自由意志，那股巨大的力量，我無能掌握，但它就像月引潮汐般經常拜訪我的心。

二十多年過去了，前不久我終於感受到他這股力量大到讓我開辦櫻桃園文化（當然契訶夫是另外一股力量），決定出版俄國文學作品，去年（二〇一一年）我著手翻譯《當代英雄》，「彷彿」要給我的青春一個交待。我準備許久仍戰戰兢兢，裡面的難度在於時代，這終究還找得出答案，更難的是在於風格，我原以為多年來體會萊蒙托夫已頗有所得，重讀時卻仍會迷路在文本中，要一下子將他所擅長的幽微心理轉折譯成中文確實備感艱辛，不過也嘗到無窮的歡樂，像我在文本各處找到遙遙相應的對話（這未必是話語，甚至是一個詞，或一個感嘆），是角色之間的，是人物與內心的，也是作者與讀者之間的——或許這就是他最大的風格特點，他讓心靈相通了。這裡就省去美妙的例子，不打擾讀者自行發現其中的樂趣。

因此整個過程中，我一直提醒自己是否用最貼近萊蒙托夫的心去翻譯，是否將他闢出的這條文學道路，開一扇門窗通往現代人的心理。

愉快的是，有那麼一瞬間，我了解他在風暴中尋求什麼了！

萊蒙托夫年表

編／丘光、吳佳靜　圖說／丘光

一八一四年

十月三日（此為俄國舊曆，西曆十月十五日，以下日期若無標示皆為俄曆）米哈伊爾·尤里耶維奇·萊蒙托夫出生於莫斯科。父親為退伍的陸軍步兵大尉，母親出身富裕地主家庭，由於雙方社會地位的差距和女方家族的反對，這段婚姻並不幸福。次年春，在外祖母阿爾謝尼耶娃的要求下，被帶到奔薩省欽姆巴爾縣塔爾罕內村（今萊蒙托夫村）的家族領地，從此由外祖母撫養長大。阿爾謝尼耶娃是一位威嚴、堅強又聰慧的女地主，來自極具財富與影響力的斯托雷平家族；儘管她盡心盡力愛護外孫，非常重視教育，但是缺乏雙親的關愛依然在萊蒙托夫年幼的心靈留下深刻陰影，而此孤獨感受也貫穿於他未來的詩歌創作中。

一八一七年

二月二十四日，年僅二十一歲的母親病逝。三月五

萊蒙托夫的父母親見證了一齣彼此相愛卻無法幸福的家庭戲。

萊蒙托夫的外祖母葉莉莎維塔·阿爾謝尼耶娃，在她溫柔的外表下有著堅強的意志。

萊蒙托夫約六～八歲時的畫像，看得出物質生活優渥。

日，父親向外祖母爭取撫養孩子失敗，最後父親獨自返回圖拉省葉夫列莫夫縣的莊園。

一八一八年

夏，首次與外祖母及親戚到北高加索礦泉區，之後，體弱多病的他多次來此療養。這段旅途中，俄羅斯與高加索的風景民俗、山間傳說與民謠，讓未來的詩人留下深刻印象，在早期詩作中可見影響。

一八二〇年

夏，第二次與外祖母到高加索礦泉區療養；次年三月，回到塔爾罕內。

一八二五年

夏，與外祖母第三次造訪高加索礦泉區，在熱水城（現屬五峰城）度暑，對表姐友人的九歲女兒一見鍾情，這場早熟的初戀令他難以忘懷。十一月，沙皇亞歷山大一世過世。十二月十四日，在首都彼得堡發生了「十二月黨人起義」，引發了整個十九世紀俄國革命的浪潮。

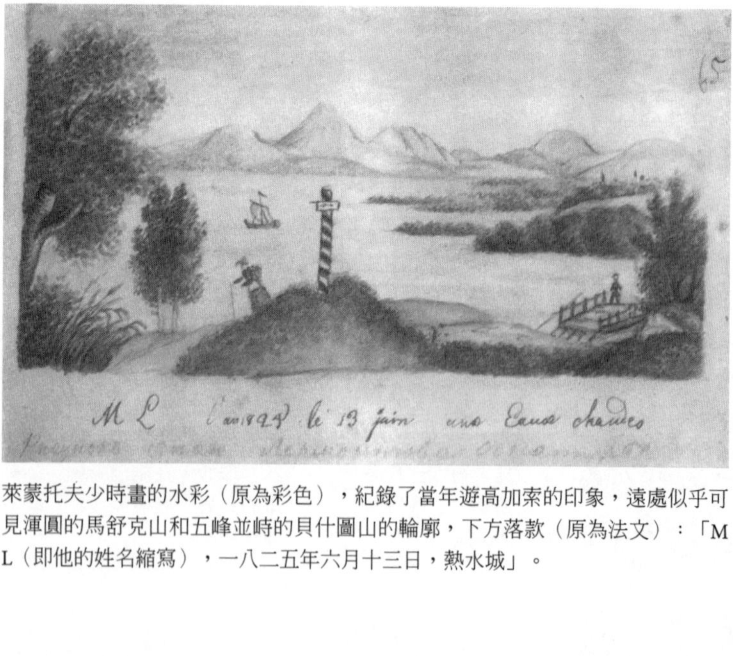

萊蒙托夫少時畫的水彩（原為彩色），紀錄了當年遊高加索的印象，遠處似乎可見渾圓的馬舒克山和五峰並峙的貝什圖山的輪廓，下方落款（原為法文）：「M L（即他的姓名縮寫），一八二五年六月十三日，熱水城」。

一八二七年

夏，拜訪父親。秋，與外祖母遷居至莫斯科，在家庭教師指導下，準備進入中學。

一八二八年

春，與外祖母住在莫斯科的廚師街（現址二十六號）。夏，與外祖母回到塔爾罕內，寫下第一首詩歌創作敘事詩〈切爾克斯人〉。九月一日，進入莫斯科大學附屬貴族寄宿中學。這年是萊蒙托夫詩歌創作之始，寫下包括抒情詩〈秋〉、短歌〈蘆笛〉，以及敘事詩〈高加索的俘虜〉和〈海盜〉等。

一八二九年

三月，莫斯科大學附屬貴族寄宿中學的文選出版，萊蒙托夫可能以筆名「NN」在此選集中留下生涯的發表處女作。八月一日，搬到小莫爾恰諾夫卡街（現址二號），與鄰居洛普辛一家的孩子交好（其中的阿列克謝是之後莫斯科大學的同學，他妹妹瓦爾瓦拉與萊蒙托夫彼此相愛卻因家庭反對無法在一

萊蒙托夫故居紀念館海報（瓦金・尼佐夫版畫），即小莫爾恰諾夫卡街 2 號故居，閣樓內為作家的房間。

敘事詩〈切爾克斯人〉書名頁，在作者自己畫的圖案下方，引了一段普希金的《高加索的俘虜》作為題詞。

起，姊姊瑪麗亞與萊蒙托夫長期大量通信，成了詩人的心事傾訴對象）。這年開始創作敘事詩〈惡魔〉。在此住所三年內創作豐沛，完成了大約兩百五十首詩，以及十七首敘事詩和三部劇作。

一八三〇年

年初，撰寫〈惡魔〉第二稿。

三月，沙皇尼古拉一世視察莫斯科大學附屬貴族寄宿中學，對學生的失序和過度自由感到不滿，隨後頒布命令，將該校改為普通中學。萊蒙托夫不願繼續待在改制後的中學，與其他同學一起退學。八月十四日，與外祖母、葉卡捷琳娜．蘇什科娃（萊蒙托夫的戀愛對象）和表姐們，從斯托雷平家族莊園謝列德尼科沃徒步至謝爾基聖三一修道院朝聖。八月十七日，在修道院度過一天，在此寫下抒情詩〈乞丐〉獻給葉卡捷琳娜．蘇什科娃。九月一日，成為莫斯科大學倫理政治系學生，但受霍亂流行影響，剛開學即被迫停課。九月號的《雅典娜》雜誌第四期刊登了抒情詩〈春天〉，這是至今所知萊蒙托夫第一首具名公開刊登的作品。

左為蘇什科娃的畫像，當時她拒絕了小她兩歲的萊蒙托夫的愛，甚至還嘲笑這份情感幼稚。

右為未滿十六歲的萊蒙托夫在手稿〈詩篇〉旁畫的蘇什科娃，此詩中第二段寫到：「妳嘲笑我／我便回以鄙視／……儘管心中悄聲響起一個美妙的話音：／我無法愛別人」。

一八三一年

一月，莫斯科大學恢復上課。三月，莫斯科大學發生馬洛夫事件，萊蒙托夫的同學們將粗魯又不學無術的教授馬洛夫趕出教室——日後退學的導火線。六月初，到已故劇作家伊凡諾夫家做客，愛上他的女兒娜塔莉雅，寫下多首詩獻給她。十月一日，四十四歲的父親因肺結核過世。

一八三二年

六月，莫斯科大學通過萊蒙托夫申請退學案。七月，與外祖母離開莫斯科，前往首都彼得堡；搬到彼得堡後遇到童年認識的拉耶夫斯基（詩人外祖母阿爾謝尼耶娃是他的教母），兩人成為摯友，他把萊蒙托夫介紹給出版界友人，是萊蒙托夫決心當作家的重要支持者。八月二十八日，從彼得堡寫信給莫斯科鄰居瑪麗雅·洛普辛娜，信中附上〈帆〉一詩，藉以抒發嚮往十二月黨人追求自由開放的信念。十一月，通過近衛軍上士與騎兵士官學校考試，隨後入學成為士官生。

萊蒙托夫畫的水彩〈帆〉（原為彩色），主題情節與其同名詩作相互輝映。

一八三四年

十一月，晉升為近衛軍驃騎兵團騎兵少尉。十二月開始，與蘇什科娃多次見面。

一八三五年

一月，前往蘇什科娃家，但被拒於門外，兩人最後相見是在四月十日的舞會上。五月，聽聞瓦爾瓦拉·洛普辛娜嫁給富裕地主，心情受到嚴重打擊。十月，將三幕劇《化裝舞會》遞交戲劇審查機關，但以需要修改為由遭退件。十二月上旬，完成《化裝舞會》第四幕後，將作品交給拉耶夫斯基，請他代交審查機關。十二月中旬，獲得六週假期，前往塔爾罕內，途中停留莫斯科。十二月三十一日，抵達塔爾罕內。

一八三六年

三月底，至外叔公尼基塔·阿爾謝尼耶夫位於彼得堡科洛姆納的居所作客。五月至六月，因病獲准前往高加索礦泉區療養，但未成行。十月，五幕劇《化

瓦爾瓦拉·洛普辛娜，萊蒙托夫繪（1835 年）。她個性溫和又充滿愛心，很讓詩人迷戀。根據阿基姆·尚－吉列依（萊蒙托夫的表弟）的回憶錄：「萊蒙托夫對她的情感是不自覺的，但真誠又強烈，而且幾乎保留到自己臨終前最後一刻。」

戲劇《西班牙人》的女主角艾蜜莉雅，萊蒙托夫繪（1830-31 年），其中可見洛普辛娜的形象。詩人把許多作品都獻給洛普辛娜，包括敘事詩〈惡魔〉和一系列的抒情詩。

裝舞會》（改名為《阿爾別寧》）提交審查機關後被禁止演出。年底至隔年初，創作社會心理小說《利戈夫斯卡雅公爵夫人》（未完成），這部小說的女主角薇拉．利戈夫斯卡雅和後來《當代英雄》〈梅麗公爵小姐〉中的薇拉都明顯有昔日情人瓦爾瓦拉．洛普辛娜的形象。

一八三七年

一月二十七日，普希金與法國流亡軍官丹特士決鬥受重傷；次日，萊蒙托夫寫下抒情詩〈詩人之死〉，將殺人凶手指向沙皇宮廷權貴；二十九日，普希金過世，〈詩人之死〉被爭相傳抄。二月七日，補寫〈詩人之死〉最後十六行，直白地辱罵斥責凶手，觸怒權貴，隨後被拘捕，轉調至高加索地區的下哥羅德龍騎兵團，即流放至邊防軍。五月二日，《當代人》雜誌第六卷第二期通過審查，刊登抒情詩〈波羅季諾〉。五月初，抵達斯塔夫羅波利，因病入院治療，之後轉至五峰城軍醫院。七月十八日，從五峰城寫信給外祖母，提到被編入位於黑海濱阿納帕的下哥羅德龍騎兵團，抱怨當地氣候不佳，並請

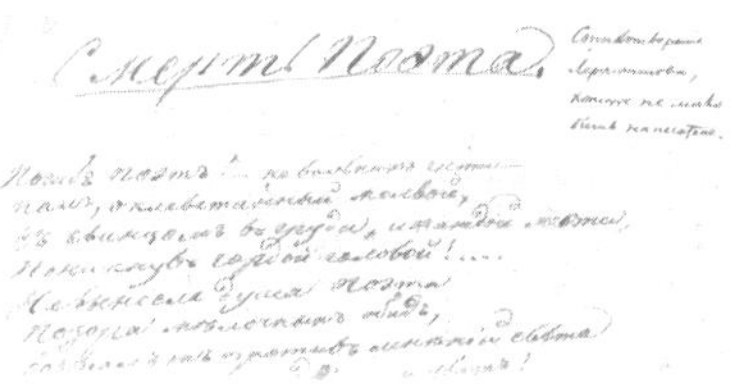

〈詩人之死〉清稿，右上角有拉耶夫斯基的筆跡註記：「萊蒙托夫的詩，不能刊登。」

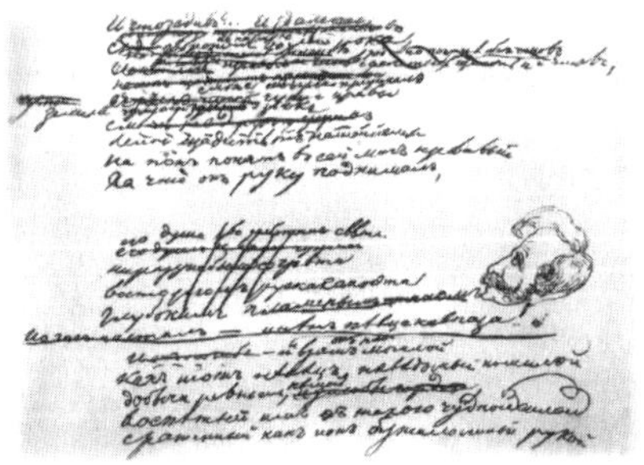

〈詩人之死〉草稿，其中有萊蒙托夫的隨筆插畫，那是當時的祕密警察頭子兼憲兵團指揮官杜別利特將軍——作者在寫作當下就似乎刻意要與此人對決。

這幅萊蒙托夫一八三〇年代所畫的年輕人，被認為是好友拉耶夫斯基（S. A. Raevsky, 1808-1876）（但證據不充分）。一八三七年二月拉耶夫斯基因散播〈詩人之死〉手抄稿被逮捕，流放至外省將近兩年。

求寄錢。夏，在五峰城與中學同學薩京、梅耶爾醫生和瑪爾汀諾夫相遇；梅耶爾醫生是〈梅麗公爵小姐〉中維爾納的原型，而瑪爾汀諾夫後來在與萊蒙托夫的決鬥中成了殺死詩人的兇手；在薩京的住所與評論家別林斯基相會。九月上旬，從高加索礦泉區出發前往塔曼，經斯塔夫羅波利及奧爾金要塞，預計從塔曼轉往阿納帕或格連吉克，但被迫滯留於塔曼。九月二十九日，從塔曼回到奧爾金要塞時，接到命令轉赴軍團駐地提弗利斯報到。十月底至十一月，穿山越嶺，往南高加索去。十一月，在南高加索結識十二月黨人詩人奧多耶夫斯基。同月，撰寫童話故事〈遊唱歌手〉（Ashik Kerib），將這個亞塞拜然的口傳民間故事首度搬上世界文學舞台。十一月二十五日，被下哥羅德龍騎兵團開除。十二月初，從提弗利斯沿格魯吉亞軍用道路前往弗拉季高加索。十二月下旬，從北高加索返回彼得堡。

一八三八年

一月下旬，抵達彼得堡，終日忙於上劇院與訪友。

四月，因外祖母的奔走，被調回近衛軍驃騎兵團。

萊蒙托夫的《高加索有民房的風景》油畫（1837-38 年），這是他從俄國沿格魯吉亞軍用道路穿越高加索山脈，往提弗利斯的路上經過古都姆茨赫塔附近所描繪的。

此地是阿拉格瓦河與庫拉河匯流處，右邊山頂可以隱約看到建於七世紀初著名的十字修道院，後來創作的敘事詩〈童僧〉正是從這裡開場：

沒幾年前／在那河水匯流／好似兩姊妹合抱之處／喧騰著阿拉格瓦與庫拉河／有一座修道院，山的後面／往來行人至今仍見／傾頹大門的列柱／塔樓，以及教堂拱頂……

四月二十九日，融合民歌形式、風格獨特的歷史敘事詩〈沙皇伊凡·瓦西里耶維奇、年輕侍衛與勇敢商人卡拉什尼科夫之歌〉，刊登在《俄羅斯榮軍報文學副刊》第十八期，因被流放中禁止公開發表作品，僅署名作者為「—夫」。五月十四日，抵沙皇村索非亞的近衛軍驃騎兵團赴任。九月二十二日，因在閱兵典禮上故意帶太短的軍刀，被關禁閉，在此創作油畫〈高加索風景〉，並獻給表姊韋列夏金娜（她也是瓦爾瓦拉·洛普辛娜的表姊，這位表姊非常了解萊蒙托夫，很早就看出了他有詩人的天賦）。十月十日獲釋。十一月，蘇什科娃嫁給外交官赫沃斯托夫，擔任婚禮伴郎。秋至初冬，幾乎每天到歷史學家卡拉姆津的遺孀家，經常參加舞會。寫信給莫斯科的鄰居好友瑪麗雅·洛普辛娜，在信中提到要求放假，卻連三次被上級拒絕，並寫到首都的上流社會最是庸俗可笑，而他在那很受歡迎。十二月，完成敘事詩〈惡魔〉第七稿，手稿贈與他所愛的瓦爾瓦拉·洛普辛娜，並附上獻詞：「我完成了——心裡卻又不禁疑惑」。

《塔瑪拉與惡魔》，弗魯貝爾插畫（1890年）。敘事詩〈惡魔〉歷經十年創作，多次修改，是萊蒙托夫最重要的作品，反映了他一生創作的中心思想。一八四二年作者死後才被允許發表片段在《祖國紀事》雜誌。萊蒙托夫十五歲就讀中學時就構思此作，最初的故事架構是天使與惡魔同時愛上了一位修女。後來經過情場失意、軍旅生涯、抵抗威權、流放高加索，人生歷練了一番，而轉為現有的東方民族的異國情境。弗魯貝爾以創作一系列的萊蒙托夫〈惡魔〉的繪畫聞名，他把詩人筆下這個憂鬱、被放逐的精靈詮釋得非常出色。
「我等妳的愛，像等待恩賜／為了一瞬，連永恆也給妳／相信我，塔瑪拉，我的愛／也像我的恨那般，始終不渝而偉大」（〈惡魔〉第二章第十節）

一八三九年

二月初，完成敘事詩〈惡魔〉，但審查未過無法出版。三月出刊的《祖國紀事》第二卷第三期中刊登小說〈貝拉——一位高加索軍官的筆記〉，主要評論者別林斯基極為賞識萊蒙托夫。秋冬，參加由大學生和部分高加索軍官組成的「十六人小組」，每晚戲劇結束或舞會散場後，輪流聚集在成員家中，用餐後無拘束地暢談任何議題。十一月十四日，小說〈宿命論者〉被同意刊登在《祖國紀事》第六卷第十一期。十二月六日，晉升為陸軍中尉。十二月底，在彼得堡的沙霍夫斯卡雅公爵夫人家的晚會上，剛出道的年輕作家屠格涅夫初次見到了被人譽為「普希金繼承者」的萊蒙托夫。十二月三十一日，參加彼得堡貴族俱樂部的新年化裝舞會，對沙皇尼古拉一世的女兒很不客氣，隔日發表著名的抒情詩〈常常被繽紛人群包圍……〉，諷刺上流社會的虛偽；因為這天晚會的狂妄行徑又被祕密警察盯上。

一八四〇年

年初，認識詩人巴拉汀斯基（普希金的好友）。二

萊蒙托夫肖像，札波洛茨基油畫（1837 年），他是萊蒙托夫在彼得堡時的繪畫老師。此時的萊蒙托夫英挺俊俏，身著近衛軍驃騎兵制服。

比萊蒙托夫小四歲的作家屠格涅夫，在沙霍夫斯卡雅公爵夫人家的晚會見過萊蒙托夫後，則為後人紀錄了這段詩人的神情：「我窩在角落裡遠遠觀察這位快速成名的詩人……他身穿近衛軍驃騎兵制服，軍刀都沒卸、手套也沒脫，拱駝著背，皺著眉頭，不時陰鬱地瞧著伯爵夫人（編按：指當時的首都美女艾蜜莉雅．穆西娜－普希金娜，是萊蒙托夫追求的對象）。她不太跟他說話……萊蒙托夫的外貌有一種不祥的、悲劇的感覺，從他黝黑的臉龐，以及那雙又大又黑、凝望不動的眼睛裡，散發出一種陰鬱、不和善的力量，還有深思過的鄙視和激情……」

月，抒情詩〈捷列克河的贈禮〉獲得別林斯基的讚賞，認為萊蒙托夫將是普希金的繼承者。二月中旬，《祖國紀事》第二期刊登小說〈塔曼〉。二月十六日，在舞會上與法國大使之子巴朗特發生口角，巴朗特要求決鬥，十八日星期日正午，萊蒙托夫在決鬥中肘下擦傷。二月十九日，小說《當代英雄》通過書報審查。三月中旬，《祖國紀事》第三期刊登索洛古勃寫的反萊蒙托夫的小說〈上流社會〉。三月，因與巴朗特決鬥一案被捕受審。四月十二日，《祖國紀事》第九卷第四期刊登抒情詩〈編輯、讀者與作家〉。四月十三日，最高軍法機關原判萊蒙托夫關禁閉三個月再外放至軍團，但沙皇尼古拉一世指示輕放，以原軍銜調至堅金步兵團。四月十四日，別林斯基探望羈押中的萊蒙托夫，暢談小說《當代英雄》、普希金、歌德、拜倫等。五月初，離開首都前在卡拉姆津家舉行告別晚會。五月九日，抵達莫斯科的次日，參加果戈里命名日慶祝午宴，餐後萊蒙托夫為果戈里及在場者朗讀敘事詩〈童僧〉，大受好評。五月上旬，前往高加索途中，停留在莫斯科數日，參加友人及莫斯科斯拉夫派小組的聚

瓦列里克河戰役（局部），萊蒙托夫與加加林合畫（1840 年）。詩人也寫了一首詩獻給親身參與的這場重要會戰。

萊蒙托夫肖像，一八四〇年七月瓦列里克河戰役後，軍中同事帕連所作的素描。這幅畫描繪出一個疲憊的戰士——表情凝滯，眼神憂鬱，鬍子沒刮，軍帽有皺摺，衣領未扣，沒戴肩章，把戰場上的萊蒙托夫形象傳神地留了下來。

會。五月底，啟程往高加索流放地。六月，沙皇尼古拉一世給皇后的信中提到對《當代英雄》的尖銳批評。六月十日，抵達斯塔夫羅波利。六月十八日，被派往高加索邊防左翼軍參加遠征。七月六日至十日，部隊從車臣的格羅茲尼要塞出發，行軍至格希村。七月十一日，參與瓦列里克河戰役。七月十二日至十五日，隨部隊行軍，最後返回格羅茲尼要塞。九月十二日，從五峰城寫信給莫斯科的鄰居好友阿列克謝．洛普辛，信中描述瓦列里克河戰役。十月二十五日，彼得堡出版《萊蒙托夫詩集》，收錄兩首敘事詩〈沙皇伊凡．瓦西里耶維奇、年輕侍衛與勇敢商人卡拉什尼科夫之歌〉、〈童僧〉和二十六首抒情詩，印量一千冊，這是生前唯一出版的詩集。十月下旬，車臣遠征結束後停留在格羅茲尼要塞。十一月九日至二十日，參加小車臣遠征。十二月二十四日，高加索邊防左翼軍騎兵指揮官戈利岑公爵向高加索邊防暨黑海總司令提報，請求授予萊蒙托夫題有「英勇」字樣的金製軍刀。十二月三十一日，萊蒙托夫被編入位於伊凡諾夫哥薩克村鎮的堅金步兵團。

女詩人羅斯托普欽娜（Evdokiya P. Rostopchina, 1811-58）的畫像。她是蘇什科娃的堂姊，與萊蒙托夫年少時就相識。一八四一年詩人最後一次到彼得堡時，幾乎每天到她家，那裡是當時的重要藝文沙龍。萊蒙托夫對她的創作相當鼓勵，寫了一首〈致羅斯托普欽娜伯爵夫人〉獻給她，開頭寫到：「我相信，我和您是誕生在／同一顆星星之下／我們走同一條路／哄騙我們的是同樣那些夢想……」離開首都前，詩人告訴她，有不好的預感讓他很難受，她寫了一首詩安慰他，希望他安然歸來，但結果卻事與願違。

一八四一年

一月十四日，獲得兩個月假期。二月初，抵達彼得堡。二月十九日，《當代英雄》第二版通過審查出版，印量一千兩百冊。三月五日，高加索獨立軍團指揮官提報，請求授獎給參與小車臣遠征戰的萊蒙托夫，但該獎後來被取消。四月上旬，打算退役，全心投入文學創作。四月十一日，參謀總部值日將官克萊因米赫利伯爵召見逾假未歸營的萊蒙托夫，要求他於四十八小時內離開彼得堡返回高加索堅金步兵團。四月中旬，離開彼得堡。四月下旬，與親斯拉夫派哲學家薩馬林會面，他記下了萊蒙托夫對俄國現狀的看法：「最糟糕的不是許多人民忍耐痛苦，而是非常多人正痛苦著，卻沒意識到痛苦的存在。」五月三日，當局允許《當代英雄》再版。五月十三日，到五峰城，被准許在礦泉區療養。六月二十八日，寫信給外祖母，請她寄《茹科夫斯基文集》、《莎士比亞全集》（英文版）和《羅斯托普欽娜詩集》，並提到打算退役。六月三十日，高加索獨立軍團指揮官戈羅文接到上級通知，提到沙皇

萊蒙托夫畫的決鬥。
傳說萊蒙托夫在最後一次決鬥時對空開槍，而對手瑪爾汀諾夫卻直接打他胸前要害，詩人重傷身亡。
瑪爾汀諾夫是與萊蒙托夫相識八年的朋友，從前交情頗好。兩人決鬥的原因有一說法是，一八四一年二月瑪爾汀諾夫可能因賭博因素被迫提前退伍，連該有的戰功獎賞也無法得到，虛榮心極強的他日漸陰鬱消沉，因而與詩人爭吵後受不了旁人慫恿才提出決鬥——這情節正似〈梅麗公爵小姐〉中格魯什尼茨基被慫恿與佩喬林決鬥，只不過現實人生與小說迥然不同。

尼古拉一世已發現萊蒙托夫未歸營，要求不得擅離職守。七月十三日，在聚會中戲弄諷刺同學瑪爾汀諾夫，導致兩人衝突，瑪爾汀諾夫要求決鬥。七月十五日（西曆七月二十七日）傍晚六、七點之間，在五峰城外馬舒克山麓，萊蒙托夫在決鬥中身亡。七月十七日，二十七歲的詩人被安葬在五峰城墓地。

一八四二年

四月，應外祖母要求將萊蒙托夫的遺體從五峰城運回塔爾罕內，隨後安葬在家族墓園。

《鐵水城附近的貝什圖山》，萊蒙托夫鉛筆畫（1837 年）。詩人成年後流放至此，近距離描繪他從小就熟悉的「五峰並峙的貝什圖山」，這裡的山景打開了他少時的眼界胸懷，而不知機緣巧合抑或命運捉弄，詩人最終也安息於此。

萊蒙托夫自畫像，原圖為水彩（1837-38 年）。
從背景看來，此時顯然他到了流放地高加索山，身穿下哥羅德龍騎兵團制服，外披當地山區特有的毛氈斗篷，手扶切爾克斯軍刀，然而，在剽悍的衣裝下，眼神卻滿是憂慮，畫者藉此極為誠實地反映出人物的內心緊張——頗符合萊蒙托夫喜愛自我剖析的風格，是我們認識詩人形象非常重要的作品。
當時詩人將這幅畫送給了與他「心靈兩相契合」的瓦爾瓦拉·洛普辛娜，但女方擔心丈夫會嫉妒得毀掉，便轉交給閨密表姊韋列夏金娜保管，她的後人輾轉帶到德國，直到一九六二年這幅畫才回到俄國。

萊蒙托夫生前最後一幅肖像，一八四〇年戈爾布諾夫畫的水彩（原為彩色）。
他身著堅金步兵團軍官制服，當時他作為軍人在戰場上領有戰功，身為作家所出版的詩集和小說也廣受歡迎，而做一個普通人時，愛情卻不盡如人意；外表英姿煥發之餘掩不住骨子裡憂鬱的氣質，在那雙「又大又黑、凝望不動的眼睛裡」，彷彿隱藏著無限心事，他或許在想，退伍之後要專心寫作，但外祖母不同意，或許在想，要跟心愛的女朋友在一起，但現實阻礙重重，或許在想，要遠離上流社會的虛偽，但似乎又拋不去那個社會帶給他的虛榮，也或許在想，小說《當代英雄》中自己寫下的台詞：

在我體內有兩個人：一個是活在「人」這個詞的完整意義裡，另一個則是思索批判前者……